열 넷과 열 여섯 사이

열 넷과
열 여섯
사이

초판 1쇄 인쇄_ 2014년 6월 5일 | **초판 1쇄 발행_** 2014년 6월 10일
지은이_동도중학교 책쓰기 동아리 '꿈꾸는 책벌레' | **엮은이_**김다정
펴낸이_진성옥 · 오광수 | **펴낸곳_**꿈과희망
디자인 · 편집_김창숙, 윤영화 | **마케팅_**최대현, 김진용
주소_서울시 마포구 토정로 222 B동 1층 108호
전화_02)2681-2832 | **팩스_**02)943-0935 | **출판등록_**제1-3077호
http://www.dreamnhope.com| e-mail_ jinsungok@empal.com
ISBN_978-89-94648-63-7 43810
※ 책 값은 뒤표지에 있습니다.
※ 새론북스는 도서출판 꿈과희망의 계열사입니다.

열넷과 열여섯 사이

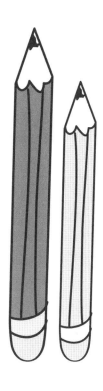

동도중학교 책쓰기 동아리
꿈꾸는 책벌레 글 l 김다정 엮음

꿈과희망

이 책의 제목은 『열 넷과 열 여섯 사이.』

책쓰기 동아리 '꿈꾸는 책벌레' 학생들의 나이입니다. 한 명 한 명이 봄비처럼 싱그럽고 꽃처럼 고운 12명의 소녀들이 마음을 담아 글을 쓰게 되었습니다.

글쓰기는 자기 살을 파는 고통의 창조 작업이라는 말이 있듯, 글을 쓰는 내내 아이들은 고민에 고민을 거듭했고. 작가들은 정말 대단한 사람들이라며 입을 모아 말했습니다. 그리고 마무리 과정을 거친 아이들도 상당수가 글이 마음에 들지 않는다며 다시 써보고 싶다고 아쉬움을 토로했습니다. 그리고 저도 교사로서 잘 이끌어 주지 못한 부분들이 미안하기도 했습니다.

하지만 이 또한 저와 아이들 모두의 '성장' 과정이라고 생각합니다. 또 다시 무언가를 쓰고 싶다는 것, 조금 더 발전하고 싶다는 마음 속에서의 외침이 가장 값진 배움이 아닐까 합니다.

때로는 솔직한 나에 대한 이야기를

때로는 우리의 꿈에 대한 이야기를

그리고 십대라면 공감할 상처와 치유의 이야기들을

잘 풀어내준 소정, 윤아, 성현, 인선, 수빈, 민선, 민지, 주은, 수경, 지영, 진경, 영임이. 그리고 열심히 참여했으나 아쉽지만 마지막을 함께 하지 못한 웃는 눈이 매력적인 주영이까지. 모두 진지한 모습을 보여준 우리 학생들에게 고마움을 전합니다. 그리고 밝고 아름답게 성장하길 바랍니다.

2013년 12월

지도교사 김다정

••• Contents

Part 1

소 설 :
우리를
비추다

폭풍전야!

꿈꾸는 책벌레 2학년 | **박성현**

글을 펼치기 전에……

안녕하세요? 박성현입니다.

처음 제 글을 책으로 엮는 것이라 그런지 이전에는 한 번도 느껴본 적 없는 새로운 설렘이 가득합니다. 짤막한 이야기들이나 쓰다 만 소설들은 점점 많아지지만 한 번도 제대로 써 본 적이 없는지라 이번 소설 '폭풍 전야'는 제게 더 특별한 글로 다가오는 것 같아요. 사실 이 글은 2년 째 쓰고 있는 이야기예요. 중학생이 되자마자 글을 쓰기 시작해, 2학년이 끝날 때쯤 완성했으니, 꼬박 2년이 걸린 셈이죠. 그동안 수많은 퇴고를 거치며 힘들기도 했었지만, 재미있었습니다. 재미있었으니 2년이나 쓸 수 있었던 것이라 여겨집니다. 재미없는 일은 정말로 하기 싫잖아요?

글을 쓰면서 자신의 생각을 정리하고 감정을 표현하면서 느낀 것이 정말 많습니다. 어떨 땐 글 속으로 빨려 들어가듯이 쓰다가 번뜩 정신을 차리게 돼요. 그러면 구름뭉치 같았던 머릿속 생각이 투명한 이슬방울처럼 뭉쳐져 있는 것을 발견하죠. 저는 글을 쓸 때의 이런 느낌이 정말 좋습니다. 제가 글을 쓰는 이유이기도 하고요.

또 다른 사람이 제 글을 읽고 "음, 괜찮은데?"라는 말만 해 줘도 기분이 날아갈 듯 좋습니다. 요리사가 최선을 다해 만든 음식을 손님이 맛있게 먹어줄 때, 그 요리사의 기분이라 하면 설명이 될까요?

많이 부족한 글이지만 재미있게 읽어 주셨으면 합니다. 사실 글을 읽고 어떤 기분이나 어떠한 생각이 들어도 좋아요. 글 하나가 사람에게 뿌리내리는 방식은 제각각 다르니까요. 하지만 이것만은 염두에 두고 읽어 주시길 부탁드릴게요. 이 글을 읽는 동안 자신의 꿈과 목표에 대해 다시 한 번 생각해 보는 게 어떨까요? 그저 읽기만 했을 때와는 조금 다른 느낌일 거라고 생각되네요.

그럼, 이만 줄이겠습니다. 감사합니다.

2013년 11월
어느 구름이 조금 낀 가을날 오후,
이 글을 읽는 모든 독자께.

＃1

고요.

지금 표현 가능한 단 하나의 단어.

나는 홀로 길을 헤매고 있다. 뒤에서 쫓아오는 발소리가 귓전을 스친다. 순간,
어딘가에서 익숙한 멜로디가 흘러나오고 나는 번뜩 눈을 뜬다. 벌써 4교시인가.

우리는 글을 쓰는 중이다.

다른 부원들은 열심히 타이프를 치고 있지만 나는 팔짱을 낀 채 눈을 감고 있다.

정말 어떻게 해야 할지 모르겠다.

아무 생각이 나질 않는다. 아무리 쥐어짜도, '생각'이라는 게 나질 않는다.

비
이
이
이
잉
.
,
,
.

지금 내 머릿속에서 들리는 소리다.

환청인가.

#2

방과 후는 문예부에서 활동한다.

우리 문예부는 꽤 잘 나가는 편이다. 상도 여러 번 탔고 공모전에 출품했다 하면 항상 당선 소식을 안고 오는 우리 학교 제일의 동아리라고들 한다. 하지만 그 부담이 얼마나 큰지 직접 겪어보지 못한 사람은 모른다. 글이 안 나올 때는 정말 어떻게 해야 할지 모르겠다. 어디에 고민을 털어놓을 사람도 없다. 문예부 내의 묘한 경쟁구도 때문이다. 공모전 출품작 수는 한정되어 있어서 문예부 중 상위 두세 작품만 출품될 수 있다.

에이스인 김지헌은 꽤 찌질한 편이다. 픽하면 울기 일쑤이다. 남자가 말이다!

지금 다른 부원들로부터 거의 은따 상태이다. 그래도 김지헌은 아무 상관하지 않는다. 그런 점이 편하기도 하다. 마음껏 미워할 수 있으니까. 하지만 바보같이 착한 것 같다고 생각되는 정원석만은 김지헌의 베스트 프랜드를 자처한다.

김지헌이 재수바가지이긴 하지만 그 애가 쓰는 글을 보면 정말 놀라울 따름이다. 섬세한 문체나 어휘 그리고 완벽한 줄거리까지. 너무 완벽해서 소름이 끼친 적도 있었다. 마치 실제 작가가 쓴 듯한 그런 느낌의 글을 써내는 김지헌은 정말 대단하다고 생각한다.

다른 부원들은 선생을 '불독' 이라 부른다. 문예부 지도 선생은 불독이라 불릴 만큼 짜증스럽고 지랄맞기로 유명한 선생이다. 불독은 그런 김지헌을 아주 총애하다 못해 문예부가 그 애 하나만을 위해 존재한다는 듯이 여긴다. 우리한테는 성질 팍팍 부리는 불독이 어제만 해도,

"지헌아, 이것 좀 먹고 써라."

"눈 피곤하지 않니? 좀 쉬었다 해." 등의 말을 다른 부원들 들으라는 듯 큰 소리로 말하면서 김지헌에게 무한 애정의 눈길을 보냈다.

물론 우리도 가만히 있는 것은 아니다. 그날 다른 문예부 여자애들은 학교가 파한 뒤 불독과 김지헌을 뒤에서 실컷 까면서 막혔던 속을 풀었다. 우리 문예부

에서 김지헌 다음으로 성격 더러운 은지가 말했다.

"공부만 잘하면 뭐하냐? 인성이 문제지."

내 생각에 은지는 이런 말 할 자격이 없다. 자기도 인성에 문제가 많은 걸 모르나 보지.

내가 말했다.

"그러게 말이야. 걔가 글을 좀 잘 쓴다 해도 그렇게 나대고 다니는 건 기본적인 예의가 없다는 거 아냐? 그리고 불독 좀 보라지. 어찌나 김지헌만 싸고 도는지 그 애정의 십분의 일 아니 백분의 일만 우리한테 나눠줘도 한이 없겠다."

"근데 너 이번 시험 잘 봤어? 난 좀 어렵던데……."

"그런 얘기를 왜 하니? 분위기 가라앉게. 난 완전히 추락이다."

내가 한탄하듯이 말했다.

내가 나눈 대부분의 대화들이 다 그렇듯이 어제 대화도 떨떠름하게 끝났다.

난 대화만 하면 왜 이러나 몰라.

벌써 열흘 뒤면 문예부 원고 마감이다. 나는 추리소설을 쓰는 중이다. 이번 전국 학생작품 공모에 내 글이 뽑혀야 하는데…….

#3

어찌어찌하여 나, 김지헌 그리고 정원석이 공모전 출전권을 따내게 되었다. 지금부터 퇴고 또 퇴고만이 남아 있을 뿐.

김지헌의 장래희망은 의사이다. 예전에 김지헌에게 왜 의사가 되고 싶냐고 물었다. 그때는 눈 하나 깜짝하지 않고 의료봉사활동을 위해서라고 말하더니 제법 친해지고 나니 부모님께서 원하신다고 털어놓았다.

나는 "사내짜식이! 그럼 니가 원하는 거 해야 하는 거 아냐?"

하며 물었다.

김지헌 왈,

"내가 원하는 것도 딱히 없거든. 의사가 꽤 돈도 많이 벌 것 같고 부모님도 원하시고……."

할 말이 없다.

중학생이 다 되도록 꿈이 없다니!

미운 정이 박혀서 그런지 지금은 그 애랑 많이 친하다. 친한 건 어쩌면 너무나도 당연한 건지도 모른다.

항상 방과후면 동고동락하는 문예부에서는 어쩔 수 없는 일이었다. 몇 명만 더 출품작에 뽑혔어도 이런 일은 없었을 것이다. 분명 그 애들과 친해졌을 테니까.

오늘은 9시가 넘도록 교실에만 틀어박혀 있다.

주사님이 순찰하시는 소리가 들린다.

저녁도 부실하게 대충 시켜먹은 터라 매우 출출했다.

"배고프지 않냐?"

내가 먼저 말을 꺼냈다.

"당근이지. 저녁을 그렇게 부실하게 먹었는데 배가 안 고플 리가 있겠어?"

정원석이랑은 역시 이심전심.

"이 밤에 뭘 먹으려고? 지금 뭐 사러 나가기도 귀찮고! 또 주사님한테 잠근 문 열어달라고 해야 되잖아."

역시 김지헌. 반대다.

자기가 사올 것도 아니면서 불평하기는.

"그럼 내가 얼른 가서 사올게."

정원석이 말했다. 솔직히 이 녀석은 왜 이렇게 착해빠진 건지 모르겠다. 항상 당하기만 하고 김지헌이 무리한 부탁을 해도 다 들어주고. 가끔 김지헌이 이 대책없이 착한 성격을 이용해먹는 일도 있다. 그럴 때마다 아주 내 속이 터진다. 도대체 착한 건지 멍청한건지. 아무튼 이 두 사람과 함께 있다 보니 비교체험 극과 극을 경험하는 것 같다.

#4

"불독은 왜 맨날 외출이야! 이 위험한 세상에. 자기 사랑 김지헌이 잡혀갈까 봐 걱정도 안 되나? 정말……."

순간 김지헌의 따가운 눈빛이 뒤통수를 훑는 느낌이 지나갔다.

"아니 뭐. 선생님이 하도 안 오시길래 그렇지."

내가 얼른 말을 바꿨다.

"선생님 오실 동안 바람이나 쐬러 나가자. 컴퓨터 화면 보느라 눈이 멀 것 같아!"

물론 내가 먼저 말했다. 항상 무슨 일을 주동하는 건 나다.

"그래. 그러자. 나도 막 구상도 안 되고 글도 안 써지고 해서 나가고 싶던 참이었는데……."

정원석이 말했다.

"난 추워. 니들이나 나갔다와……."

김지헌이 스스로 빠져준다.

쉬는데 김지헌이 끼면 그건 쉬는 게 쉬는 게 아니다. 무슨 말만 하면 잔소리를 늘어놓기 일쑤이기 때문이다. 주사님이 또 문을 열어주셔야 하는 바람에 화가 좀 나셨겠지만 학생들의 정신건강을 위해서는 주사님의 희생정신이 조금 필요하다.

"으아! 이제 살맛이 좀 나네."

정원석이 말했다.

"그러게 말이다. 대체 이게 뭐하는 짓인지 모르겠어. 학교는 제대로 지원을 해 주지도 못하고 밥도 맨날 시켜먹고, 거기다 불독까지……."

말은 그렇게 했지만 왠지 난 문예부 없이는 학교에 올 재미가 없을 것 같다.

이거 끝나면 무슨 낙으로 살까?

그때였다. 김지헌이 보였다. 호랑이도 제 말하면 온다더니.

"왜 왔냐? 춥다더니."

내가 퉁명스럽게 물었다.

"아니, 뭐 혼자 있자니 심심하기도 하고 또 조금은 왠지 무섭기도 해서 말이지."

"나 화장실 갔다가 먼저 들어갈게."

정원석이 말했다.

어. 그러면 할아범이랑 나밖에 안남네. 이건 좀 별로인데……

잠시동안 어색한 침묵이 감돌았다.

"야. 근데 말이야…… 나 하고 싶은 거 생겼다. 너한테 처음 말하는 거야."

김지헌이 어려운 듯 말을 꺼냈다.

"어! 정말? 잘되었네. 이제 꿈이 생긴 건가?"

내가 호들갑을 떨며 말했다.

이렇게라도 하지 않으면 어렵게 불을 당긴 꿈이 훅 꺼져 버릴 것만 같았다.

"아마. 그런데 좀 힘들 것 같아."

김지헌이 우울한 표정을 지으며 말했다.

"왜? 무슨 일 있었냐?"

무지 걱정스러웠지만 애써 아무렇지도 않게 물었다.

"뭐 별 일은 아니고…… 부모님이 반대하실 것 같아서."

답답한 것! 나는 속으로만 외칠 뿐이었다.

"부모님께는 아직 말씀 안드렸구나. 뭔데 그래?"

정말 사람 답답하게 한다. 좀 빨리 말하지.

"그…… 작가 말이야."

아! 왠지 김지헌은 잘 할 수 있을 것 같다.

그 섬세한 문체와 잘 짜인 줄거리를 잘 활용하면 세계적인 작가도 될 수 있을 것이다.

"맞다. 너 저번에도 막 나한테 글 써서 보여주고 그랬잖아. 그때 너 글 정말 잘 쓴다고 생각했었는데."

자세하게 기억나지는 않지만 어렴풋이 기억이 났다.

"아마도. 그런데 그거해서 잘 먹고 살 수 있을지 모르겠다."

카메라 초점을 맞추듯이 기억이 또렷해진다.

김지헌이 종이 몇 장에 갈겨 쓴 소설을 무지 재미있게 읽었었는데.

"너 지금 먹고 사는 거 걱정하냐? 니가 좋아하고 행복할 것 같은 일을 해야지. 의사 돼서 뼈 빠지게 환자 대하면서 뒤치다꺼리 하는 게, 그게 진짜 하고 싶은 사람 아니면 정말 힘든 거잖아. 생지옥이라고 생지옥! 뭐하러 원하지도 않는 의대를 가? 그 어마어마한 공부는 다 어쩔거야. 너 지금도 힘들잖아."

이럴 때는 좀 강하게 나가줘야 된다. 그래야 애가 더 확실하게 꿈을 잡을 것 같다.

"그렇겠지. 그런데 아마 부모님은 글쓰기를 취미로 하라고 하실 거야……."

정말 답답했다.

"자기가 하고 싶은 일 하는 게 좋은 거 너도 알잖아. 난 의사 해서 스트레스 받고 살 바에는 돈 좀 덜 벌더라도 작가 하는 게 나을 것 같은데."

김지헌은 아무 말도 없었다.

별로 친하지 않은 친구라면 정말 별 말 하지 않았을 것이다. 그냥 힘 내라는 정도? 원수 같지만 근 2년을 가까이 지내는 친구로서 정말 안타깝다는 생각밖에 들지 않았다.

나는 그 애 부모님 같은 엄마 아빠 사이에 태어나지 않은 걸 무지 감사하게 생각하면서 다음 말을 생각해 내려고 애썼다.

그런데 아무 말도 생각나지 않았다.

나도 어쩌면 말은 그렇게 했지만 행복한 일보다 돈 많고 편한 삶을 얻는 것을 더 중요시하지 않았나 싶다.

씁쓸한 미소로 말을 대신한 나는 저 멀리 불독이 오고 있는 것을 발견했다.

#5

출품 하루 전 밤이었다.

또 기말고사 성적표가 나온 날이었다.

예상한 대로 또 떡을 치고 말았다.

부모님은 혼내지 않았다. 하지만 마음 한 구석이 불편했다.

이제 시험은 끝났다. 아무리 생각하고 후회해도 바뀌지 않는다.

내일 출품 준비나 잘 하고 다음 시험을 위해 최선을 다하자는 마음가짐으로 자리에 누웠다. 오늘 따라 유난히 매트리스가 딱딱하게 느껴졌다.

얼른 잠들어야 내일 피곤하지 않을 텐데.

익숙한 멜로디가 흘러나왔다.

순간 나는 움찔 몸서리를 쳤다.

이 시간에 문자 보낸 사람이 누구야!

늦은 밤의 문자는 항상 짜증이 가득 묻은 채로 답장하기 일쑤인데……

'그…… 지금 문자해서 미안해. 나 지금 너무 할 말이 많아서 좀 만나주면 안 돼?'

김지헌이었다.

이 애가 또 왜 이러나 몰라.

'그래. 요즘 많이 힘드냐? 이십분 후에 학교 조회대로 나갈 테니까 거기서 보자^^'

웃는 표시 이모티콘은 핸드폰이 생길 때부터 항상 쓰던 습관이다.

그걸 쓰지 않으면 너무 명령조같이 들린다고 생각하기 때문이다.

어떻게 해야 하나.

또 말문이 막혀버리는 일이 없어야 할 텐데 라고 생각하며 심심한 위로의 말이라도 건네러 집을 나섰다.

드디어 세 작품이 나란히 출품했다.

1차 심사 결과가 발표되는 금요일 밤.

결과는 굉장히 처참했다.

교실로 들어서자 마자 다짜고짜 소리부터 지르고 보는 불독.

"도대체 이게 무슨! 너희 둘은 그렇다 쳐도 지헌이가 떨어진 건 말이 안 돼잖아!

1차부터 탈락이라니, 이게 말이 돼?"

탈락.

탈락.

탈락.

탈락.

탈락……

이 말만이 머릿속에서 메아리쳤다.

뒷 말은 들리지도 않았다. 도망치듯 집으로 뛰어와 펑펑 울었다.

어떻게 쓴 글인데.

저녁까지 학교에 남아 쓰고 또 고쳤던 글이 아닌가? 대충 써서 탈락한 것이라면 억울하지는 않겠지만 내가 쓴 글 중의 최고의 글이었는데…….

다음 날 아침이었다.

핸드폰을 열어보니 부재중 전화가 열여덟 개나 있었다. 전부 정원석이었다. 문자도 하나 있었다. 확인하고 싶지도 않았다. 어차피 뻔한 위로겠지.

그러고는 다시 잠에 빠져들었다.

어영부영 주말을 보내고 다시 등교했다.

문예부가 끝나면 절대 학교에 가고 싶지 않을 것 같다는 걱정과는 정말 정 반대로 가기 싫다는 생각도 하지 못한 채 기계적으로 학교를 향해 걸어갔다. 교실에 들어서는 순간 자습 종이 쳤다.

겨우 지각을 면하고 들어온 교실은 뭔가 평소와 다른 느낌이 풍겼다.

김지헌이 없는 것이었!

이것은 정말 놀라운 일이다. 지각, 결석 한번 해 본 적 없는 김지헌이, 항상 잘난 척 하는 듯한 자세로 영어원서를 펼쳐들고 있던 김지헌이 이럴 리가 없었다.

하지만 이것은 앞으로 일어날 사건에 비하면 전혀 놀랄 일도 아니었다.

1교시 쉬는 시간이었다.

"야! 일루 와봐! 빨리빨리."

정원석이 문 밖에서 나를 부르는 소리가 들렸다.

"왜? 뭔데?"

"어제 전화 왜 안 받았어? 문자는 봤어?"

"아니. 못봤는데."

"그럼 하나도 모르는 거야?"

"모르다니, 무슨 일 있어?"

"김지헌이, 부정행위 때문에 탈락한 거래. 남의 글을 베낀 거라고 하더라."

순간, 간이 쿵 하고 떨어지는 것 같았다.

글을 베끼다니. 그러면 김지헌이 보여줬던 실력은 모두 남의 실력이란 말인가?

"어떤 글을 베꼈는데 그래?"

"전부 같이 사는 자기 이모 글이래. 이모가 아마추어 작가인데 김지헌이 이모 몰래 그 글을 베껴 썼다고 그러더라."

"그럼 그걸 심사위원들이……"

"처음에는 애가 어른 글처럼 쓴게 조금 이상해서 살펴봤는데, 몇 년 전에 발표한 그 이모 글이랑 비슷해서 떨어뜨린 거래."

조금 이상하게 생각되었다. 김지헌이 그 정도로 바보는 아닌데. 어른 글은 딱 표시가 나는 걸 모를 리도 없는데.

"그런데 김지헌이 그런 것도 몰랐을까? 심사위원들이 그런 거 보면 딱 어른 글인 거 알아차릴 수 있다는 걸 모를 리가 없잖아. 심사위원들은 글 심사만 몇 년씩 해온 사람들인데 그걸 속인다는 것 자체가 김지헌이 할 일이 아닌 것 같지 않아?"

"당연히 그럴 걸 알았으니까 고쳤겠지. 문장에 단어 쓰인 것만 좀 바꿨대."

"그럼 그 사이에 자기 글을 조금씩 넣으면 되잖아. 문장 사이사이라던가……"

"자기 글을 추가할 용기는 없었을 거야. 이모가 쓴 문장이랑 너무 차이가 나서 한방에 들킬 수 있으니까."

"그렇게 단어만 조금? 너무 위험한 것 아냐? 아무리 단어를 고친다 해도 비슷한, 아니 똑같은 건 여전하잖아. 문장의 순서를 좀 바꾼다던가…… 그랬어야 해. 주도면밀한 점이 전혀 없어."

확실히 이상했다. 평소에 꼼꼼하고 쩨쩨하다고 생각될 정도로 섬세하고 계획적인 김지헌이 그럴 리가 없었다. 이렇게 허술하게 쓴 건 김지헌답지 않았다.

"그래서 불독도 이상하게 생각하고 있어. 김지헌이 아무리 상에 욕심이 났다고 해도 사실 그럴 애는 아니잖아. 그렇게 질 나쁜 애가 아니라고."

정원석이 말했다.

"그럼, 뒤에 뭔가 있는 걸까?"

"에이, 그래도 그건 너무 지나친 생각 같은데?"

정원석의 그 말을 마지막으로 종이 쳐 버리고 말았다.

#9

생각에 생각이 꼬리를 물었다.

그 글은 김지헌이 쓴 게 아니다. 김지헌의 이모가 쓴 글이다. 그런데 김지헌은 그 글을 조금 고친 작품을 출품시켰다. 이게 이상한 것이다. 김지헌이 절대 그럴리가 없다. 조금 미쳐버렸거나 정신이 혼미했거나 하지 않은 이상.

다른 사람의 개입.

생각할 수 있는 단 하나의 가설이었다. 제 3자의 개입만이 이 얼토당토않은 문제의 열쇠가 될 수 있었다.

"정아야, 거기 그 문장에 to부정사 쓰인 게 어떤 용법인가? 모르면 뒤로 나가. 또 딴 생각 하고 있었지."

선생님의 호통에 내 생각도 끝나버렸다.

#10

점심시간이었다.

종이 치자 마자 바로 정원석의 교실로 달려갔다.

"야, 야! 너 일루 좀 와봐."

내가 급히 손짓하며 말했다.

"왜 그래? 뭐 물어볼 거라도?"

"생각해 봐. 김지헌의 성격을 고려해 봤을 때 이렇게 허술한 건 말이 안 되지."

"그렇지."

"또 그건 자기 이모가 쓴 글이었단 말이지. 그것도 문단에 발표까지 했던."

"그런데?"

"들킬 게 뻔하지. 그렇지?"

"당연한 거 아니야?"

"이 바보야. 아직도 생각이 안 돼?"

"누군가 이 사건에 개입이 있었다는 것 맞지?"

"알고 있었는데 왜……."

이 녀석, 아깐 왜 시치미 뗀 거야?

"그냥 우린 가만히 있자. 이러다가 안 좋은 말이라도 나돌거나 사건에 휘말리면 어쩌려구!"

"그래도……."

"절대, 절대 안 돼. 네가 생각하고 있는 방법."

"내가 생각하고 있는 방법이 뭐라고 생각하는데?"

"이 사건에 네가 나서는 거잖아."

"절대로 아니야."

내가 덧붙였다.

"내가 그 재수 없는 녀석을 왜 도와주니?"

"뻥 치지 마. 네가 날 속일 수 있을 것 같아?"

정원석이 날 조금은 비웃는 눈길로 바라보며 말했다.

"알았어. 그런데 왜 안 된다는 거야?"

정원석의 눈빛에 나는 이내 꼬리를 내리고 말았다.

"네가 간섭해 봤자 풀릴 문제가 아니잖아. 그리고 불독도 머리가 있다고, 그 정도쯤은 생각할 줄 알거야. 제 3자가 개입했을 가능성이 크다는 거."

"그건 합당한 이유가 안 되는데. 내가 왜 나서면 안 되는 거야?"

"전적으로 어른들끼리 해결할 일이야. 우리가 나섰다가는 괜히 김지헌만 더 의심받을 거야. 김지헌도 다 아는 눈치고. 다른 사람이 개입했다는 걸 대충은 눈치챈 모양이더라."

"그런데 그걸 네가 어떻게 다 아는 거야? 심사위원 판정부터 시작해서 이모, 김지헌이 눈치챈 것 까지."

"……."

"왜 아무 말 없는 거야? 그렇게 치면 너도 이 일에 발벗고 나선 거 아니냐구. 네가 정보 수집한 거잖아."

"전화 통화 하는 거 들은 것 뿐이지 그 이상도 이하도 아니니까 오해는 마셔."

"너 분명히 마음 쓰이는 거지? 김지헌한테. 내가 김지헌 오해 벗길 생각 할 것 다 알았으면서도 정보를 준 거야."

말도 안 되는 억지인 걸 알면서도 밀어붙였다.

"내가 소식 전해 주고 나서 네가 방금 미친듯이 나한테 달려왔을 때 알았다. 상상도 지나치셔라."

정원석이 비꼬듯이 말했다.

"아무튼 그런 건 상관없고, 의심 안 받게 제 3자가 누군지만 알아내서 살짝 떠보기만 하면 되잖아. 그것도 안 돼?"

내가 조심스럽게 물었다.

"절대 안 돼. 어른들은 우리가 김지헌 보호하려고 다른 사람 도리어 누명 씌운다고 생각할 거야. 더 잘못되는 꼴 보고 싶어? 어른들이 다 진상을 밝혀 줄 거라고."

"그렇게 오래 끌면 김지헌 상처만 더 커져. 빨리 해결해야 한다고."

"언제부터 네가 김지헌을 그렇게 생각했던 거야? 맨날 욕만 하고 다니더니. 일이 잘못되서 더 큰 상처받지 않게 가만히 있는 게 최고인 거 모르는 거 아니잖아."

순간 뜨끔 했다.

아무리 원수 같아도 친구니까 그러는 거지.

"그러니까. 살짝 떠보고 어른들한테 살짝 정보만 흘리면 되는 거잖아."

"그것도 위험한 것 같은데."

정원석이 의심스러운 얼굴로 물었다

"안하는 것보단 나아."

"정말 해야겠어?"

"응."

"왜 그러는 건데. 차분하게 다시 생각해 봐도 늦지 않아. 냉정하게 생각하라구. 바보같이 감정에 휩쓸리지 말고."

정원석이 타이르듯 말했다.

"아무리 생각해도 그래. 확실히 하면 되잖아. 위험요소도 최대한 줄일게. 그리고 너는 빼줄게."

"아냐. 그럴 필요 없어. 괜찮아. 나도 도와줄게."

짜식. 의리는 있다.

"알았어. 그럼 오늘 학교 마치고 등나무 밑에서 봐. 학원 없지?"

"당근이지. 그럼 그때 보자."

#11

수업 시간 내내 그 빌어먹을 제 3자 생각만 하느라 전혀 집중하지 못했다. 뭐 시험도 개떡같이 끝나버렸으니 집중할 필요도 없지만.

"그래서. 우리가 어떻게 뭘 할 수 있다는 건데?"

정원석이 심각하게 물었다.

"그러니까 일단 의심가는 사람 리스트를 만들고 하나하나 떠보자 이거야."

"너무 위험한데?"

"그 위험 타령 좀 그만 할 수 없니? 위험이 따르지 않을 수가 없는 거잖아."

"알았어, 알았어. 그럼 제일 의심되는 사람이 누구지?"

김지헌이 물었다.

"누군가 김지헌에게 앙심을 품을 만한 사람이 제일 우선이지 않겠어? 예를 들면 라이벌이라든가."

"라이벌이라면 많지. 그러면 문예부 내의 라이벌은……."

"유리지. 김유리랑, 또 서희랑, 곽세진."

"곽세진이 제일 유력해. 완전 질투 마왕이잖아. 배 아파서 일을 꾸민 거 아닐까?"

정원석이 거의 확신하는 듯이 물었다.

"아니야. 그것만으로는 이렇게 큰 일을 꾸미는 게 불가능해. 이건 완전히 한 애를 매장시켜 버리는 거잖아."

"그렇긴 하지. 그럼 시화는 어때? 이시화 말이야."

"아! 그 차였다는 애 말이지."

이시화.

한 달쯤 전 김지헌에게 고백했다가 차였다. 문제는 간단하게 차인 게 아니라 완전히 쪽박차고 차였다는 데 있다.

사건의 정황은 이렇다.

시화는 오래 전부터 김지헌을 짝사랑했었다. 나는 솔직히 이해가 가지는 않지만 말이다. 도대체 그 녀석의 어떤 점이 좋단 말인가.

아무튼 한 달 전쯤 고백을 했다. 아이들 말로는 아주 판을 크게 벌렸다고 한다. 나는 그 말을 들었을 때 여자가 수줍게 몰래 고백을 해야 받아줄 맛이 나는데…… 라고 생각했었다.

자기 친구들을 모아놓고 이시화가 김지헌한테 고백을 했다고 한다. 그런데, 이제부터가 문제이다. 눈치없는 김지헌은 거기다가 대놓고 거절을 했단다.

대놓고 고백했다가 대놓고 차인 유치뽕짝이 따로 없는 러브스토리였다.

"그런 것 가지고 그렇게 일을 벌리는 건 좀 아니지 않나?"

"그럼 도대체 누군데!"

내가 소리치듯 물었다.

"조건1. 김지헌의 내부 사정을 잘 아는 사람."

"그렇지! 김지헌의 이모하며 김지헌이 출품하게 된 것 하며……."

"조건2. 무언가 큰 목적을 가지고 있는 사람."

"그렇게 큰 일을 벌리는 데 당연한 거지."

"조건3. 김지헌이 잘 아는 사람."

"응?"

나는 잘 이해가 가지 않았다.

"생각해 봐. 김지헌이 자신의 정보를 순순히 발설할 만큼 가까운 사람이어야만 1번과 2번의 조건을 만족할 수 있지 않겠어?"

역시. 정원석의 만점짜리 브레인이다.

"그러면 조건을 다시 해석하면 문예부가 아닐 수도 있다는 말이잖아."

"그렇지."

"으아…… 뭐가 이렇게 복잡하냐."

"네가 먼저 하자고 한 거 잊지 마라."

"알았다, 알았어. 그럼 한 번 생각해 볼게."

"나 먼저 간다."

정원석이 서둘러 일어났다.

"야! 너 학원 없다며."

"학원 없다 그랬지 학습지 없다 그러진 않았어."

"에휴. 그래. 그럼 내일 점심시간에 이리로 와라."

"오케바리. 그럼 내일 보자."

#12

집에 돌아와서 생각해 보니 문득 얼마전에 김지헌이 했던 이야기가 생각났다. 무언가 눈앞에서 빛이 번쩍! 하는 느낌이었다.

설마.

설마 그럴 리가.

어떻게 그럴 수가.

아니겠지?

그럴 리가 없다고 생각하며 도리질을 쳤다. 절대 그건 아니다. 다시 생각해 보자.

논리적으로 말이 안 되는 생각일지 모른다. 이건 정말 아니다.

난, 누군가가 원고를 바꿔치기 한 것이라고 생각했다.

그리고 김지헌이 이때까지 보여주었던 평소의 글 실력은 진짜라고 봤을 때, 생각할 수록 내 추측이 확실해지는 것 같았다. 하지만 증거는 전혀 없었다.

아무리 생각해 봐도 이건 너무 심했다는 생각이 들었다. 그리고 김지헌을 의도치 않게 매장시켜버렸다.

#13

눈이 커졌다.

숨이 가빠지고 심장박동 수가 증가했다.

혈류량이 늘어나면서 얼굴이 붉어졌다.

신경이 곤두섰는지 다리도 떨었다.

내 이야기를 듣고 난 후 정원석의 모습이었다.

"설마. 그럴 리가 없어. 증거도 없고 그냥 네 추리일 뿐이잖아."

"물론 추리지. 이게 맞을 수도 있고 틀릴 수도 있어. 이제 할 일은 증거를 찾는 일 뿐이지."

나는 그 날 증거를 찾아 백방으로 돌아다녔다.

그 결과, 나는 모든 증거를 모을 수 있었다.

#14

내 추리가 사실이 되기 위해서는 김지헌의 도움이 필요했다.

나는 방과후에 등나무 밑으로 오라는 쪽지를 김지헌의 가방에 꽂아 놓았다. 그러고는 내 생각을 다시 정리하며 등나무 밑에서 김지헌의 청소가 끝나기를 기다렸다.

나는 김지헌 앞에서 조심스럽게 내 추리를 펼쳐보았다.

김지헌 또한 정원석과 똑같은 반응을 보였다.

#15

내가 생각한 사건의 진상은 이렇다.

범인은 내가 김지헌한테 문자로 불려나간 날 이 사건을 계획했을 것이다.

그 날은 출품작이 결정되고 출품되기 하루 전이었다.

범인은 김지헌의 작품이 뽑힐 것을 확신했다.

그렇다면 왜 김지헌이 썼던 글을 형편없이 고치지 못했을까? 범인은 학교 컴퓨터 파일로만 저장된 김지헌의 글을 볼 수 없었다. 따라서 범인이 쉽게 접근 가능한, 그러니까 김지헌의 집 컴퓨터에 저장된 김지헌의 이모 글을 형편없이 고친 것이다.

그렇다면 왜 이모의 글을 고쳤을까? 자신이 대충 쓰지 않고. 그럴 듯하게 원고를 채울 시간이 없었기 때문이라고 생각한다. 그날 사건을 충동적으로 계획했기 때문인 듯 하다.

그렇다면 이렇게 생각해 볼 수도 있다. 그러면 원고를 아무 의미 없는 말로만 나열해서 양만 채우면 되지 않나. 그러면 간단히 떨어뜨릴 수 있었을 텐데. 하지만 그것도 불가능했다. 출품 전에 불독이 글을 읽어 보기 때문이다. 불독은 그 사실을 알지 못했고 김지헌이 쓴 작품이 아닌 범인이 김지헌 이모의 글을 급하게 고친 원고를 제출한 것이다.

즉, 김지헌을 그저 떨어뜨리기만 하려는 범인의 의도와는 달리 한 사람을 매장시켜 버린 결과는 불러 온 것이다.

내가 추리한 범인은, 김지헌의 '엄마' 이다.

이 추리를 들려주고 나는 김지헌과 같이 불독에게로 달려갔다.

불독에게서 출품작 사본을 얻어낸 후 확신했다. 그 문체는 김지헌의 문체가 아니었고 또 김지헌이 따로 창작한 원고도 확인되었다. 가장 결정적으로 이모 글의 마지막 수정 시간이 김지헌과 내가 만난 시각과 일치했다는 것이었다.

모든 추리소설들이 그렇듯이, 마지막은 범인의 자백으로 끝나야 한다.

물론 그렇게 되었다. 결정적인 증거물인 원고 사본을 본 김지헌의 엄마는 김지헌에게 모든 사실을 실토했다고 한다.

김지헌은 다행히도 엄마를 용서했고 엄마는 이때까지 아들의 재능을 무시한 채 자신의 만족만을 위해 아들을 의사의 길로 몰아붙인 것에 대해 사과했다.

그리고 김지헌은 이제 장래희망 란에 당당히 '작가' 라고 쓸 수 있게 되었다.

#16

사건은 너무나도 싱겁게 마무리되었고, 우리의 일상생활도 다시 정상을 되찾았다.

그러나 이 사건에 대한 책임을 진 문예부는 사라져버렸다.

그래도 나는 즐겁게 학교생활을 하고 있다. 우리 김지헌 옹과 정원석도 말이다.

김지헌 옹은 쉬는 시간마다 원고를 쓴다. 뭐, 그래도 그 우수한 성적은 그대로이다. 재수바가지라고 생각될 때도 있지만, 나중에 내가 자기 꿈을 이루게 도와준 대가는 준다니까 전처럼 속이 뒤틀릴 정도로 재수 없지는 않다.

나중에 노벨 문학상을 받으면 내 얘기를 해 준다나 뭐라나.

그래도 폭풍이 한 바탕 지나가고 난 후의 무지개를 보는 기분이랄까 뭔가 뿌듯하기도 하고 기분이 좋기도 하고 가슴이 울렁거리기도 하다.

그래서 살맛이라는 게 있다고 하는지 모르겠다.

언제나 살맛나게 살 수 있는 것은 아니겠지만 적어도 이 행복하고 평화로운 학창시절을 멋지게 즐겨야지 하는 생각이 든다. 아빠는 항상 말씀하셨다. 사람마다 생각주머니가 하나씩 있는데 그게 많이 커져야 진짜 어른이 되는 거라고. 이 사건으로 내 내면의 주머니가 많이 커진 것 같다. 또 어른이 되도 그 생각주머니가 아직 커지지 않은 사람이 있다고 하셨다. 아마 김지헌의 엄마도 이번에 생각주머니가 많이 커져서 진짜 어른다운 어른이 되었을 것이다.

우리들의 학창시절은 언제나 여름이다. 폭풍전야같이 조용했다가, 절대 지나가지 않을 것 같은 폭풍이 몰아쳤다가, 폭풍이 지나간 후에는 한껏 성장해 있는 자신을 발견하는 것. 어쩌면 학창시절 뿐만 아니라 모든 인생이 그런 걸지도 모르겠다.

그날 밤,

앞으로 살아갈 인생에 비하면 이 학창시절도 폭풍전야에 불과한 것이 아닐까? 하는 생각을 하며 잠이 들었다.

···후기

이야기, 어떠셨나요?

아참, 제가 앞에서 말씀드린 생각 해보셨나요?

아직 시간이 많으니까 천천히 하셔도 좋아요. '마음을 편하게 놓아두고, 찬찬히 생각해 보세요.

장래희망이 뭐니?

라고 물을 때 전 항상 아이러니하다는 생각을 하게 되더라고요. 미래의 일을 미리 결정한다는 건 있을 수 없는 일이니까요. 하지만 자신의 '꿈' 이라면 한번쯤 생각해 볼 수 있을 것 같기도 합니다. 장래희망이 아닌 "나는 어떤 사람이 되겠다."라는 꿈 말이죠.

"과거, 내 꿈은 무엇이었을까?

현재는, 그리고 미래는?

저도 이 글을 쓰면서 제 '꿈' 에 대해 다시 생각해 보게 되었답니다. 여러분도 이런 기회를 한번쯤 가지시기를 바랍니다.

많이 모자란 제 글 읽어주셔서 감사하다는 말씀 드리면서,

모두들 안녕히 계세요.

더 높이,
더 멀리

Let's fly away!

꿈꾸는 책벌레 3학년 | 김주은

••• 저자 소개

이름 : 김주은
생년월일 : 1998년 3월의 금요일
재학 중인 학교 : 동도중학교
혈액형 : AB형
취미 : 피아노 치기, 책읽기 등
좋아하는 영화 : 피아노의 숲, 아킬라 앤 더
          비, 해리포터 등(더 많지만
          생략)
갖고 싶은 직업 : 의사
비전 : 의료 선교

••• 프롤로그

하늘이 높아지고 있다. 아침저녁으로 점점 선선해지는 이 시기에 내 뒤통수를 내리쬐는 오후의 햇빛은 따사롭게만 느껴진다. 해가 학교 끝에 걸려 있을 때쯤의 학교 운동장은 모든 아이들의 놀이터이다. 철봉과 함께 운동장 귀퉁이에 위치한 모래사장. 그리고 그 옆에 박혀 있는 단단한 발구름판. 그것이 무엇인지조차 모르는 꼬맹이들이 그것을 밟고 뛰어다니는 모습을 볼 때면 나는 다시 13살이 된다.

운동 좀 한다고?

"휘익!"

0.1초 채 되지 않았는데 내 몸은 이미 앞을 향해 나아가고 있다. 팔은 마구 저어지고 있었고, 다리는 끊어질세라 내 눈으로 똑똑히 보이는 깃발을 향해 달려나가고 있었다. 깃발을 통과하는 순간 온 몸의 긴장은 풀린다. 하지만 이제야 점점 가빠지는 숨과 후들거리는 팔다리를 움직여 얼른 선생님께로 달려간다.

"쌤, 몇 초예요?"

8을 쓰고, 초시계를 다시 확인하시는 선생님. 8.2였다. 8.2라는 숫자를 쓰시고 나를 쳐다보시더니

"길에서 비켜. 나와."

라고 하시는 체육 선생님. 하지만 그런 퉁명스런 말투에는 신경 쓸 겨를이 없다. 0.1초가 빨라졌다. 물론 크게 말하지는 않지만 마음속으로는 기쁨과 희열의 '아싸!'를 외친다.

아, 나의 소개가 늦었군. 나는 13살 정세아이다. 말라깽이라서 그런지 친구들, 엄마, 할머니, 모든 친척들도 항상 나에게 하는 인사가 밥을 많이 먹고 살을 좀 찌라는 것이다. 음, 뭐 좀 잘 하는 걸 대자면 다른 애들보다 아주 조금 발이 빠른 것? 그 외에는 딱히……. 생각이 안 난다.

내가 제일 좋아하는 시간은 체육시간이다. 그 이유는 체육을 다른 과목보다는 그나마 잘하기 때문이 아닌가 싶다. 갑갑한 교실에서 나와 공기를 마실 수 있는 것은 또 다른 이유이다. 이번 시간은 체육시간이다. 어제 100m 달리기 시합을 마쳤으니 이제 체육시간에 뭘 할지 궁금해 하며 친구들과 운동장으로 나갔다. 선생님께서는 철봉 앞에 서서 우리를 향해 손짓을 하신다. 선생님 왼쪽 팔은 삽처럼 생긴 나무작대기를 땅에 대고 서 계신다. 저건 또 뭐지? 하는 호기심에 얼

른 쫓아갔다. 자세히 보니 멀리뛰기를 하는 것 같다. 내 예상대로 체육 쌤은 멀리뛰기를 몇 주간 하고 시험 친다고 예고하시고, 곧 시범으로 우리에게 뛰는 모습을 보여주셨다.

"전속력으로 뛰는 도움닫기를 한 후에 이 선을 넘지 않게 발을 구르고 공중동작을 한 다음에 착지하는 거야."

말은 그렇게 쉽지만 체육은 항상 정석대로 되지 않는 법이다. 선생님이 하는 것을 보고 아이들이 연습하기 시작했다. 선생님이 저 멀리서 깃발을 내리면 아이들은 살살 도움닫기를 위해 뛰기 시작했다.

"세게 달려서 구름판을 넘어도 괜찮아. 일단 힘차게 뛰어."

라는 선생님의 조언과 함께 날 향한 깃발은 휘릭 내려갔다.

이미 먼저 뛴 애들은 착지할 때 발가락이 신발에 부딪혀서 통증을 호소하고 있었다. 여러모로 걱정이 되는 가운데, '에라이 모르겠다. 세게 뛰어보자'라고 생각하며 그냥 100m를 뛰기 시작할 때처럼 전속력으로 뛰기 시작했다. 하지만 점점 구름판 앞을 갈수록 걱정 가속도가 붙기 시작했다. 잡생각 도중에 코앞에 발구름 판이 보였다. 재빨리 그것을 딛고 높이 뛰어올랐다. 달리면서 받은 가속도를 마지막 한 스텝에 모두 싣고 하늘 높이 뛸 때의 기분은 어떻게 말로 표현할 수 없을 것 같다. 그 쾌감이란! 하지만 착지를 할 때 워낙 큰 힘을 받아서 땅을 딛는데 발목에서 찌릿찌릿한 느낌이 들었다. 게다가 눈을 떠보니 발과 두 손이 흙에 파묻혀 있었다. 다행히 친구들이 얼른 일으켜 주어서 통증은 덜했다. 탁탁 털고 일어나서 체육 선생님을 보았는데, 선생님의 놀란 표정을 목격했다. 게다가 그 눈빛이 남은 6학년 생활을 계속 따라다녔다.

처음 그렇게 멀리뛰기를 하고 나니, 묘한 느낌이 들었다. 원래 처음으로 무언가를 배우고 나 혼자 해보고 나면 오는 그 떨떨한 느낌말이다.

하여튼 체육시간에 모래사장으로 몇 번 뛰고 나니 신발에 모래가 왕창 들어가서 터느라고 정말 귀찮았지만, 그래도 꽤 기분이 좋았다. 도움닫기 직후 몸이 하늘 위에 있을 때의 그 느낌, 우울할 때면 그때의 생각을 해야겠다.

그 다음날이었다. 늦잠을 자서 그런지 눈꺼풀이 무거웠다. 자습시간에 너무

졸려서 자려던 찰나 갑자기 아침 방송에서 체육 쌤의 목소리가 들렸다.

"안내방송 드립니다. 6학년 1반 김윤정, 6학년 3반 김기창, 김선호, 6학년 4반 김현준, 정세아, 6학년 6반 이유진. 지금 호명된 학생들은 즉시 회의실로 와주시기 바랍니다."

순간 '뭐지?' 하는 생각에 놀랐다. 체육 쌤이 방송에 나온 것도 이상한데, 내가 불린 것이 더 이상했다. 그나저나 왜 김현준이 불린 거지? 김현준은 우리 반 남부회장이다. 아쉽게도 방송에 불린 애들 중에서 김현준 빼고 아는 애가 딱히 없었다. 김기창이나 김선호는 우리 학교에서 그나마 좀 잘나가는 애들이지만, 뭐 그다지 관심이 없으니 상관없다. 온갖 생각이 머릿속을 교차하는 가운데 나와 김현준은 교실을 빠져나와 방송실로 내려갔다. 김현준이 나를 불렀다.

"야."

멍 때리면서 걷는 도중에 놀라서 옆을 바라보았다.

"지금 여기 왜 가는지 아냐?"

"내가 그걸 어떻게 아는데."

내가 얼굴을 찌푸리면서 말하자 김현준이 덧붙였다.

"아니, 니가 운동 좀 잘하니까 왜 가는지 아는가 싶어서. 모르면 됐고."

순간 '운동을 잘하니까' 라는 말이 머릿속에 새겨졌다.

멀리뛰기라고라?

회의실로 들어가니까 이미 아이들이 몇 명 와 있었다. 하지만 정작 체육 쌤은 계시지 않았다. 가서 조용히 기다리고 있는 가운데 키가 좀 작고 매우 당돌해 보이는 여자애가 한 명 들어왔다.

"어, 김기창, 김선호 안녕."

들어오자마자 다른 애들한테 인사하는 걸 보니 이미 서로가 아는 것 같았다.

그때 문이 드르륵 열리며 체육 쌤과 그 뒤에 어떤 까무잡잡하게 생긴 여자애가 따라 들어왔다.

"자, 하나, 둘, 셋, 음 보자. 다 왔네."

모두가 쌤을 바라보는 가운데 나는 침을 꿀꺽 삼켰다.

"내가 너희들을 부른 이유는 말이야. 서로 보면 알겠지만 체육 종목마다 너희들의 기록이 전교에서 가장 좋아."

이 말을 하는 순간 모두의 눈이 휘둥그레졌다. 김현준은 어찌나 놀랐는지 벌어진 입을 손으로 가려야 했다.

"그래서 말인데, 지금이 5월이지? 너희들을 올 7월에 있을 서부교육청이 개최하는 육상대회에 참가시킬 생각이다. 보자, 종목이 100m 단거리 달리기, 400m, 800m, 1600m 달리기, 그리고 멀리뛰기가 있다. 현준이랑 세아는 멀리뛰기를 하고, 나머지 윤정이, 기창이, 선호, 유진이는 단거리달리기를 할 거야. 일단 이걸 나눠 줄 테니까 부모님께 보여 드리고 동의서에 사인 받아와. 내일 2교시 전까지 쌤한테 제출하도록. 알았지?"

뜻밖의 소식에 아이들은 황당해 할 수밖에 없었다.

수업을 마치고 집에 가는 길에 기분은 의외로 좋았다. 내가 6학년 중에서 멀리뛰기 선수로 뽑히다니! 안 그래도 부웅 뜰 때 기분은 좋았다마는. 게다가 내가 살다가 방송실에 불려가는 일도 생기다니 놀랍다.

"야, 정세아."

뒤에서 누군가 나를 불렀다. 목소리가 낯익다 했더니 김현준이다.

"아, 왜?"

그런데 애의 표정이 짐짓 심각해 보인다.

"너, 이거 대회 나갈 수 있어?"

아니 지금 얘는 무슨 생각을 하는 거야? 나는 6학년 대표로 뽑힌 건데 당연히 나가야 된다고 생각했었는데 말이다.

"당연하지! 아, 뭐 당연한 것까지는 아니더라도 기회잖아. 새로운 거 할 수 있는."

내 말을 들으면서 김현준의 표정은 점점 어두워진다.

"야. 설마 너 이거 안한다거나 핑계대고 안할 그런 생각은 아니지?"

"……."

답이 없다. 심각한가보다. 잠시만 나도 엄마에게 동의서를 받아야 하기는 한다. 하지만 동의서쯤이야 누군가가 쓰면 되는 거고. 어느새 집 앞이다. 저 앞에 아파트가 보이길래, 인사 겸 김현준의 어깨를 툭 치면서 말했다.

"너 꼭 나가야 돼. 야, 네가 이번에 포기하면 네 평생에 육상선수 해볼 수 있을 거 같냐? 절대 못해! 지금이 기회니까 니가 잡든지 알아서 해. 그럼 잘 가라."

하고 들어가려는 순간 뒤에서 목소리가 들렸다.

"야 잠시만. 네가 뭘 오해하는 것 같은데, 나는 이거 해보고 싶단 말이야. 근데 엄마가 허락 안 해 주실 거 같아서. 육학년 되니까 학원 엄청 다닌단 말이야. 방과 후에 훈련도 할 텐데. 학원 있으면 어쩌려고."

맞다. 내가 이걸 깜빡하고 있었다. 김현준은 우리 학교에서 만능으로 통한다. 공부도 잘하고, 운동도 잘하고, 게다가 키도 크고. 우리 반에서는 뭐하나 못하는 게 없는 아이로 통한다. 하지만 그 배후에는 엄마의 치밀한 사교육이 있었다.

"그럼 얘기는 한 번 꺼내봐. 누가 알아? 허락해 주실지."

찜찜해 하는 김현준을 뒤로 하고, 나는 집으로 돌아왔다.

우리 엄마는 초등학교 보건선생님이시다. 나와 같은 학교를 다니지 않는 게 좀 아쉽지만, 한때는 같이 다니고 그랬었다. 엄마가 올 때쯤 나는 소파에 앉아

동의서를 들고 엄마를 기다리고 있었다.

"삐삐삐삐 띠리릭"

문 여는 소리가 들리고 엄마가 들어온다. 나는 얼른 일어나 신청서를 식탁에 올려두고 엄마를 불렀다.

"엄마 잠시만 와봐. 이거 동의서 좀 써줘."

엄마는 손을 씻고 오시더니 식탁에 앉으셨다.

"흠. 어디 보자. 네가 육상대회에 나간다고? 세아야 그만큼 운동 잘했었어?"

"음. 체육 쌤이 날 부르더니 6학년 전체 중에서 대표로 나가래."

엄마는 믿기지 않는 눈치였다. 엄마가 신청서를 보면서 망설이자 덧붙였다.

"엄마. 내년에 중학생인데 초등학교 마지막 학년에 육상대회 한 번 나가보면 안 돼? 해보고 싶어. 재미있을 것 같아."

엄마의 말이 이어졌다.

"엄마는 나가는 건 괜찮은데, 육상대회 준비하고 연습할 때 애들이 자주 다치는 걸 봤단 말이야. 엄마 학교에도 파스랑 밴드 제일 많이 쓰는 애들이 육상부 애들이더라고. 아무리 하고 싶어도 약간 위험하니까 엄마는 그게 좀 걸리네."

역시 보건 쌤 아니랄까 봐. 안 된다. 이것이 마지막 기회일지도 모르는데.

"안 다친다니까! 어차피 멀리뛰기 하는데. 달리기면 접질리거나 넘어지는데 멀리뛰기는 짧고 많이 안 뛰어서 덜 다쳐. 엄마 제발. 안 다칠게."

애원하는 눈빛으로 말하자 엄마가 결국 사인해 주셨다.

침대 위에 누웠는데 문득 김현준 생각이 났다.

'나도 이렇게 힘들게 동의 받았는데, 쟤는 어떻게 됐을까? 그래도 하고 싶다고 했는데… 하게 해주실 거야.'

별다른 걱정 없이 잠이 들었다.

다음날이었다. 나는 1교시를 마치자마자 체육선생님께 동의서를 내려갔다. 아침시간에 다른 애들은 다 냈겠지 대충 짐작하고 선생님께 냈다.

"선생님, 동의서 말이에요. 어제 6명 다 낸 거 맞죠?"

"어디 보자. 너까지 합해서, 5장인데? 어 현준이가 아직 안냈네. 올라가서 다음 쉬는 시간까지는 꼭 내라고 해라.”

순간 황당했다. 얘, 설마 진짜 동의서 사인 못받은 거야? 왜?!

남자애가 너무 설득력이 없다는 등 끈기가 부족하다는 등 온갖 생각을 하며 반에 뛰어 올라갔다.

“김현준!”

책을 읽던 김현준이 눈길을 나에게로 돌렸다.

“야, 설마 너 동의서 사인 못 받았냐?”

“어……. 응.”

힘없이 고개를 끄덕였다.

“진짜 안 된다고 하셨어? 니가 말을 제대로 하긴 한 거 맞아?”

의심의 눈초리로 다시 물었다.

“응. 그런 걸로 시간낭비하지 말래. 어쨌든 안 된대.”

김현준 애는 너무 반항기가 없다.

갑자기 머릿속에 번뜩 뭔가가 떠올랐다.

“아, 그러면 되겠다! 그래도 신청서는 들고 왔지? 이리 줘봐.”

종이는 아직 아무도 안 만진 것처럼 잘 펴져 있었다.

“너도 육상대회 나가고는 싶다고 했지? 그럼 일단 신청서 네가 써봐! 학원도 안 늦고 잘 나가면 되잖아. 야, 나는 귀 뚫은 지 1년이 다 되어가도 엄마가 아직도 모르더라. 엄마도 니가 하는 거 모르실 거야. 그럼 내가 대신 사인한다.”

이미 학부모 이름 이런 것들은 다 쓰여 있었기에 나는 얼른 사인을 대신하고 종이를 들고 강당으로 뛰었다. 선생님께는 김현준이 나보고 대신 내달라고 했다고 둘러대고 왔다. 난 당연히 김현준이 뭐라고 말리려고 뒤쫓아 올 줄 알았는데 오지 않았다.

‘짜식, 진짜 육상부 하고 싶었나 보네.’

결국 6명 모두 동의를 했다.

Welcome to 육상부

그날 오후 선생님께서 우리들을 또 부르셨다. 6명이 다 모이자

"자, 동의서도 다 냈고, 오늘은 중대 발표가 있다."

12개의 눈동자가 초롱초롱 빛났다.

"우리학교가 육상부가 아직 없길래, 내가 개교 이래로 처음 만들었다. 너희들이 가장 첫 번째 육상부 멤버들이야. 알았지?"

여기저기서 오, 아싸 등의 환호소리가 들렸다.

"그래서 말인데, 다음 주부터 빡센 훈련 들어갈 거니까, 준비하자는 의미에서 이번 주 토요일, 그러니까 내일이구나. 같이 등산을 가기 계획을 잡았어. 일명 OT라고 하지. 못가는 사람?"

모두가 환호성을 질렀다. 단 한 명 빼고 말이다. 김현준의 표정만 어두웠다.

선생님의 안내가 끝난 후에 각자 싱글벙글 웃으며 집으로 돌아왔다. 그런데 회의실에서 나오니까 김현준이 보이지 않았다. 다시 회의실 안으로 들어가려던 순간 안에서 목소리가 들렸다.

"선생님, 저 말씀드릴 게 있는데요."

"그래 현준아 뭔데?"

"저 엄마께서……."

'이 녀석 설마 선생님께 사실대로 말하려는 거야?'

숨을 졸이며 들었다.

"엄마께서 주중에 바쁘셔서 통화를 잘 못하실 것 같아요. 그래서 괜히 전화 하시면 나중에 또 통화 드리고, 번거로우시니까 엄마께 드릴 전달 말씀이나 연락하실 일 있을 때 저를 불러서 해주시면 감사할 것 같아서요."

"그래 알았다. 어이구 착하네, 어머니 배려도 할 줄 알고, 그래 알았다. 네한테

다 전해줄게. 그럼 어서 들어가 봐."

그 말을 듣는 순간 웃음이 나왔다. 김현준이 저렇게 눈 깜짝하지 않고 거짓말을 잘 하다니 말이다. 또 깜빡 속아 넘어가시는 선생님이 너무 웃겼다. 숨죽여서 웃고 있는데 문이 닫히고 김현준이 나왔다. 벽에 기대고 있는 나를 보며 화들짝 놀란 표정을 지었다.

"야, 다 들었냐?"

"응. 근데 너 거짓말 진짜 잘하더라. 쌤은 그걸 또 믿으셨어. 그럼 이제 쌤한테 거짓말까지 했으니, 육상부 진짜로 하는 거네."

"어. 네가 신청서 니 마음대로 내길래, 이왕 하는 육상부 들키기 전까지는 최대한 오래 해보려고. 대회까지는 버텨야지."

"그럼 이번 주 토요일은 오는 거지? 등산 말이야."

"아마 갈까 하는데. 그냥 체험숙제 하러 간다고 둘러대면 엄마도 모르실 거야."

토요일 아침 9시 10분이다. 늦어서 뛰어가고 있는데, 학교 정문 앞에 애들이 보인다. 어라. 근데 2명밖에 없다. 그래도 10분이나 늦었는데 느긋하게 걷기가 그래서 종종걸음으로 달려가 도착했다. 보니 아직 김기창과 김선호 둘 밖에 없었다. 아직 말을 트지 않아서 약간 어색한 가운데 김선호가 먼저 내게 말을 걸었다.

"야, 지금 몇 시냐? 쌤은 왜 이리 안 와. 짜증나게."

김기창이 덧붙였다.

"야 근데 다른 여자애들은 왜 이리 안오냐. 10분 째 기다리는데."

폭풍질문에 내가 대답했다.

"어. 지금 9시 12분인데? 윤정이랑 유진이랑은 아직 연락해 본 적이 없어서 모르겠다."

"에효, 여자애들은 뭐 하는 거 없이 맨날 늦더라. 김윤정 걔는 분명히 아직 집에 있으껄."

"그나저나 너랑 같은 반 남자애. 걔도 안 오네. 연락은?"

"어 아직. 아 근데 왜 나보고 다 물어. 니들은 폰 없냐?"

"아 없다 그래. 참나 좀 물어보는 것도 안 되냐? 아 저기 또 오네."

보니깐 윤정이었다.

"어 안녕! 오늘 나름 빨리 온 건데."

"아직 쌤도 안 앉아."

결국 9시 40분이 되어서 모두가 모였다. 학교 바로 뒤에 산이 있었기에 우리는 산을 향하여 바로 출발했다. 물론 가장 늦게 온 김현준이 모두의 도시락 가방을 들었지만 말이다.

올라가면서 윤정이와 유진이와도 친해졌다. 보아하니 남자애들끼리도 친해진 것 같다. 6명끼리 모두가 단합도 하고 쌤과도 더욱 친해지게 되었다.

결국 정오쯤 산 정상에 도착했다. 출출할 때라 도시락을 맛있게 먹고, 기지개도 켤 겸 자리에서 일어섰다. 곧 선생님께서 우리 모두를 부르셨다.

"자, 육상부 1기 선수들. 와봐. 모여서 파이팅 한번 하자."

선생님 말씀에 모두가 둥그렇게 모여 손을 모으고 외쳤다.

"육상부를 위하여~~!"

#4.

힘들고 힘들도다

모두가 즐거운 시간을 보냈다. 하지만 그 다음주 월요일 아침부터는 본격적인 훈련에 들어갔다. 8시 30분까지 등교하다가 8시까지 운동복으로 갈아입고 운동장에 집합하려니 장난이 아니었다. 지각을 밥 먹듯이 했는데 지각할 때마다 운동장 한 바퀴를 돌고 훈련을 시작하는 등 꽤나 엄격했다. 김현준은 원래 학교를 좀 일찍 오기 때문에, 다행히 엄마께 들키지 않고 훈련을 할 수 있게 되었다.

훈련 중에서 멀리뛰기 연습할 때 내가 가장 약했던 부분이 발구름 판에 발이 안 맞아서 실격이 되는 거였다. 아무리 잘 뛰어도 실격이 되면 기록이 없기 때문에 보폭을 잘 계산해서 그 보폭만큼 뒤로 가서 뛰고, 거리도 잘 조절하는 등 많은 시간을 보냈다.

운동장 귀퉁이에 위치해서 그런지 운동장 중앙에 있는 친구들이 잘 보인다. 나도 운동장 몇 번 뛰고 나면 숨이 차는데, 맹훈련을 하는 친구들을 보면 더 안쓰럽다. 매일 무릎을 최대한 가슴 쪽으로 당기며 뛰는 연습을 하고, 심폐지구력을 위해 줄넘기도 몇 백 개씩 한다. 요즘 들어서는 운동장에 허들을 세워놓고 빠르게 넘는 훈련을 하고 있는 듯하다.

그렇게 훈련을 25분간 한 후 마칠 때면 모두가 땀범벅이 되어 있다. 5분간은 선생님께서 준비하신 물과 이온음료를 마시며, 오늘 연습 때는 어땠는지 말해주시고, 땀을 최대한 식히고 들어간다. 요즘 들어 날이 더워서 그런지 남자애들은 식수대에서 머리를 감기까지 한다. 그렇게 우리의 6월은 지나가고 있었다.

#5

SPI$_K$E

대회의 날짜가 코앞으로 다가오고 있다. 다행히도 1달 전에 비하면 기록도 많이 늘었고, 체력도 생겨서 점점 실력이 향상되는 것이 눈에 띈다.

대회 2주 전이다. 선생님께서 아침에 훈련을 시작하기 전에 부르시더니 비닐봉지에 무언가를 싸들고 오셨다. 아이들이 모두 궁금해 하는 가운데 선생님께서 봉지에 있는 것을 바닥에 쏟아 부으셨다. 신발이었다.

"자, 애들아. 이건 스파이크라고 하는 운동화인데, 경기장에서는 이것만 신고 뛸 거야. 이 신발에는 특히 바닥에 뾰족하게 가시가 많이 박혀 있으니까 절대 조심해야 한다. 경기장은 모두 우레탄으로 되어 있으니까 발을 디딜 때마다 이 가시가 우레탄에 박혀서 마찰력을 최대한 줄여줄 거야. 오늘부터는 이거 신고 뛰는 적응 훈련을 한다. 일단 자기 발 사이즈에 맞는 스파이크부터 찾아."

모두가 신기한 눈으로 신발을 요리조리 돌려 보더니 맞는 신발을 고르기 시작했다. 나도 흰색 스파이크를 골랐다. 신으니 딱 발에 맞고 의외로 편했다. 스파이크를 신고 걸어보니 바닥에 가시가 흙에 박히고 빠지는 느낌이 들었다. 뒤를 보니 흙에 구멍이 송송 뚫려 있었다. 이제 운동장이 이런 구멍들로 가득 메울 날만 남아있다. 확실히 스파이크까지 신으니 더 열심히 하게 되고, 최선을 다해서 뛰게 되는 것 같다. 대회를 위해서 더위를 이기고 훈련하는 선수들은 하루가 다르게 성장해 나가고 있었다.

육체적인 기술이나 체력만이 아니라 절제의 자세, 겸손의 자세, 최선을 다하는 마음 등까지 포함해서 말이다.

#6

내가 하고 싶은 것

대회 일주일 전까지도 일이 잘 풀려가고 있었다. 6명 모두 다치는 일 하나 없이 열심히 뛰고 있었고, 기록도 점점 나아지고 있었다. 하지만 일이 일어났다. 대회 며칠 전, 체육 쌤께서 학부모들께 아이들이 너무 열심히 하고 있고, 잘 하고 있으니 선생님으로써 이렇게 연락드린다는 전화를 모두에게 돌리셨나보다. 그것은 특별한 안내사항이 아닌지라 칭찬이기에 체육선생님께서 현준이 엄마께도 전화를 하셨던 것이 분명하다. 그런데 그 까다로운 엄마가, 자신은 육상부에 대해서 전혀 모르고 있었다며 내 아들이 왜 운동장을 뛰고 있는지 전혀 아는 바가 없다며 선생님께 말하셨다.

아무 것도 모르고 있던 현준이는 그날도 학교를 마치고 집으로 잘 귀가했다. 그런데 웬일인가. 집안 분위기는 얼음장 같았다.

"김현준, 너 이리 와봐."

현준이가 영문을 모른다는 듯이 와서 앉았다.

"너 왜 매일 아침에 훈련하고 있다는 걸 말 안했어. 엄마가 육상부 하지 말라고 했는데 왜 했냐고! 이 녀석아."

현준이는 그 말을 듣는 순간 심장이 소멸되는 듯 했다.

'어떻게 엄마가 아셨지? 이제 난 앞으로 어떻게 될까' 등의 온갖 생각이 교차하는 가운데, 엄마와 나는 서로 아무 말도 하지 않았다. 엄마의 잔소리는 늘어가는 대신 나의 고개는 점점 숙여졌다.

"너, 그 육상부인지 뭔지 하는 거 엄마가 얘기할 테니까 내일부터 당장 그만둬. 그리고 그딴 허튼짓하기만 해봐. 이제 더 이상 이렇게 끝내는 일은 없을 거야. 빨리 학원 갈 준비나 해."

그때 방에 들어간 현준이는 '육상'이라는 큰 돌이 머릿속을 쑥대밭으로 만들며 이리저리 굴러가는 것을 느꼈다. 엄마는 이 돌을 깨버리려고 안달이고, 자신은 절대 이 돌만은 깨고 싶지 않았다.

순간 지금까지 육상부아이들, 선생님, 열심히 땀 흘리며 하던 훈련. 그 순간들을 생각하니 지금도 절로 웃음이 나온다. 안 된다. 이걸 멈출 수는 없다. 내일 모레가 대회인데 대회만큼은 꼭 나가야지. 그래서 마음 속에서 주체할 수 없는 울분이 쏟아졌다. 엄마가 다른 것을 시키는 것은 몰라도, 육상부에서 뺀다는 것은 상상하기조차 싫었다. 그래서 굳게 다짐을 하고 성큼성큼 거실로 나갔다.

"왜, 뭔데."

엄마는 꼴도 보기 싫다는 표정으로 현준이를 쳐다보았다. 현준이는 침을 꿀꺽 삼켰다.

"엄마, 엄마가 원하는 대로 학원 하나 더 보낸다거나 과외 하나 더 시키는 것은 괜찮아. 근데, 육상부에서 하는 멀리뛰기는 내가 정말로 하고 싶은 거야. 엄마도 내가 정말로 하고 싶은 것 하나 정도는 하게 해줬으면 좋겠어."

말을 마치자 속이 후련한 느낌이 들었다.

지금까지 나의 의사를 이렇게 말한 적은 단 한 번도 없었는데, 이렇게 뿌듯할 수가.

엄마의 얼굴을 쳐다보니, 눈빛이 흔들리고 있었다.

"현준아 옆에 앉아봐."

현준이가 엄마 옆에 가서 조용히 앉았다.

"현준이가 꼭 하고 싶은 게 생겼다니, 엄마는 다행이라고 생각해. 지금까지 뭘 시켜도 아무 반응도 없고, 말도 안 하길래 엄마는 육상부도 어떤 사람이 네가 운동 잘 하니까 시켜서 그렇게 들어간 줄로 오해했어. 그렇게 꼭 하고 싶다면 해봐. 네가 하고 싶은 건데 하게 해줘야지."

예상 밖의 말들이 엄마의 입에서 나왔다. 무조건 자기 아들 잘 되라고 하는 것이 아니라 내가 하고 싶은 걸 하기를 바랐다니, 마음 한편에서는 엄마가 나에 대해 그렇게 생각해 주고 있다고 생각하니 너무 고마웠다.

당당하게, 솔직하게 내 생각과 주장을 말하기가 그렇게 어려운 것만은 아님을 느낄 수 있었다.

어쨌든 나는 정당하게 대회에 참가할 수 있게 되었다. 이보다 좋은 게 있을까?

#7

Jump Ju^mp

드디어 기대하고 고대하고 기다리던 대회 날이 다가왔다. 김현준이 엄마와 대화로 문제를 잘 해결했다는 이야기를 듣고, 가슴을 쓸어내렸다. 사실 현준이가 육상부를 하게 된 것이 거의 나 때문이기 때문이다. 7월 23일. 쨍쨍 내리는 아침 햇살을 맞으며 집을 나왔다. 나를 꼭 안아준 엄마의 감촉이 아직 생생하다. 기분도 좋고 컨디션도 굿이다.

학교에 여느 때처럼 도착하니 봉고차 1대가 대기해 있었다. 이미 윤정이와 김선호는 그 차에 타고 있었다.

"세아야, 빨리 와~"

체육 쌤도 차에 우리의 유니폼과 스파이크를 싣고 간식과 음료도 실으셨다.

"출발~"

지금까지 연습하고 준비했던 보람이 오늘에야말로 실현되는 날이다. 다행히 차 안은 시끌벅적하고 좋았다.

"자, 갈 때는 태워주는데 오늘 순위에 안 들면 안 태워다준다. 알았지?"

"에이~ 쌤, 그러는 게 어딨어요."

"진짠데? 쌤은 한 입으로 두 말 하지 않아."

"어 그래요? 그럼 저희 오늘 외박합니다."

"그래 그럼 그러던지. 대신 잘 뛰기만 해."

화기애애하던 차 안이었지만 정작 경기장에 도착하자 오늘이 대회라는 것을 실감했는지 서로 말이 없어졌다.

주차를 하러 가는 길에 여러 학교의 다른 학생들이 보였다. 당장 저 아이들과 맞대고 경쟁해야 한다고 생각하니 가슴이 답답해져 왔다. 친구들도 한껏 긴장하는 모습이 보였다.

"자, 얘들아 겁먹지 말고. 어서 들어가자."

모두들 유니폼으로 갈아입고 스파이크를 신었다.

선생님께서 스트레칭을 시키셨다. 후, 숨을 내쉰 후 경기장으로 들어갔다. 경기장은 이미 시끌벅적했다.

"성심초 육상부 파이팅!"

응원 소리도 들렸고,

"오늘 발목 상태가 안 좋아."라고 시무룩해 하는 소리도 옆에서 들렸다.

가장 먼저 시작한 종목은 100m 달리기였다. 모두가 긴장하는 가운데, 총소리가 탕 들리고 경기가 드디어 시작되었다.

'윤정이, 유진이, 김기창, 김선호, 잘해라!'

속으로 크게 외쳤다. 2달 간 땀 흘리며 열심히 뛰었던 친구들이 떠올라 진심으로 잘했으면 좋겠다는 마음이 굴뚝같았다.

아쉽게도 내가 서 있는 멀리뛰기, 구장에서는 친구들이 달리는 모습이 보이지 않았다.

"삑삑, 잠시 후 남초부 멀리뛰기 예선을 시작하겠습니다. 선수들은 모두 경기장으로 모여주시기 바랍니다."

멀리뛰기는 대개 이렇게 진행된다. 선수들이 준비할 동안은 심판이 빨간 깃발을 들고 있다가 출발하라는 신호로 흰색깃발이 올라간다. 그 후 선수들이 뛰고 나면 발구름판 선을 넘어서 실격이 아닌지 판명 후 흰색과 빨간색 깃발로 알려준다. 흰색 깃발이 올라가면 통과이고, 빨간색 깃발이 올라가면 기록은커녕 실격이 되어 엑스가 표시된다.

'어 이제 김현준 경기 시작하겠다.'

라고 생각을 하는 도중 이미 여러 학생들이 도움닫기를 하기 시작했다. 나는 내 귀를 의심해야 했다. 김현준의 사전 기록이 잘해야 3.9m를 겨우 찍었었는데, 심판이 다른 선수들의 기록을 부를 때는 4m를 넘기는 사람들이 대다수였다.

드디어 김현준 차례였다. 쌤과 나는 숨을 죽이고 지켜보았다. 깃발이 내려가고 입술을 꽉 깨문 듯한 표정으로 김현준이 달리기 시작하였다. 전속력으로 달리다가 발구름 판을 시원하게 밟고 도약하였다. 안정되게 착지하였다. 다행히 흰 깃발이 올라갔다. 4m 10cm라고 하는 심판의 목소리를 듣고 매우 놀라웠다. 김현준도 그 기록이 나오자 매우 놀라워했다. 계속해서 2번 더 뛴 후에 총 세 번 뛴 것의 평균으로 선수들의 최종 선수들의 기록이 확정되었다. 1차 예선의 기록이 합산되는 동안 우리 육상부가 모여서 잠시 쉴 시간이 있었다.

그동안 경기 성적을 발표했는데, 예선에서 100m 부문에서는 윤정이가 4등을 하였고, 기창이는 3등, 선호는 4등의 성적을 거두었다. 유진이는 아쉽게도 출발

전에 움직인 관계로 실격을 당하였다. 눈물이 글썽글썽한 모습을 보면서 나와 윤정이가 유진이를 위로해 주고 토닥여 주었다.

잠시 쉬는 사이 안내방송이 나왔다.

"잠시 후 여초부 멀리뛰기 예선대회가 있을 예정이오니 학생들은 경기장으로 모여주시기 바랍니다."

친구들의 잘하라는 격려를 받고, 나는 경기장으로 뛰어갔다.

선수들을 확인하고, 경기가 시작되었다.

깃발 색깔이 흰색으로 바뀌는 순간 선수들은 도움닫기를 시작하였다.

드디어 내 앞의 선수가 뛰었다. 키도 엄청나게 컸고, 나보다 훨씬 잘 뛰게 생겼다. 거의 단거리달리기를 하듯 뛰어서 도움닫기를 했다. 기록은 놀라웠다. 거의 4m에 가까운 듯 했다. 하지만 들리는 깃발의 색깔은 빨간색.

순간 심장이 덜컥했다. 나도 까딱하면 저렇게 실격이 될 수도 있겠구나. 드디어 내 차례였다. 흰색깃발이 올라가고 나는 뛰기 시작했다.

도움닫기 중반부에서 나는 실격이 될까 봐 속도를 갑자기 줄이게 되었다. 발구름 판을 밟고, 뛰긴 뛰었지만, 기록은 3m 50cm 정도로 평상시보다 훨씬 적게 나왔다. 갑자기 뛰는 것이 두려워졌다.

하지만 선생님께서 얼른 다가 오셔서 충고해 주셨다.

"세아야, 너 원래 이렇게 쫄지 않았잖아. 앞만 보고 달리고 뛰어! 실격 되어도 괜찮으니까 밑은 최대한 신경 꺼."

갑자기, 잘 뛰라고 응원해 주던 엄마의 얼굴이 생각났다. 다 같이 파이팅 하던 아이들의 모습이 떠올랐다.

'다시 해보자. 닭이 날겠다고 날갯짓하듯이 뛰어보자'

마음을 추스르는 사이에 금세 내 차례가 돌아왔다. 심호흡을 하고 다시 뛰기 시작했다. 이를 악물고 전속력을 다하여 도약하였다. 마지막 발을 구른 후 부웅 날아올랐다. 공중에서 무릎을 최대한 가슴 쪽으로 당긴 다음 착지하였다. 3m 82cm. 나는 귀를 의심할 수밖에 없었다. 한 번 만에 거의 30cm나 기록이 오르다니. 선생님도 나를 보더니 엄지손가락을 치켜세우셨다.

그 다음부터는 자신감을 회복해서 3m 80cm 정도의 기록이 유지되었다.

다행히 예선은 통과할 수 있었다.

저 멀리서 남초부 결승이 치러지고 있다. 김현준이 저 멀리 뛰는 모습이 보인다. 운동장 저 반대편에는 아마 김기창이 결승전을 준비하는 것 같아 보인다. 좀 전까지는 너무나도 정신이 없었다. 하도 긴장해서 그런지 예선을 통과했다는 말을 듣자마자 온 몸에 힘이 쫙 풀렸다. 잠시 관중석에 앉아서 쉬고 있는데 이제야 정신이 든다. 모두들 최선을 다하는데, 이렇게 혼자 헤매면 안 된다는 생각이 퍼뜩 들었다.

경기장 근처에는 선생님, 윤정이, 그리고 유진이가 김현준이 뛰는 모습을 보고 있었다. 하지만 썩 표정은 좋지 않았다. 예선도 거의 턱걸이로 올라간 거라, 결승전에서는 실력자들에게 밀리고 있었다. 경기가 끝나고 김현준이 내게로 다가왔다.

"야, 정세아. 진짜 본선 가니까 실력자들 쩔더라. 마음 단단히 먹어."

"당연하지. 그냥 순위 근처라도 가면 좋겠다."

#8

더 높이 더 멀리

그렇게 김현준의 본선 경기가 끝나자 나의 본선이 우리 육상부에서는 마지막 경기가 되었다. 곧 안내방송이 나오고, 인원을 확인한 다음에 본선경기가 시작되었다.

숨을 가다듬고 있는 도중, 내 앞의 사람이 도움닫기를 시작했다. 그런데 갑자기 저 멀리서 육상부 나머지 5명의 친구들과 선생님께서 다가오는 게 보였다.

나와 김현준의 눈이 마주쳤다. 나에게 주먹을 들며 파이팅이라고 말하는 것 같았다. 그리고 저 멀리서 김선호가 외쳤다.

"정세아 파이팅!"

그 순간 이 경기는 나 혼자만 하는 것이 아니라는 생각이 번쩍 들었다.

'친구들이 모두 응원하고 있다. 진짜 최선을 다하는 거야. 이왕 뛰는 건데, 제일 높이 멀리 뛰어야겠다. 정세아, 해보는 거야'

등 의 굳센 다짐이 생겼다.

흰 깃발이 내려가고 입가에 약간의 미소를 지으며 도움닫기를 시작했다. 전속력으로 달려 힘차게 발을 굴렀다. 공중에서는 있는 힘껏 다리를 가슴으로 당기고 상체를 숙였다. 최대한 동작을 크게 해서 다행히 잘 착지할 수 있었다. 그 후 바로 몸을 돌려 실격이 아님을 알리는 흰 깃발이 올라가는 것을 보았다. 살면서 그때보다 크게 안도한 적은 있었는가 모르겠다.

그 후 내 기록이 들렸다. 4m 02cm. 나는 소스라치게 놀랐다. 어떻게 그런 기록이 나올 수가 있는 거지? 내가 뛴 게 맞나 싶을 정도로 놀랐다. 드디어 내가 4m대에 진출하다니 말이다. 선생님과 아이들은 모두 함성을 질러주었다. 그때 내가 느낀 기쁨을 어떻게 헤아릴 수 있을까. 친구들이 정신적인 지지대가 되어서 그런지 2차도 잘 뛸 수 있었다.

마음을 가라앉히고 3차를 위해 양말을 잠시 털고 있었다. 스파이크를 서서 엉거주춤하게 신던 도중 갑자기 손에 엄청난 통증이 느껴지면서 스파이크를 놓쳐버렸다. 손이 매우 따가웠다 그리고 피가 흐르고 있었다. 스파이크에 그만 찔린 것이다. 그동안 훈련을 많이 했지만, 아무도 찔린 적은 없었다. 그런데 하필 이 중요한 순간에 다치다니. 갑자기 부주의했던 나에게 화가 났다. 속에서 김이 부글부글 끓기 시작했다.

응급 처치를 하는데 그것이 쉽지가 않았다. 날카로운 가시들이 신발에 빼곡히 박혀 있었는데, 그 중 여러 개가 손가락을 동시에 상처를 낸 것이었다. 옆에서 김현준이 말했다.

"그냥 내가 뛰어줄까? 내가 너보다 훨씬 잘 뛰어줄 수 있는데."

"지금 장난할 기분 아니거든? 이럴 거면 저리 가."

하여간 위로 해주려는 것은 알겠는데 이 순간에 농담이라니 기가 막혔다.

하지만 청천벽력 같은 심판의 말.

"저 정도 손 부상이면 경기에 참가하지 못할 텐데요. 그럼 정세아 선수는 제외하고 경기를 계속 진행하겠습니다."

그 소리를 듣는 순간, 나는 반사적으로 의자에서 일어났다. 그리고 입에서 말이 튀어나왔다.

"안 돼요. 이 정도 상처는 견딜 수 있어요. 저 꼭 뛸 거예요. 뛰고 싶어요. 네?"

심판은 정말 고민을 하는 듯 했다.

"그 대신 손을 다친 것, 그리고 다시 뜀으로 인한 상처는 본인이 책임져야 합니다."

라고 하며 다시 심판석으로 돌아갔다.

다행히 나는 손가락에 붕대를 칭칭 감고, 다시 경기장으로 돌아갈 수 있었다.

손가락이 욱신거리는 가운데 시무룩한 표정으로 경기장에 돌아가 차례를 기다리고 있었다. 경기장 옆에는 친구들이 여전히 힘을 내라고 외치고 있었다. 다시 정신이 들었다.

'지금까지 얼마나 잘 뛰어 왔는데, 지금 좌절한다는 건 말이 안 돼. 선생님도 얼마나 도와주셨는데, 그리고 쟤들이 얼마나 응원하고 있는데. 엄마가 다치지는 말라고 했지만……. 그래도 마지막 힘을 내자.'

흰 깃발이 올라갔다. 모든 근육 하나하나를 사용한다는 느낌으로 도움닫기를 하였다. 가뿐히 발을 구르고 손이 욱신거리는 것도 무시한 채 최대한 팔다리를 쭉 뻗었다. 공중동작에서 느낄 수 있는 그 희열을 다시 맛볼 수 있었다. 쿵, 착지를 하면서 무릎을 찧고 손으로 땅을 짚었다. 갑자기 손이 몹시 따가웠다. 하지만 신경을 쓸 겨를이 없었다. 바로 뒤돌아서 올라가 있는 흰색 깃발을 보고 가슴을 쓸어내렸다. 힘을 내서 일어나자마자 저 멀리서 친구들이 달려왔다. 윤정이가 날 보더니 꼭 안아주었다. 덩달아 유진이도 우리를 안아주었다. 그 한 번의 포옹으로 비로소 깨달을 수 있었다. 나를 생각해 주는 친구들과 함께하는 것보다 더 큰 기둥은 없다는 것을.

그렇게 우리의 육상부는 졸업을 하면서 끝이 나게 되었다. 그 동안의 훈련을 통해 배운 많은 삶의 지혜들은 아직까지 나의 마음 속에 간직하고 있고, 만난 친구들과의 인연은 계속되고 있다

발구름판에 발을 구른 후 저 하늘 높이, 그리고 멀리 새처럼 날아오르는 그 느낌은 아직도 내 마음 속에 생생하게 기억되고 있다.

새로운 도전을 할 때마다 들려온다. 알 수 있다.

최선을 다 할 때 언젠가는 날 수 있다는 그 희망이. 그리고 그것은 나와 함께하는 동반자들이 있어야 가능하다는 것을.

••• 후기

　내가 소설을 쓰게 되다니. 정말 놀라울 따름이다. 결국 끝내지 못 할 것 같았는데, 막상 다 쓰고 나니 뿌듯했다.

　이렇게 긴 글을 쓰는 것은 처음인지라 글 자체가 많이 부족하고, 어색하다. 여러모로 부족하지만 전하고자 하는 메시지는 느낄 수 있었으면 한다.

　멀리뛰기라는 소재는 나의 약간의 경험담에서 얻어왔다. 그때를 회상하면서 이렇게 이야기를 전개했는데, 그 시절의 느낌과 생각을 최대한 담아내려고 노력했다.

　그리고 이 글은 힘든 순간에 친구가 함께할 때 옆에 있는 것만으로 얼마나 큰 도움이 되는지, 최선을 다할 때 드는 그 기쁨 등을 지금까지 살아온 과정을 되돌아보면서 쓰게 되었다.

　글이 짧지만 워낙 부족한 사람인지라 주변에서 많은 도움을 주었다.

　구상을 도와주었던 연수와 유리, 가족들. 그리고 완성하지 못하고 시간을 끌었지만 끝까지 마칠 수 있게 도와주셨던 우리 김다정 선생님께 감사의 말을 전하고 싶다.

기적같은

꿈꾸는 책벌레 3학년 | **금수경**

••• 저자 소개

이름 : 금수경
성별 : 여
나이 : 16
학교 : 동도중학교
별명 : 만두
장래희망 : 아직 정해지지 않음
글을 쓴 동기 : 중학교에서의 마지막 추억을
　　　　　　　남기기 위해서(?)
　　　　　　　아자아쟈!!

••• 머리말

　어떤 종류의 글을 쓸까 어떤 내용을 다룰까 많이 고민했다.
　친구들의 도움을 받기도 하고… 그러다가 친구들의 추천으로 요즘 사춘기 소년 소녀들이 가장 관심있어 하는 로맨스 소설로 정했다.
　중학교에서 처음으로 쓰는 소설이자 마지막 소설인데 너무 허술한 것 같다.
　처음이다 보니 어색하 기도하고 시작하는 것부터 하며 끝까지 하는 것이 너무 어려웠던 것 같다. 소설이라 하지만 초등학생이 쓴 인터넷 소설같아 부끄럽기도 하다.
　가벼운 로맨스 소설이다보니 너무 심각하게 읽지 말고 그냥 웃으며 이 글을 읽어 줬으면 한다. 누구에게나 처음과 시작은 늘 미비하니까….

어릴 적 약속

혼자서 놀고 있는데 인터폰이 울렸다.

"여보세요?"

엄마가 받았다.

"저 혹시 수진이네 맞아요?"

누군지 궁금하다.

"맞단다. 넌 누구니?"

엄마가 누군지 묻는다.

"안녕하세요. 저 영준이에요"

아!!! 내가 제일 좋아하는 영준이 오빠다.

"아 잠시만 기다리렴."

"수진아 영준이 오빠한테서 전화 왔어!"

엄마가 말을 끝내기도 전에 내가 달려갔다.

"여보세요?"

나는 크게~ 말했다.

"수진아. 뭐해?"

영준 오빠가 웃으며 말했다.

"음… 그냥 있어."

나 또한 웃으며 말했다.

"그럼 지금 놀이터로 나올래?"

아싸! 오빠랑 논다

"응! 응!"

난 대답을 재빠르게 했다. 뒤에서 엄마가 웃는다. 괜히 얼굴이 빨개진다.

"그래 빨리 와."

그러곤 오빠가 인터폰을 끊었다.

나는 놀이터에서 오빠랑 엄마아빠 놀이도 하고 약초만들기 놀이도 하고 술래잡기도 하고 재밌게 놀았다. 언니나 오빠가 없는 나는 영준 오빠가 참 좋았다. 동네 친구들도 하나둘씩 더 나와서 가족을 만들기도 했고, 편을 나누어서 놀기도 했다. 그렇게 몇 시간 동안이나 지치지도 않고 열심히 놀고 있었는데. 조금 더 놀고 싶은데 엄마가 불러서 인사를 하려던 참이었다.

그때…

"수진아. 오빠 내일 아빠 따라 외국으로 떠나…. 그쪽 회사로 이동하게 되셨다고 해서 우리 가족 모두."

오빠가 나를 붙잡곤 말했다.

"외국? 왜?!"

이럴수가 오빠가 외국으로 간다니! 그럼 다신 만나지 못하는 건가. 오빠는 정말 착하고 공부도 잘하고 나랑도 정말 잘 놀아주는데?

"모르겠어…."

오빠도 눈물을 글썽거리며 말했다 오빠도 나랑 헤어지기 싫은 것 같았다.

"오빠, 아빠만 가시고 안 가면 안 되는 거야?"

"미안…. 나중에 우리 꼭 다시 만나자!"

오빠가 진짜 떠나는가 보다.

"응… 약속이다?"

"그래 약속!"

오빠, 약속 꼭 지켜! 그리고 빨리 와!

첫 만남

아~ 시험이 끝난 주말.

어제 친구들과 영화도 보러 다녀왔고… 집에 있자니 너무 심심하다. 나의 베프 민주한테 카톡이나 넣어봐야겠다.

'뭐해?'

'아는 남자애랑 채팅하는 중 너도 초대해 줄까?'

민주는 이쁘고 성격도 좋아서 남녀 구분없이 친구가 많다.

'음… 그럴까?'

모르는 사람이어서 껄끄러웠지만 너무 심심했다.

'그럼 초대한다?'

떨린다.

 – 수진님과 승민님이 초대되었습니다. –

'안녕?'

남자애가 먼저 인사를 했다.

'아, 안녕'

'헐… 야, 나 엄마가 폰 검사하신데 나 나간다. 둘이 잘 놀고! 내일 봐!'

 – 민주님이 퇴장하셨습니다. –

?! 민주야 나가면 어떡하니!! 나 이 사람 처음 만나는 거라고!

'하하… 나가버렸네? 우리끼리라도 톡하자 이름이 뭐야?'

이 남자애도 성격이 좋은가 보다.

'김수진이라고 해.'

'난 김승민이야. 우리 자주 톡하고 친하게 지내자.'

'그러자.'

우린 계속해서 카톡을 했고 친해져서 가끔 같이 만나서 시험 준비도 하고 시험기 끝나면 친구들고 함께 놀이 동산을 가며 놀기도 했다.

#3

친구의 남자친구

"아… 뭐하지? 민주야, 이제 어디 갈까?"

민주랑 점심 먹고 영화도 봤다. 이젠 뭐하지?

"우리 승민이 불러서 노래방 가자!"

좋은 생각이다. 근데 왜 승민이를 부르자는 거지? 그래도 뭐 사람이 많을 수록 재밌으니깐…

"그러자!"

'승민아 지금 놀 수 있나?'

'응'

카톡을 넣자 마자 바로 답장이 왔다. 승민이도 심심했나보다.

'우리 그럼 노래방 가자!'

'그래. 근데 우리 둘만 가나?'

'아니 민주도!'

'그럼 나 지금 나갈게.'

'그래! **노래방으로 와! 앞에서 기다릴게!'

10분이 지났을 쯤… 승민이가 달려온다. 빠… 빠르다.

우린 노래방에 들어갔고, 신나게 노래부르면서 놀았다. 두 시간이 지나고 시간이 다 돼서 나왔다.

"목 마르다. 우리 카페 가자."

소리를 제일 크게 많이 질렀으니 목이 탈 수밖에

"그래."

"아… 난 집에 가야겠다. 집에 가서 카톡할게!"

나도 뭐 좀 마시고 싶었지만 엄마한테서 계속 전화가 와서 집에 가야만 했다.

"잘가!"

"내일 학교에서 봐!"

집에 도착한 뒤 카톡을 확인하는데

'수진아! 나랑 승민이랑 오늘부터 사귀기로 했어!'

대박사건이다.

'오~ 진짜? 축하해!'

근데 마냥 기쁘진 않다. 왜 그럴까?

#4

학원

영어학원에 도착했다. 근데 승민이가 물마시고 있는 게 보인다.

"어? 승민아 안녕? 너도 이 학원 다녀?"

"응 오늘부터!"

같이 공부한다는게 기쁘다.

"우와! 잘 왔어"

나는 진심으로 환영했다.

"니 옆에 앉아도 될까?"

심장이 두근거린다. 근데 기분이 좋다?

"응!"

학원 마친 뒤 승민이가 집에 데려다 준다고 했다. 승민이랑 더 오래 있을 수 있어서 기뻤다.

"수진아! 집에 데려다 줄게! 같이 가자."

"고마워."

"수진아 있잖아…."

승민이가 할 말이 있는가 보다.

"응? 뭔데? 말해 봐."

"나랑 민주랑 오늘 헤어졌어…."

같이 슬퍼해 줘야 되는데 뭔가 모르게 기쁘다!

"뭐?! 왜?"

그래도 걱정하는 척을 했다.

"그냥… 아 수진아 집 다왔다! 난 간다. 집에 가면 카톡할게!"

내가 모르는 무슨 일이 있는 건가?

"응!"

근데 승민이랑 같이 오니깐 학원에서 집까지 그 멀던 거리가 짧게만 느껴진다. 아쉽다. 집이 조금만 더 멀었더라면….

나의 남자친구

'수진아'

승민이한테서 카톡이 왔다.

'왜?'

숙제를 물으려는 것인가?

'사실… 나 너 좋아해. 나랑 사귀자'

생각지도 못한 말이었다.

'…?!'

'대답해 줘…'

'아 잠시만…'

고민이 됐다. 나는 곧 바로 지연에게 전화를 걸었다.

"여보세요?" 받았다.

"지연아, 나 어떡해?"

다짜고짜 심각하게 말하니깐 지연이도 놀란 것 같았다.

"무슨 일이야? 천천히 좀 말해 봐."

큰일이라도 난 듯이 지연이가 말했다.

"내가 저번에 말했던 승민이 알지?"

"응 근데 걔가 왜?"

"방금 걔가 카톡으로 나한테 고백했어. 근데 이제 나 어떡하지? 사귈까?"

"음… 글쎄… 난 걔 별로던데 어떻게 보면 괜찮기도 하구…."

"그래? 아 진짜 어떡하지?"

"그냥 니가 원하는 대로 해."

"그래… 고마워."

지연이랑 전화하니깐 놀라움이 가라앉은 것 같았다. 그리고 머리 속이 막~ 복잡하다가 결심했다.

'내가 생각해 봤는데…'

'?'

'우리 사귀자.'

커플이다. 내가!

'고마워! 내가 잘 할게!'

'그래 우리 싸우지 말자.'

'당연하지!'

이쁘고 착한 커플로 오래 사귀었으면 좋겠다.

#6

과거와의 만남

"승민아, 생일 축하해!"

승민이의 생일인데 시험기간이서 이벤트는 준비를 못했지만 밤새도록 큰 하드 보드지에다가 꾸미고 편지를 정성 가득 담아 적었다. 승민이가 기뻐했으면 좋겠다.

"고마워."

"자, 선물!"

선물이랑 정성껏 만든 편지를 줬다.

"하드보드지 편지네??"

승민이가 기뻐한다! 다행이다…

"응. 좀 부끄럽네. 밤새도록 만들었어."

"시험 기간인데 이렇게 신경써 줘서 고마워 시험 다 끝나고 챙겨줘도 되는데…."

"이 정도야 뭐."

"근데 이 놀이터도 오랜만이다."

승민이도 이 놀이터 와본 적이 있는가 보다. 이 놀이터는 구석진 곳에 있을 뿐만아니라 오래돼서 아는 사람이 많지 않다.

"아 진짜? 나돈데 내가 어릴 때 영준이란 오빠랑 자주 놀았었는데…."

이 놀이터를 오니 어릴 적이 생각난다.

"?!"

승민이가 갑자기 놀란 표정을 지었다.

"응? 왜 그래?"

"내가 그 영준 오빠야! 내가 왜 넌 줄 몰랐지?"

이게 무슨 소리지? 그럴 리가 없는데….

"무슨 소리야? 넌 김승민이잖아 거기다 오빠 아니잖아!"

"나 외국 갔다 와서 1년 늦게 다시 학교를 들어와서 그래. 거기다 외국 생활하는 동안 내가 좀 아팠어. 그래서 걱정 많으셨던 부모님이 어디서 들으셨는데 내 이름을 바꾸면 더 건강하고 좋을 거라고 해서 갑자기 개명했고…."

이런 일이 일어날 수 있는 건가? 기적 같다.

"우리 정말 인연인가 봐!"

"그러게. 우리 약속한 거 기억나지?"

"당연하지! 근데 진짜 너무너무 신기하다!"

"그니깐."

"근데 나 그럼 오빠라 불러야 되나?"

순간 고민이 되었다.

"그럴 필요 없어. 그냥 승민이라고 불러"

"아, 갑자기 혼란스러워졌어. 어릴 때 좋아하던 영준 오빠가 지금 내가 좋아하는 승민이라니!!"

"나도 그래. 그 귀엽던 여자애가 이만큼이나 크다니."

우린 그렇게 놀라워 하면서 계속 쳐다 보면서 웃고 또 어릴 적 얘기를 나눴다.

#7

헤어짐

며칠 뒤 국어 학원을 가는 길이. 승민이가 카톡을 보냈다.

'수진아 우리 며칠 동안 연락하지 말자.'

너무 갑작스러웠다.

'갑자기 왜 그래?'

'그냥'

그냥이랜다… 화가 나기 시작했다.

'하! 안 그래도 연락 자주 안하잖아. 근데 카톡도 하지 말자고?! 그냥 계속 연락하지 마!'

화를 내자 승민이도 잘못을 깨달았나 보다. 근데 이미 물은 엎질러 져버렸다….

'아 수진아 미안 내가 잘못했어. 내 친구가 여자 친구랑 며칠 동안 연락 안하는 거 해봤다 해서 나도 한번 해보고 싶었어'

사과하지만 화가 풀리지 않는다. 심술이 난 오기로 나는 카톡을 하지 않았다.

그 다음 날이었다. 카톡을 확인하는데…

'수진아 미안 이제 더 이상 못하겠다. 우리 헤어지자.'

어이가 없었고 어떻게 대응해야 할지도 생각이 나지 않아서 그냥 수긍을 해버렸다.

'그래'

'지연아 민주야 나 승민이랑 헤어졌어…'

나는 곧바로 친구들에게 카톡을 보냈다. 그리고 승민이와 했던 카톡내용을 지연과 민주에게 보내주었다.

'수진아 괜찮아?'

'내가 그럴 줄 알았어. 내가 걔 별로라 했지?'

'그러게 사귄다 할 때 말려야 했었어. 그런 애가 다 있냐?!'

민주와 지연이 나를 걱정해 주고 같이 화를 내주었다. 덕분에 안정이 되었다

근데 지연과 민주는 화가 많이 났나보다. 내 몰래 승민을 다른 카톡 방에 초대를 한 것이다.

– 승민님이 초대되었습니다.–

'뭐냐 이 방은?'

승민도 헤어지고 난 뒤 신경이 날카로워져서 그런지 말투가 띠꺼워졌다.

'야 너 어떻게 수진이한테 그러냐? 니가 좋아해서 사귄 거 아니야?'

'맞아. 연락하지 말라 하고 그러고도 니가 인간이냐?'

민주와 지연은 승민에게 따졌다.

'하 어이가 없네 니들이 뭔데 나랑 수진이 사이에 끼어 드는데?'

승민도 화가 났나보다.

'끼어드는 게 당연하지!'

'맞아 친구니깐!'

'내가 알아서 한다고'

'하! 니가 퍽이나!'

'빨리 수진이한테 사과해!'

- 승민님이 퇴장하셨습니다. -

셋이서 싸우다가 승민이 한발짝 물러났다.

'수진아 내가 진짜 미안하다'

승민이 먼저 사과를 했다.

'아니야… 내가 더 미안해. 우리 다시 사귀면 안 될까?'

이때 나도 미안해졌고 승민과 헤어지는 것이 싫었다. 그래서 용기를 내서 내가 먼저 말했다.

'수진아 그건 안 되겠다. 나도 그럴려고 했는데…'

근데 그가 거절했다. 왜일까….

'뭐가 문젠데?'

'너한테 사과하고 다시 사귀려고 했는데 니 친구들이 나를 카톡방에 초대해서 화내더라? 그러니깐 너랑 다시 사귈려던 마음이 완전히 사라졌어 미안하다'

'그런 일이 있었어? 미안해… 그래도 우리 다시 친구처럼이라도 지낼 수 있지?'

'그래 그러자.'

승민에게 미안해졌었다. 헤어졌어도 남처럼 지내기는 그래서 편한 친구 사이로 되돌아가기로 했다.

그렇게 처음엔 평범했다가 기적 같은 일들이 퐁! 하고 일어 나고 영원할 것 같던 나의 첫 예쁜 연애 추억이 이렇게 작은 다툼으로 인해 쉽게 사라지고 말았다.

어른들은 말한다.

너희들은 아직 너무 어리다고.

크면 좋은 사람을 만날 기회는 충분하다고

몸도 마음도 생각도 조금 더 성숙하면

연애를 할 시간과 기회는 많다고.

하지만 사춘기인 우리는 지금도 그 감정이 궁금하고 또 설레인다.

함께 공부하고 함께 고민을 나눌 수 있는 든든하고 좋은 친구라면. 괜찮지 않

···후기

책을 쓴다는 것이 쉬워보여도 엄청나게 힘들다는 것을 이번에 절실히 알았다. 한 문장 한 문장 이어가는 게 그렇게 힘들 줄 몰랐다.

내가 역사 소설을 쓰는 것도 아니고, 문학적 감수성이 뛰어난 글을 쓰는 것도 아닌데 말이다···. 그나마 쉽게 쓸 수 있던 방법은 일단 개요를 다 짠 뒤 그것에 맞게 대사부터 적는 것이었다.

그 다음에 해설이나 속마음을 적다 보니 어느새 글이 완성되었다. 또 다 쓴 뒤에 확인해 보는 것도 잊지 않았다.

내가 직접 확인하는 것이 어렵게 느껴진다면 친구들에게 보여주고 조언을 듣는 것도 좋다고 생각된다.

다시 읽어 보니 너무 인터넷 소설 같은 면이 있어서 부끄럽다는 생각이 든다. 하지만 처음부터 글을 잘 쓰는 사람은 없으니까. 요즘엔 개인 블로그에서 조금씩 조금씩 일상을 적다가 책을 내는 사람들도 있으니까. 딱! 중학생 스러운 글이지만 나는 앞으로 더 발전할 것이다.

고등학생 대학생이 되면 더 멋진 글을 쓸 수 있을 것이라 생각하며···

이렇게 후기를 마무리한다. 재미있는 경험이었다.

동행으로의 초대

꿈꾸는 책벌레 3학년 | 김민지

●●● 저자 소개

생년월일 : 1998년 7월
재학중인 학교 : 동도중학교
장래희망 : 교수(문학이나 역사 교수)
롤모델 : 어머니, 외할아버지
좋아하는 과목 : 국어, 영어, 사회, 역사
가고 싶은 학교 : 지금 바로는 대구외국어고등학
　　　　　　　교, 그리고는 서울대, 연세대 혹
　　　　　　　은 미국의 명문대학교
취미 : 글쓰기, 춤추기, 책읽기, 음악듣기
종교 : 기독교
좌우명 : 사랑하라!

··· 머리말

  이야기를 지어낸다는 것은 환상적인 일이다. 사회의 규율이라는 체계 속에서 살아가고 있는 나에게 내가 조종하고 창조할 수 있는 세계가 주어지는 것이기 때문이다. 그러나 세계는 얼렁뚱땅 만들어놓았다고 잘 돌아가는 것이 아니기 때문에 이야기를 쓰는 것은 어렵다.

  이것이 바로 소설 쓰기의 묘미다. 궁리하고, 소재를 잡고, 갈등의 해결 과정을 구상하는 것, 이 과정 하나하나가 맛깔난다.

  이 소설은 '폭력'이라는 문제를 다루고 있다. 우리는 크고 작은 폭력들을 행사하고 당하고 방관하며 살고 있다. 그 폭력은 힘껏 쥔 주먹으로 얼굴을 쥐어박는 것만을 말하는 것이 아니다. 친구의 인사를 일부러 받아주지 않거나, 차갑게 노려보거나, 뒤에서 욕하는 것 모두가 폭력이다. 나는 폭력이란 과연 무엇일까 끊임없이 고민하며 이 소설을 썼다.

  결국 내가 내릴 수밖에 없었던 폭력에 대한 정의는 '상처를 주는 것'이다. 또 하나는 '타인의 존재를 받아들이지 않고 사랑하지 않음으로 인해 표출되는 말과 행동'이다. 그 누구도 폭력을 좋아하지 않는다. 때리는 것을 즐기는 사람은 있어도, 폭력 안에 담긴 미움과 원망을 즐기는 사람은 없다.

  누구나 사랑받기 원하고, 아름답게 어울려 평화롭게 살기 원하는데도 폭력과 언제나 함께 할 수밖에 없는 이유는 무엇일까. 그것은 다름 아닌 우리가 인간이기 때문이 아닐까.

  내 소설을 읽는 독자들에게 한 가지 미안한 마음으로 전하는 것은 전개가 비교적 평탄하고 스토리가 뻔해서 재미가 떨어질 수 있다는 것이다. 그렇지만 나의 소설이 다른 이와 함께 살아간다는 것, 그리고 사랑한다는 것이 어떤 것인지 곰곰이 생각해 볼 수 있게 하는 소설이 되었으면 한다.

#

서울, 그곳은 말로만 들어본 곳이었다. 내가 충청도 시골에서 살 때 서울은 번쩍거리는 네온사인이 많고, 높은 빌딩이 많고, 아이들이 잘 먹고 잘 사는 곳이라고만 알고 있었다. 아, 또 내가 상상도 하지 못하는 크고 신나는 놀이기구들이 많은 곳이라고만 알고 있었다. 그래서 나는 서울을 마치 다른 나라인 것처럼 생각했다. 나와는 전혀 상관없고 내가 속할 수도 없는 아주 큰 거인들의 세계라고.

아빠가 시골에서 돈을 벌기 힘들다고 온 가족을 서울로 데리고 이사를 간다고 했을 때, 나는 새로운 사실을 들을 때면 으레 그렇듯 그 말을 믿지 못했다. 하지만 엄마와 아빠의 진지한 표정으로 미루어 보아 그 말은 명백한 사실이었다.

철호는 울상이었다. 동네의 소중한 친구들과 헤어져야 함을 깨달았기 때문이었다.

"그럼, 마당에 심은 내 나무는? 수민이랑 동구랑 진수는?"

엄마가 철호를 품에 안고 토닥거리며 나긋나긋한 목소리로 말했다.

"안녕 하고 인사해야지. 형 방학할 때 다시 시골에 놀러올 거야. 서울에서 좋은 친구들 더 많이 사귈 수 있어."

그러나 철호는 엄마의 팔을 뿌리치고, 으앙 하며 후다닥 마당으로 뛰어나갔다. 그리고는 철호의 키보다 조금 덜 자란 사과나무를 끌어안고 계속 눈물을 쏟아냈다. 엄마도 눈물을 글썽였다. 아빠의 눈에도 약간의 슬픔이 어려 있는 것 같았지만, 아빠는 그래도 단호했다. 나도 정든 우리 마을을 떠나고 싶었겠는가. 하지만 아빠에 둘째가는 이 가족의 남자로서 눈물을 보일 수는 없었다. 이 상황을 받아들이는 것이 내가 할 수 있는 최선의 일이었다. 나는 곧 중학교에 입학하는 청소년이 아닌가. 나는 더 이상 어리지 않다는 것을 아주 잘 알고 있었다. 그래서 나는 굳은 자세로 가만히 앉아있기만 했다.

어쨌거나, 7월 말에 우리 가족은 서울로 이사를 갔다.

엄마와 함께 산 교복을 입어보았다. 뻣뻣했다. 내가 원래 입던 헐렁하고 색이 바랜 옷과는 너무 달랐다. 거울에 비친 내 모습은 공부 잘 하고 전교회장쯤 할 것 같은 잘생긴 남자 중학생의 모습이었다. 나 스스로 잘생겼다 말하기엔 뭐하지만, 충청도에서 이런 내 모습은 한 번도 본 적이 없던 터라 나도 낯설고 신기했다. 엄마는 내 모습을 보며 어린애처럼 좋아했다.

"우리 아들 김철민 맞아? 너무 멋있다 야. 여자애들이 확 반하겠는 걸."

학교 가기 일주일 전, 엄마는 교복 말고도 색이 짙고 예쁘고 무늬가 있는 티셔츠와 청바지를 여러 벌 사 주셨다. 엄마는 '서울 사람'이 되어야 한다며 나를 백화점으로 데려가 옷과 학용품, 책가방 등을 사 주셨고, 고급 음식점에서 스파게티와 피자 등을 사 주셨다. 아이스크림 가게에도 나를 데려가셨다. 알록달록 화려하면서도 너무 요란하게 다가오지는 않던, 서울 문화에 나도 조금씩 빠져들어 갔다. 재미있었다. 그리고 내가 이 모든 것의 한 부분이 되었다는 사실이 아무리 되뇌어봐도 믿기지 않았다. 그런 생각을 할 때면 묘하게 우스워서 소리내어 웃었다. 웃음소리가 굵직하게 변하여 나 스스로 놀라기도 했다.

아빠는 공사장 노동자로 취직하여 매일 각종 힘든 일들을 하며 돈을 벌고 계셨다. 철호는 엄마가 사 준 그림책들과 장난감에 재미를 들이고 있었다. 아직도 친구들을 보고 싶어 하긴 했지만, 더 이상 울지는 않았다. 서울로 이사 올 때 무엇보다 눈물이 그렁그렁한 철호의 눈 때문에 가슴이 지릿거렸었다.

씩씩하고 힘줄이 불끈불끈 솟아오르던 아빠가 공사장에서 일하기 시작하면서 얼굴에 자꾸만 구름이 드리워져갔다. 밤마다 자는 척하면서 엄마와 아빠의 대화를 조금씩 엿듣는 버릇도 그때부터 생겨난 것 같다. 아빠는 지시하는 사람들이 노동자를 대하는 태도가 영 아니라고, 스트레스가 너무 크다고 푸념을 늘어놓았다. 때로는 거침없이 욕을 하기도 했다. 아빠가 그럴 때마다 나는 철호가 잠들어 있는지 확인하곤 했다. 욕을 싫어해서 욕을 안 쓰는 나는 아빠의 그런 말을 들을 때 속상하고, 또 이유 모르게 미안했다. 이런 작은 감정이 조금 더 커진 것은 아빠가 술을 가까이하고 나서부터였다. 언젠가 그 모습을 살짝 훔쳐본 적이 있다. 반복적으로 술을 따라 마시고, 다 마시면 또 따라서 마시는 아빠는 술 마시는 기계 같았다. 벌게지고 무력한 눈은 이렇게 말하는 것 같았다. "될 대로 되라. 나는 편하게 살고 싶다!" 엄마가 아빠를 어찌하지 못하고 철호와 내가 자는 방으로 들어와 숨죽여 울면 나는 엄마를 안아주었다. 솔직히 말하면, 나도 약간 울고 싶긴 했다. 그래도 내가 울면, 엄마가 더 울고, 그러면 아빠가 우리의 울음소리를 듣고 우리를 때릴 것 같아 가슴 속 응어리를 자꾸만 삼켰다. 그때만 해도 그 응어리가 소멸되는 것이 아니라, 풀리지 않으면 계속 쌓인다는 것을 몰랐다.

교복을 입고 멋진 새 가방을 메고 철호에게 인사를 했다. 아빠는 아침 일찍 나보다 먼저 일하러 나갔다.

"형아."

"어?"

"멋있다. 헤헤."

녀석이 오늘따라 귀엽게 느껴져 머리를 쑥쑥 쓰다듬어주고 손을 힘차게 흔든 후 환한 밖으로 나갔다. 서울의 바쁘고 복잡한 아침 풍경 그림. 지난달까지만 해도 내가 그 그림에서 빠져 있었는데, 이젠 내가 그 그림의 한 인물로 존재하게 되어, 내가 있어야 할 곳으로 바삐 움직이는 서울 사람이 된 것이다. 괜스레 기분이 상큼하게 들떠서 경중경중 뛰다시피 학교로 갔다. 뒤에서 종종걸음으로 따라오는 엄마는 그런 나를 푸근하게 바라보며 내가 뒤돌아볼 때마다 꽃처럼 예쁘게 웃어주었다.

중학교 정문에 들어서자마자 서울의 학교는 역시 다르긴 다르구나 하는 생각이 들었다. 이사 오기 전 내가 다니던 봉구초등학교는 마치 우리 할머니처럼 작고 허름했다. 전교생 수가 고작 30명이어서 우리 학교 아이들은 모두 서로 잘 알고 지냈다. 그래서 학교에 가면 또 다른 가족을 만나는 것 같아 편하고 정겨웠다. 앞으로 내가 다니게 될 이 학교에서 그건 어림도 없겠다는 느낌이 강하게 왔다. 주위를 둘러보니, 나와 지금 같은 교복을 입고 등교하는 학생 수만 해도 50명은 될 것 같았다.

교무실에서 등록 과정을 마치고 담임선생님과 함께 새 교실로 향했다. 1학년 3반. 담임선생님은 아빠 나이쯤 돼 보이는 아저씨였다. 지친 눈빛도 아빠와 닮은 것 같았다. 하긴, 이렇게 많은 아이들을 챙기려면 확실히 지치긴 지치겠다 싶었다. 봉구초등학교 선생님들은 아이들을 가르치는 것이 재미이자 놀이였는데 말이다.

선생님이 교실 문에 들어서자 와자지껄 떠들고 돌아다니던 아이들이 후다닥 자기 자리로 돌아갔다. 곧 교실은 소곤거리는 몇 마디 빼고는 조용해졌다. 낯선 또래가 들어왔다는 것을 확인한 순간, 아이들의 모든 이목이 나에게로 집중되었다. 선생님의 굵직하고 위엄 있는 목소리가 침묵을 갈랐다.

"자, 얘들아. 오늘 전학생이 왔다. 철민아, 자기소개하고 저기 3분단 넷째 줄에 조은영 옆자리에 앉으면 된다."

순간 머릿속이 온갖 말도 안 되는 말들과 그림들로 소용돌이쳤다. 평소에 차분한 나답지 않았다. 얼굴이 벌게지려는 찰나, 나는 숨을 한 번 내쉬고 다시 내 정신을 되찾았다.

"충청도 농촌마을에서 살다 온 김철민입니다. 이곳 서울 생활에 잘 익숙하지 않아서 여러분의 도움이 조금 필요합니다. 앞으로 잘 지냅시다."

내가 말을 끝내자, 선생님은 "그럼 철민이와 앞으로 친하게 지내도록 한다. 15분 후면 1교시 시작하니까 책 다 준비해놓고, 무단결과나 무단지각하는 사람 없도록 한다."라는 말을 남기고 교실을 나가셨다. 선생님이 나가자마자 아이들이 웅성거리기 시작했다. "시골", "촌놈"과 같은 말이 간간이 들려왔다. 그러거나 말거나 나는 선생님이 가르쳐 주신 내 자리에 가서 앉았다. 이름이 조은영이라는 내 짝꿍은 희미한 웃음을 띠고 나에게 고개를 까딱했다. 나도 어색하게 손을 흔들었다. 커다란 안경을 쓰고 열심히 책을 읽고 있던 은영이는 모범생 스타일에다 조용하고 수줍어하는 성격인 것 같았다. 물론 처음 본 지 1분도 안 됐지만, 간단히 인사만 하고 나에게 애써 신경 쓰지 않는 것을 보면 사람에게 적극적으로 다가가는 성격은 아닌 것 같았다. 그렇다 해도 별로 상관은 없었다. 어차피 전학 오자마자 친구가 생길 거라는 기대는 없었다. 앞으로 이 학교 1학년 3반에 자연스럽게 녹아들어가면서 나와 학교 생활을 함께 할 친구를 서서히 찾아가면 되는 거니까.

새로 받은 교과서를 책상 서랍에 정리하고 있었을 때, 통통하고 까무잡잡한 남자애 한 명이 내 옆을 지나갔다. 그때 내 앞자리에 앉아 있던 남자애가 긴 다리를 쑥 내밀어 그 애를 넘어뜨렸다. 바닥에 얼굴을 꽤나 세게 박은 그 아이가 일어났을 때, 얼굴 한쪽이 긁혀져 있었고 먼지가 더덕 더덕 붙어 있었다. 내가 전에 살던 마을의 아이들은 거의 다 그렇게 먼지투성이 얼굴이었다. 지금 내 눈 앞에서 넘어진 애의 얼굴이 그 아이들의 얼굴과 다른 점이 있다면, 순진하고 환한 웃음 대신 우울함과 슬픔이 섞인 비참한 표정을 하고 있었다는 것이다. 어쨌거나, 긴 다리를 가진 내 앞자리 남자애는 짧게 웃음을 터뜨린 뒤 이렇게 내뱉는 것이었다.

"어이구, 병신 새끼. 빨리 지나가, 찐따야."

그 순간 나는 내 속에서 그 어느 때도 느껴보지 못했던 강력한 분노가 솟구쳐 오르는 것을 알아차렸다. 다리를 걸어 넘어뜨린 장난과 착착 늘어지는 비난과 비웃음 때문인 것도 맞지만, 무엇보다도 넘어진 남자애의 표정에 서린 알 수 없는 어두움 때문이었다. 확실한 것은, 그 순간 그 표정이 나에게 도시의 중학교에 대한 한 가지는 알게 해 주었다는 것이다. 그것은 바로 마음과 마음이 맞닿지 않는다는 것이었다.

까무잡잡한 남자애는 후다닥 일어나 얼굴을 대충 털고는 자기 자리로 황급히 돌아갔다. 움츠린 어깨와 떨구어진 고개를 보니 더 화가 치솟아 올랐다. 옆을 힐끗 보니 은영이는 그런 일이 일어나건 말건 책을 읽고 있었다. 아파하는 사람을 보고도 신경 쓰이지 않다니, 이해할 수 없었다. 도시는 원래 이런가 하고 생각하며 분노를 삭히려고 하려는 참에, 앞자리 남자애가 나를 보더니 이렇게 말했다.

"김철민, 이런 거 처음 봐? 저런 더러운 새끼랑은 아무도 안 논다. 알았냐?"

나는 자리에서 벌떡 일어나 있는 힘껏 그 남자애의 얼굴을 갈겼다. 악독했고, 무서울 만큼 징그러웠다. 사랑, 온정 하나 없는 그 차가운 웃음을 보자니, 속이 화로 타들어가는 것 같았다. 나도 내가 왜 그렇게 대담하고 무모한 짓을 했는지 잘 모르겠다. 감정이 커지면 불길처럼 모든 것을 집어삼켜 근육까지도 움직이게 하나보다. 한 대 때리고 나서, 내 입장을 밝혀야 할 것 같아 큰소리로 말했다.

"아무 잘못도 없는 애한테 왜 그러냐? 누가 니한테 그러면 좋을 것 같냐?"

그 남자애는 잠시 얼떨떨한 표정으로 나를 쳐다보더니, 자신 또한 자리에서 일어났다. 생각보다 훨씬 다리도 길고, 키도 컸고, 무엇보다도 악의에 가득 찬 얼굴은 무시무시했다.

"너 첫날부터 아주 뒤지고 싶어서 이러지? 야, 쟤나 니나 마찬가지야. 마찬가지야. 아주 끼리끼리들 잘한다, 허 참."

"마찬가지는 뭐가 마찬가진데?"

"그걸 질문이라고 하냐? 니들은 태어난 게 잘못이고, 이 반으로 온 게 잘못이야."

악마가 이 살벌한 애의 마음에 사악함만 집어넣었던가? 내가 태어나고 1학년 3반으로 전학 온 게 잘못이긴 무슨 잘못이란 말인가? 그 말의 의미를 채 깨닫지 못하고 씩씩대고 있을 때, 그 남자애는 힘껏 내 정강이를 차서 나를 바닥에 넘어뜨렸다.

아팠다. 이 한마디로 설명할 수 있을까?

얼굴을 일그러뜨리고 나를 노려보던 남자애는 교실 밖으로 나가버렸다. 교실 안은 웅성거렸다. 아까 바닥에서 넘어졌었던 애는 나를 떨리는 눈빛으로 쳐다보고 있었다. 수치스러웠지만 내가 이 상황을 모면할 수 있는 방법은 없었다. 그래서 조용히 일어나 내 자리에 앉았다. 은영이가 책에서 눈을 떼지 않은 채로 나에게 말했다.

"왜 그랬어, 괜히."

"야, 그냥 지나가기만 한 애한테 욕하고 발 걸고 그게 말이 된다고 생각해?"

"진영환한테 찍히면, 학교생활이 편할 날이 없을 거야. 이태은도 진영환 신경 거슬리게 했다가 저렇게 왕따 당하잖아."

"그렇다고 가만히 보고만 있는 니들은 잘하고 있는 거냐?"

"안전하게 살아, 김철민. 이게 1학년 3반이야. 진영환 힘은 누구도 못 당해. 쌤들조차도 두 손 두 발 다 들었어. 너 쌤한테 말했다가 진영환 귀에 들어가면 결과 책임 못 진다."

은영이는 한숨을 내쉬더니 나를 잠시 슬픈 눈길로 보다가 다시 책으로 눈을 돌렸다.

"아니, 설명을 좀 해 봐. 무슨 일이 있었는데? 날 보고 얘기를 해 보라고!"

그때 수업 종이 울렸다. 은영이는 내 말은 들은 체도 안 하고 교실 뒤 사물함으로 갔다. 그러나 나는 내 머릿속에서 요동치는 질문에 대한 답을 얻지 못했다. 따라서 책을 펼쳐 볼 마음도 없었고 혼란스러웠다. 온갖 기분 나쁜 감정들이 한데 뒤엉켜서 짐이 되어 나를 짓눌렀다. 선생님은 수업 시간 중간에 들어온 진영환에게 "어서 앉아라."라는 말만 하고 계속 수업을 진행했다. 진영환은 나를 싸늘하게 쳐다보고는 자리에 앉아 엎드려 버렸다. 그 아이가 공부를 열심히 할 거라고는 생각도 안 했지만, 교육의 도시 서울에서 선생님이 수업 시간에 자는 아이를 내버려두는 어이없는 광경을 보자니 학교에 조금씩 정이 떨어졌다. 그것도 첫날에 말이다.

그날 수업은 어떻게 지나갔는지 모르겠다. 빨리 집에 가서 철호의 말랑하고 착한 얼굴이나 보고 싶었다. 점심시간에 다른 아이들이 가는 방향을 보고 따라가 급식실을 찾았다. 나 혼자 구석 테이블에 앉아 밥을 먹었다. 불고기, 김, 물김치, 현미밥, 미역국. 신기하게도 그날에는 우리 가족이 좋아하는 메뉴가 다 들어가 있었다. 철호와 내가 가장 좋아하는 불고기, 아빠가 가장 좋아하는 물김치와 현미밥, 엄마가 가장 좋아하는 미역국. 국을 휘휘 저으며 먹다 보니 엄마 생각이 났다. 나에게 웃어주며 교복이 잘 어울린다고 말해 준 엄마에게 난 그때 이렇게 말씀드리고 싶었다.

"엄마, 저에게 교복은 영원히 어울리지 않을 겁니다."

음식은 결국 반 이상 남겼다. 잔반통에 아까운 음식을 버리자니 속이 쓰렸다. 우리 가족들은 음식 버리는 나를 보고 얼마나 아까워하고, 안타까워할까? 특히 노동하는 우리 아빠는 회초리 혹은 술병을 들고 눈을 부라리며 나에게 아빠가 버는 돈을 우습게 보냐고 고래고래 소리 지르시겠지. 진영환인가 뭔가 하는 애 때문에 안 그래도 무거운 마음에 최근에 생기기 시작한 아빠에 대한 어두운 생각이 합해져 나를 괴롭혔다. 괴로움을 달래볼까 하여 물을 컵 안에 가득 떠서 벌컥 벌컥 마셨다. 물론, 전혀 도움은 되지 않았다.

교실에 돌아와 보니, 내 책상이 만신창이가 되어 있었다. 책상 위에는 검은색, 빨간색으로 차마 입에 담을 수 없는 욕설이 휘갈겨져 있었다. 교과서 한 권은 앞 페이지가 찢어져 있었다. 필통 안에 들어 있던 학용품은 바닥에 쏟아져서 뒹굴거리고 있었다. 심지어 지우개는 반토막 났고, 자는 부러져 있었다.

"또 대들지 마. 더 심해지기만 할 거야."

은영이가 내 마음을 뚫어본 듯 그렇게 말했다. 그러고는 바닥에 떨어진 학용품 몇 개를 주워주었다. 그리고 테이프로 교과서의 찢어진 페이지도 다시 붙여주었다.

나는 힘없이 대답했다.

"알았다. 고마워."

은영이는 조용히, 충고하듯 말했지만 마치 권위 있는 명령처럼 들렸다. 나는 이 모든 불공평한 상황에 복종할 수밖에 없었다. 여기에서 내가 정의를 쟁취해보겠다고 날뛰어봤자 상황은 한없이 구렁텅이로 빠져들기만 한다는 인정하기 싫은 사실을 깨달았기 때문이다.

하교 길에 누군가가 내 어깨를 조심스럽게 톡톡 두드렸다. 뒤를 돌아보니, 통통하고 까무잡잡한 그 남자애였다. 은영이가 말해 준 대로 이름은 이태은이었다. 태은이가 멋쩍게 웃더니 내 손목을 잡고 다정하게 말했다.

"안녕, 이름 철민이 맞지? 아까 내 편 들어줘서 고마워."

당황스러워서 손목을 빼냈다. 하지만 한편으로는 조금은 반가웠다.

"아, 응. 그래, 넌 태은이지? 진영환 때문에 많이 힘들었지?"

갑자기 태은이의 표정이 어두워졌다. 그리고 눈에 눈물이 서서히 고여왔다.

"아, 아니, 왜 우는 거야?"

내 물음에, 태은이가 눈을 소매로 쓰윽 닦고 말했다.

"미안해. 진영환은 한 애만 계속 집중해서 괴롭히는데 이제 걔가 나는 안 괴롭히고 너만 괴롭히게 될 것 같아. 나 때문에 네가 전학 온 첫날부터 그렇게 돼서 너무 미안해."

"아니, 네가 미안할 것까지는 없잖아. 그래도 솔직히 충격이긴 충격이다."

태은이는 한숨을 폭 내쉬었다. 미안하고도 어린아이 같은 눈빛이 꼭 철호가 내 물건을 망가뜨렸을 때 나에게 보내는 눈빛과 비슷했다.

"철민아, 시골에는 왕따 같은 거 없지?"

그 말을 듣자 갑자기 집에 가고 싶어졌다. 서울에 있는 내 현재 거주지가 아닌, 내 진짜 집인 충청도의 작은 농촌으로 말이다. 괴롭힘도 없고, 사악함도 없고, 웃음과 순수한 에너지가 넘쳐나는, 그때는 몰랐지만 지금 떠올려 보니 너무나도 아름다운 곳이었던 그곳으로 말이다. 엄마와 철호 때문에 억누르고 있었던 '그리움'이라는 감정을 처음으로 그렇게 진하게 느껴봤다. 그리고 '그리움'은 결코 기분 좋은 감정이 아니라는 것도 알았다. 거세지는 않았지만 마음을 아주 은근히 조여옴으로써 사람을 괴롭게 하는 감정이었다.

"응. 나 그만 갈게."

그 말을 남기고 나는 있는 힘껏 달려갔다. 마음 같아서는 멀리 멀리 달아나고 싶었지만 내가 갈 곳은 새로 이사 온 서울의 우리 집밖에는 없었다. 그 곳에는 철호와 엄마가 있으니 조금이라도 위안이 되지 않을까 했다.

엘리베이터를 타고 우리 층에 도착했을 때, 우리 집 안에서 비명 소리와 물건 던지는 소리가 들렸다. 그리고 철호의 애타는 울음소리도 들렸다. 설마 대낮에 아빠가 횡포를 부리는 것인가? 내 뱃속에 시궁창 하나가 들어찬 것 같았다. 온갖 원망스럽고 복잡한 감정이 또다시 회오리바람처럼 마구 뒤섞였다. 아빠의 붉고 씩씩대는 얼굴과 닥치는 대로 아무거나 집어던지는 그 무절제한 손을 생각하자 내 몸의 안과 밖이 뒤집어질 것 같은 그런 이상하고도 매우 슬픈 감정이 치솟았다.

급하게 비밀번호를 눌러 문을 열었다. 집 안은 그야말로 만신창이가 되어 있었다. 바람이 몰아친 들판처럼 마구 헝클어진 머리를 한 아빠가 닥치는 대로 술병, 책, 장난감을 집어던지고 있었다. 자세히 보니 아빠는 그것을 아무데나 던지는 게 아니라 엄마와 철호를 향해 던지고 있었다. 내가 들어와도 아빠는 본 척도 안하고 계속 그 짓거리를 하고 있었다. 엄마의 얼굴은 눈물과 긁히고 베인 상처로 범벅이었고, 엄마의 팔은 큰 소리로 울어대는 철호를 꼬옥 감싸고 있었다. 아빠가 지르는 소리가 너무 커서 잘 안 들렸지만, 머뭇 머뭇, 흐느적 흐느적 엄마의 입술은 조금씩 움직이고 있었다. '왜 이래요.', '살려줘요.' 처럼 보였다.

"당장 그만둬! 미쳤어?"

이제껏 한 번도 아빠에게 이런 식으로 소리 지른 적이 없었다. 아빠한테 대든 적도 없었다. 말대꾸도 한 적 없었다. 늘 아빠의 말씀을 묵묵히 들었고, 아빠가 횡포를 부려도 나는 엄마와 철호를 감싸주기만 했지 아빠에게 뭐라고 하지는 않았다. 그런데 지금은 달랐다. 내 안에는 누군가의 고통과 누군가가 고통을 주는 행동을 보았을 때 터져 버리는 폭탄이 있는 것 같다. 오늘 벌써 두 번씩이나 그 폭탄이 터졌다.

누구나 그렇듯, 폭탄을 맞았을 때 기분 좋은 사람은 없다. 진짜 폭탄을 맞은 사람은 죽지만, 말의 폭탄을 맞은 사람은 더 화가 치밀어 올라 그 행동이 더 심해지거나 겁을 먹어 주눅들거나 둘 중 하나다. 아빠는 당연히 전자였다.

"야, 니 놈 쪼깐한 새끼가 중학교 들어갔다고 애비한테 큰 소리로 지랄이야? 에이씨!"

아빠는 손에 들고 있던, 아마 던지려고 했던 물건들을 내려놓았다. 얼굴은 훨씬 더 붉어졌다. 아빠는 나를 정신없이 때리기 시작했다. 머리, 팔, 등, 배, 허벅지, 닿는 곳은 다 주먹과 발로 치고 또 쳤다. 진영환에게 맞은 것과는 비교가 안 됐다.

이사 오기 전, 아빠의 별명은 '주씨네 허수아비' 였다. 주씨네가 농사짓는 보리밭에 세워둔 허수아비는 그 집 막내 동아가 그려놓은 푸근한 미소를 띠고 있었는데, 아빠가 그것과 신기하리만큼 똑같은 미소를 띠기 때문이었다. 동아가 아빠 얼굴을 관찰하고 미소를 그린 것도 아니고, 아빠가 주씨네 허수아비를 보고 미소를 따라한 것도 아니다. 그저 우연의 일치일 뿐이다. 그렇지만 우리 동네 사람들은 그것이 우연의 일치가 아닌 마을 안의 화목과 화합의 기운이라면서 다들 좋아했다. 등이 땀으로 온통 젖어 있으면서도 지칠 줄 모르고 열심히 밭에서 일하던 아빠에게 누군가가 지나가며 "어이, 주씨네 허수아비! 수고하시는구려. 이

따가 황씨네에서 수박 같이 드세!"라고 소리치면 아빠는 그 허수아비 미소를 지으며 "조오치! 내 금방 간다!"라고 대답하곤 했다. 아빠는 그 별명을 참 좋아했다. 서울로 오는 길, 차 안에서 이런저런 생각을 하다가 아빠의 '주씨네 허수아비'라는 별명도 이제 사라지겠구나 하는 서글픈 생각이 들었다.

지금 나를 아주 죽이려고 작정한 이 사람에서는 '주씨네 허수아비'고 뭐고 찾아볼 수 없었다. 엄마는 비명을 지르며 철호를 놓고 아빠와 나 사이를 가로막았다. 아빠는 엄마를 종이처럼 가볍게 밀쳐버렸다. 나는 몸부림치는 것 밖에는 할 수가 없었다. 엄마나 철호에게 도와달라고 말할 수 없었다. 나보다 약한 그 두 사람이 더 이상 다치는 것을 보고 있을 수는 없었기 때문이다.

마침내 아빠의 구타 세례가 멈췄다. 아빠는 숨을 헐떡이며 소파에 앉아 혼자서 욕을 지껄이기 시작했다. 나는 엄마와 철호의 손을 잡고 방으로 들어갔다. 엄마와 철호가 침대 위로 쓰러지다시피 앉자 나는 방문을 잠갔다. 조금이라도 안전함을 느끼고 싶었고, 엄마와 철호에게도 안전함을 느끼게 해 주고 싶었다.

"철민아, 너무 미안하다. 엄마가 너무 미안해. 으흐흐흑…."

흐느끼기 시작하는 엄마를 보며 철호도 울먹거렸다. 나는 엄마의 손을 꼭 붙잡았다.

"엄마. 나 안 아파, 안 미안해도 돼. 엄마야말로 왜 이렇게 많이 다친 거야. 아빠 왜 저래?

목소리가 커지는 나에게 철호가 "쉬잇, 쉿." 하며 손가락 하나를 입에 댔다.

"형, 아빠가 오늘 집에 일찍 왔어. 아빠가 술 먹고 엄마랑 나 막 때렸어. 형아가 제일 많이 맞았어."

그러면서도 아빠를 욕할 줄 모르는 철호가 순진하기도 하고 바보 같기도 했다. 나는 서랍에서 반창고를 꺼내서 엄마와 철호의 다친 부분에 붙였다. 내가 할 수 있는 응급처치는 그것밖에는 없었다. 오히려, 상처 받은 그 두 사람의 마음에 신비로운 반창고를 붙여줄 수 없다는 사실이 답답할 뿐이었다.

문 밖에서는 아무런 소리도 들리지 않았다. 아빠가 잠이 들었나 보다. 나는 소처럼 눈을 껌뻑거리는 철호를 침대에 눕혔다. 잠시 철호를 토닥거리고 있자니 엄마도 철호 곁에 풀썩 쓰러져 누웠다. 엄마 몸은 풀 같다. 마르고, 쉽게 요동한다. 그래도 심장은 뜨겁다. 엄마의 손을 내 손으로 조심스레 쓸어보았다. 엄마의 각종 굳은 상처들이 만져졌다. 그리고 내 입에서는 아주 조용히, 단 한 마디가 나왔다.

"미안해요."

'뭐 때문에 미안한데?' 라고 생각할 겨를도 없었다. 그 한 마디만이 내 머릿속을 꽉 채웠다. 미안해요, 미안해요, 미안해요. 가뭄 난 땅처럼 쩍쩍 갈라지고 움트는 아름다운 생명의 기운이 죽어버린 우리 가족을 보자니, 목으로 뭔가 치밀어 올랐다.

나는 잠이 든 철호와 엄마 곁에 가만히 앉아서 내 하루를 떠올려 보았다. 학교 첫날부터 반 짱에게 찍혀서 나 스스로 어두운 미래를 자초했고, 집에 와서 아빠라고 불러야 하는 저 인간에게 영문도 모르고 얻어 맞아서 집안 분위기는 비참할 대로 비참해졌다. 이 모든 일은 왜 일어나야 했을까? 우리 가족이 서울로 이사 왔기 때문이라는 추측을 해 보았다. 그런데, 그렇다면 서울에 있는 많고 많은 가족들 중 왜 하필 우리 가족만 이렇게 불행한 걸까? 아빠는 나쁜 놈이니까 그렇다 쳐도, 엄마와 철호와 내가 벌을 받아야 하는 이유는 무엇 때문일까?

풀리지 않는 답답한 의문들이 강물처럼 솟구쳐 나왔다. 그것이 내 속을 더욱 조였다.

그 이후 1,2주간은 늘 이런 생활이 지속되었다. 학교에서는 진영환이 나를 가만두지 않았다. 발을 걸어 넘어뜨리는 것은 예사였고, 욕을 내 면전에 대고 거칠게 휘갈기며 지나가거나, 내 자리를 엉망으로 만들어 놓기도 했다. 나는 이런 일들을 당하면서도 왜 내가 선생님이나 친구들에게 말을 하지 않는지 계속해서 되물었다. 이런 일들을 계속 당하니 분노도 차츰 사그라들었다. 진영환의 권위적인 폭력 행사의 태도는 나로 하여금 그 분노 대신 분노보다 더 고통스러운 허무와 체념과 슬픔에 젖어 살게 하였다.

집에서는 거의 매일같이 아빠의 술주정과 물건 던지기가 이어졌다. 술이라는 의식과 무의식이 공존하는 몽롱하고도 무서운 세계에 갇혀서 아빠는 자신이 여린 식구에게 무슨 짓을 하고 있는지 알긴 아는 것일까. 나는 그런 아빠에게 당하고만 있는 엄마와 철호를 보며 태은이를 떠올렸다. 가슴 아파하고 힘들어하면서도 무감각해진 그들이 답답했다. 그러다가 충격적인 사실을 알아버렸다. 나 또한 점점 그들과 같이, 이 모든 상황이 나에게 던지는 화살들을 힘없이 맞고만 있다는 것이었다. 방패가 없는 것도 아니었다. 마음만 먹으면 충분히 방패를 하나 구해다가, 방패를 구하지 못하면 하다못해 책받침이라도 들고 악다구니를 써 볼 힘조차 없는 것은 아니었다. 그런데 무언가가 내 힘을 빨아들였다. 나는 그것이 못내 견딜 수 없었다.

이런 생활이 지속된 지 보름째였다. 평소와 다름없이 텅 빈 마음을 안고 집으로 돌아왔다. 거실 한구석에서 술을 들이키는 아빠의 모습이 이제는 늘 한 자리에 있는 시계나 탁자와도 같이 여겨졌다. 문득 그렇게 굳어가고 있는 나 자신이 너무도 초라하고 볼품없었다.

더 이상 이 집 안에 있을 수 없었다. 나는 그 자리를 박차고 나와 뒤돌아볼 새도 없이 집 밖으로 뛰쳐나왔다.

잘 알지도 못하는 동네였지만 정처 없이 걸었다. 걷다 보면 나를 이토록 짓누르는 근심의 무게가 좀 가벼워질까 했지만 집을 나오자 그 무게가 가벼워지기는커녕 오히려 가중되었다. 그렇다고 해서 머리가 더 복잡해진 것도 아니었다. 아무런 생각도 안 났지만, 내 몸 속에 아주 시커멓고 답답한 무언가가 들어앉아서 점점 커지고 있는 느낌이었다.

그때 나는 내 14년 삶에서 처음으로 '불행' 이라는 단어의 의미를 실감하였다. 이때까지 내가 겪어봤던 불행이라고 해 봤자 내가 이름까지 붙여서 키우면서 정든 닭을 원래 주인에게 돌려줘야 했을 때 느꼈던 속상함 정도다. 서울에 와서 아빠가 술 마셔도 내일은 안 저러시겠지 하는 막연한 희망을 가지고 있었다. 이제 그 희망이 없어지자 그 희망의 부재가 너무 가슴 시리게 느껴졌다.

대략 한 시간쯤 걷자 다리가 아파왔다. 내가 뭘 하고 있는지 제대로 의식하지도 않고 무조건 계속 다리가 움직이는 대로 따르기만 했다. 나도 비행 청소년들이나 하는 '가출' 이라는 것을 잠깐이나마 해 보는 것일까? 이제 내가 완전히 모르는 곳에 있었지만, 그렇다고 해서 다시 집에 돌아가고 싶지도 않았다. 그런데 엄마와 철호를 그곳에 내버려두자니 또 마음이 아팠다. 하지만 내가 지금 할 수 있는 것은 아무 것도 없었다.

주위를 휘휘 둘러보다가 아무 벤치에나 앉았다. 일단 앉고 나니, 정신이 들면서 모든 생각이 다시 제자리를 찾아 내 마음과 머릿속에 자리를 잡았다. 일단 자리를 잡은 그것들은 단순히 거기 앉아 있기만 하는 것이 아니라 날카로운 발톱으로 나를 꽉 움켜쥐어 괴롭게 만들었다.

나로부터 조금 떨어진 곳에서 여자아이들이 서로 헤어지고 있었다. 그 아이들은 따뜻한 날씨인데도 덥지도 않은지 서로 딱 붙어서 팔짱을 끼다가 집으로 가는 방향이 달라지자 "내일 학교에서 봐!", "심심하면 문자해.", "잘 자!" 등의 말을 주고받으며 아쉬운 듯 팔짱을 풀고 끝까지 서로를 바라보며 인사를 나누었다.

나는 그 모습을 왜 그렇게 오랫동안 바라보았을까? 부러웠을까? 지금 생각해 보면, 부러움도 맞지만 어떤 한 단어가 내 뇌리에 박혀서 그런 것 같았다. 그 단어는 바로 '내일'이었다. 저 아이들에게 다가올 내일은 사랑하는 친구들이 있는 반가운 학교에 가서 즐거운 시간을 보내고 오게 될 내일이겠지. 하지만 나에게 내일이란 움츠림, 두려움, 분노, 슬픔이라는 이름의 올가미였다. 구타당한 몸의 고통에 맞먹는 마음의 고통을 겪게 될 내일, 그리고 그 다음 날, 또 그 다음 날. 소원을 들어주는 어떤 신비한 존재가 있다면, 나의 이 모든 불행한 상황들을 다 없었던 것으로 해 달라고 하고 싶었다. 그리고 만일 그 존재가 내 소원을 들어주는 대가로 무슨 고통을 받겠냐고 물으면, 1시간 동안 진영환 100명과 아빠 200명이 나를 무자비하게 밟아대도 좋으니 그저 이 상황만 없었던 것으로 해 달라고 말하고 싶었다.

헛된 몽상에 빠져들다가 퍼뜩 정신을 차려보니 하늘은 내 교복 바지 색깔보다 약간 옅은 정도의 어두운 빛깔이었다. 엄마와 철호는 내 걱정을 하고 있을까? 아빠는 또 다시 내가 사랑하는 엄마와 동생에게 손을 댔을까? 설마 또 그랬을까. 온 정신을 집중해서 엄마와 철호를 생각했다. 이 넓고 넓은 세상에서 나를 진정으로 사랑하는 사람들은 그 두 사람밖에 없었기 때문이다. 그리고 내가 사랑하는 사람도 그 두 사람밖에 없었기 때문이다. 그렇게 하면 마음이 조금이라도 평안해질까 싶었는데, 오히려 마음이 점점 더 뜨거워지더니……

나, 감정의 파도가 아무리 요동쳐도 항상 꿋꿋이 제압하고 견뎌왔던 나 김철민이 울기 시작했다. 서울에 온 뒤로 최근 몇 주간 축적된 마음의 불순물들이 죄다 쏟아져 나오기 시작했다. 물론 나도 살면서 아예 안 울었던 것은 아니었지만, 내가 울면 더 마음이 약해져서 아파할 엄마와 철호를 생각해서 조금씩만 눈물을 흘렸지 이렇게 오랫동안, 크게 울지는 않았다. 지금은 나만의 시간이었다. 아는 사람도 없었고 내가 아는 곳도 아니었다. 그저 나 혼자만 있을 뿐. 심지어 나를 장악하던 어두운 감정들도 나를 잠시나마 버려두었다. 눈물의 성분은 소금과 물뿐이라고 믿었는데, 눈물은 바닷물이나 소금을 넣고 저은 물과는 다른 물이었다. 그것은 마음의 물이요, 정신의 호수로부터 떠 온 물이었다. 나는 울면서 눈물에 대해 새로운 것을 알게 되었다. 그래서 더 울었는지도 모른다. 더 울면, 그래도 뭔가가 나아질 것 같아서.

그렇게 한참 우는데, 갑자기 내가 혼자 있다는 느낌이 사라졌다. 바로 옆을 보니, 텅 비어 있었던 내 벤치 옆자리에 낯익은 아이가 앉아 있었다.

"어, 조은영?"

학원 가방을 메고 슬픈 눈으로 나를 쳐다보던 그 애는 은영이었다.

"나 10분 전부터 와 있었는데 넌 하도 슬프게 우느라 누가 오는지도 몰랐구나."

큰소리로 엉엉 우는 모습을 가족에게도 보여주기 민망한데 안 지 얼마 되지도 않은 친구에게 보여주다니, 하얀 내 자존심의 한 구석이 잉크로 물들여진 것 같은 느낌이 들었다. 나쁘지는 않았지만, 부끄러움이 밀물처럼 몰려왔다.

은영이가 내 마음을 읽은 듯이 웃으면서 말했다.

"괜찮아, 더 울어도 돼."

"아… 괜찮아. 다 울었어."

그 말을 하고 나니 우는 양을 정해놓고 울기라도 하는 것처럼 들렸다.

"진영환 때문에 운 거야?"

"그것도 그렇고."

"그것도 그렇고?"

잠시 망설였다. 아직 만난 지 얼마 되지도 않은 친구에게 내 상처들을 보여줘도 될까? 하지만 나는 상처를 늘 내가 잘 아는 사람들에게 숨겨왔다. 그렇다면 잘 알지는 못하지만 믿을 수 있는 이 친구에게 내 상처를 보여주면 이 친구는 그 치유 방법을 조금이나마 알 수도 있지 않을까?

조금 생각하다가 은영이에게 말해 주기로 마음먹었다. 은영이는 처음부터 끝까지 침착한 표정을 잃지 않고 내 이야기를 들었다. 나는 아빠 얘기를 한 후, 학교에서 있었던 일 때문에 내가 받았던 상처에 대해서도 이야기했다. 자존심이 상하고, 맞은 곳도 아프고, 왕따로 찍힌 것. 어쩌면 은영이는, 내가 처음 진영환에게 찍힌 그날 눈을 책으로 고정하기는 했지만 모든 상황을 다 이해하고 있었을지도 모른다. 그리고 화산처럼 넘쳐흘렀던 내 분노가 공기 중으로 퍼져서 은영이에게도 조금은 전달되었을지도 모른다.

"내가 진영환에 대해 잠깐 이야기해 줄게."

"그 나쁜 자식에 대해서는 왜?"

은영이의 표정이 갑자기 단호해졌다.

"너, 걔를 나쁜 자식이라고 했지? 그래, 어쩌면 나쁜 자식일지도 모르지. 하지만 걔가 처음부터 그랬을까?"

나는 말문이 막혔다. 무슨 이야기를 하려는 걸까?

"잘 들어줘."

나는 말없이 고개를 끄덕였다.

"진영환은 나와 친척 사이야. 먼 친척지간이라서 명절 때나 가끔 보다가 같은 반이 된 거야. 서로 친하지는 않지만 어쨌거나 친척이기 때문에 나는 걔네 집의 개인적인 이야기들을 좀 알아. 어른들이 소곤소곤 얘기하더라고.

진영환은 아주 심한 가정 폭력을 당했어. 더 이상한 것은 폭력을 가한 사람이 아빠가 아니라 엄마라는 거야. 진영환 엄마는 다른 여자들과 달리 힘도 세고 체격도 우락부락했어. 소문으로는 그 엄마가 조폭 집단에 속해 있다는 말도 있었는데, 사실인지는 잘 모르겠어. 아무튼, 그 엄마는 아들을 사랑하지 않았던 게 분명해. 아들을 그저 귀찮은 존재로만 여겼어. 진영환 엄마는 술과 담배를 참 좋아했어. 특히 술은 집에 친구들까지 불러서 마구 마셔댔지. 당연히 술에 취하고 나면 아들을 팼어. 그리고 집안을 파탄냈어. 걔 아빠는 그걸 견디다 못해 집을 나가 버렸어. 나갔다가 며칠 후에 다시 들어오긴 했지만, 또 얼마 견디다 못해 나가고, 이걸 계속 반복했어.

이게 진영환의 초등학생 시절 이야기야. 진영환의 엄마는 아주 큰 싸움에 연루되어서 결국 죽고 말았어. 진영환은 당연히 엄마가 죽은 것에 대해서는 아무런 슬픔도 느끼지 않았지. 그리고 진영환 아빠는 걔한테, 자신이 위험할 때 지켜주지도 않고 그저 피하기만 했던 존재로 강하게 인식되었지. 가장 큰 안정을 주어야 할 곳인 가정에서 도리어 폭력을 당한 걔는 점점 엇나가기 시작했어. 그래서 이 상태까지 다다른 거야.

진영환 엄마가 걔가 초등학교 3학년 땐가 죽었어. 그 이후로 진영환은 아이들한테서 엄마가 없다고 놀림 당했어. 미술 시간에 엄마 얼굴 그리는 거, 가족 그리는 거 많이 하잖아. 진영환은 엄마를 그릴 수 없었던 거야. 그것도 진영환의 마음에 상처를 내는 하나의 원인이 되었던 게 분명해.

사람은 누구나 상처가 생기지만, 걔는 상처가 특히 깊었어. 그렇지만 깊은 상처라 할지라도 오랜 시간동안 인내하고 부드럽게 잘 다스려서 아물게 할 수도 있는데, 그게 쉽지 않잖아. 진영환은 그걸 다른 아이들을 괴롭히는 방식으로 풀었던 거야. 말하자면 일종의 화풀이지. 진영환은 친구도 없어. 마음을 나눌 상대가 없었으니까, 그 자신 또한 마음을 나눌 줄 모르는 거야. 걔는 좋은 말이나 행동을 안 하고 못해. 왜냐하면 자기는 무조건 나쁜 짓을 함으로써 마음의 거친 것들을 풀어내야 하기 때문이야.

이 이야기를 아는 사람은 너밖에 없어. 진영환이 이태은 괴롭힐 때 이태은한테 이 얘기를 해줄까 했는데 기회를 잡지 못했어. 나랑 친한 애도 아니었고. 하지만 너는 내 짝이고, 더군다나 전학 온 첫날부터 이런 봉변을 당하니까 어이없고 여기에 오만 정이 다 떨어질 수밖에 없잖아. 그래서 얘기해 주는 거야. 진영환에 대해서 너무 나쁘게만 생각하지 말라고. 네가 겪은 가정 폭력은 몇 주 동안이었지만 진영환은 평생 겪어왔잖아. 걔는 지금 아빠랑 살지만, 매일 밤늦게 들어오고 새벽에 일찍 출근하는 아빠와 무슨 대화를 하고, 어떻게 시간을 같이 보내며, 어떻게 가족으로서 사랑을 나누겠니."

잘 나가는 부잣집에서 자랐을 것만 같았던 키 크고 뻔뻔스러운 진영환의 얼굴 위로 나와 거의 비슷한, 아니 어쩌면 더 침울하고 비통한 표정을 한 어린 소년의 얼굴이 겹쳐졌다. 그때 나는 처음으로 그 애의 이름을 성을 빼고 불렀다. 누군가의 성을 빼고 부른다는 것은 어느 정도의 친근감을 의미하는 것이니까.

"영환."

"뭐라고?"

"아, 아니야. 영환이 엄마는 원래부터 그랬대?"

은영이의 얼굴 표정이 씁쓸해졌다.

"당연히 아니지. 원래부터 덩치가 좀 크긴 했지만, 그래도 나름 착하고 당당하고 성실했어. 그런데 진영환이 초등학교 입학할 무렵, 어디에서 안 좋은 걸 배워와서 물들었는지, 아니면 뭣 때문에 엇나갔는지는 모르겠지만 하여튼 원래부터 그러진 않았어."

"응…."

"힘들면 말해. 내가 대단한 상담가는 아니지만 할 수 있는 한 위로가 되어줄 테니까."

은영이는 잠시 말을 멈추고 한숨을 폭 내쉬었다.

나는 진영환 이라는 한 '불량' 소년의 일대기를 찬찬히 생각했다. 나와는 비교할 수 없는 추악한 환경에서 자란 그 아이가 불쌍했다. 영환이는 지금 구질구질하고 악취가 나는 진흙탕에 빠져 있는 꼴이었다. 누군가가 영환이를 구출해주려고 해도 그 아이는 더욱 발버둥치고, 그러면 그럴수록 더 깊게 빠져들 뿐이었다. 그러나 본인은 자신이 그 진흙탕에 빠져 있다는 사실, 그리고 더 빠져들수록 자신을 죽음으로 내몰고 있다는 사실을 모르고 있었다. 그리고 남에 대해서 그렇게 폭력적이고 공격적이지만 않아도 누군가의 사랑을 조금만 이해하고 받아들일 수 있다면 진흙탕쯤이야 가뿐히 털어내고 아름다운 풀밭 또는 그 어느 곳으로라도 걸어갈 수 있을 텐데…….

혹시 내가?

"뭘 그렇게 생각하니?"

아직 확실한 계획은 아니었다. 하지만 진영환이 헛된 몸부림치고 있는 이 상황을 어떻게든 바꿔볼 수 있는 사람은 나밖에 없었다. 그 애에 대해 관심 가지는 사람은 아무도 없었다. 은영이마저 진영환에 대해서는 대책이 없는 것 같았다. 내가 조금 더 맞는 한이 있어도, 희망 없던 '내일'을 바꿔보기 위해서라도 손을 내밀어줄 수 있지 않을까?

아직 엉성한 내 계획은 이러했다. 학교가 파하면 집에 가는 길에 진영환을 붙잡아 근처 어딘가로 데려가서 함께 이야기를 나누는 것이다. 일단 무조건적으로라도 대화 환경을 만들어야 한다는 것이 내 방침이었다.

이야기를 마치자 은영이가 환하게 웃으며 말했다.

"너 참 대단하다."

"뭘."

"그런데, 무턱대고 학교 끝나고 진영환한테 집에 같이 가자고 할 수가 없잖아. 그러니까 걔가 거의 매일 가다시피 하는 PC방에 가 봐. 그러면 더 쉽게 만날 수 있을 거야."

"그 PC방이 어디 있는데?"

은영이는 PC방의 위치를 자세히 일러주었다. 촌에서 살았을 때는 처음 가는 동네나 누군가의 집으로 심부름을 워낙 자주 갔기 때문에 길 찾는 것은 그리 어렵지 않았다. 머릿속에 작은 지도를 하나 넣어두었다. 내 계획의 성공 여부는 절대로 짐작할 수 없었다. 하지만 나는 성공할 가능성이 높기 때문에 이 계획을 실천하려는 것이 아니었다. 영환이 가정 이야기를 듣고 나자 나는 누군가에게 느끼는 감정은 미움이나 원망보다 긍휼, 사랑, 정, 관심이 더 크다는 것을 느끼게 되었다. 그리고 그것을 행동으로 옮기지 않고 마음으로만 담아두면 도와주고 싶은 마음이 소멸될 것 같아 두려웠다. 그래서 내 계획은 최대한 빨리, 내일 방과 후에 실시하기로 마음먹었다.

"야, 아홉시다. 너 집에 안 가? 나도 빨리 가야겠다. 내일 봐!"

은영이는 학원 가방을 어깨 위로 재빨리 걸쳐 메고 후다닥 뛰어갔다. 하지만 나는 분명히 보았다. 내게 등을 돌리고 뛰어가기 전, 은영이의 마지막 표정은 참 밝았다.

집에 돌아오자 아빠는 어디 갔는지 없었고, 엄마와 철호가 슬피 울며 나를 감싸 안았다. 그 모습을 보자 나도 가슴이 울컥했다. 이번에는 참지 않고 나도 그들을 껴안고 눈물을 쏟아냈다. 아까 벤치에서 다 운 줄 알았는데…… 눈물은 사랑과 슬픔이 결합되면 무한정으로 생성되는 신비한 물이다.

엄마가 울음을 그치고 원망이 섞인 목소리로 말했다.

"걱정했잖아. 무슨 일 생기면 어쩌려고."

나는 최대한 사나이답게 씩 웃었다.

"미안, 엄마. 그래도 걱정 마요. 나처럼 키 큰 남자애를 누가 해친다고. 그냥 산책 좀 하다 왔어. 아빠는?"

엄마의 표정이 어두워졌다. 이제 아빠는 더 이상 엄마에게 사랑의 이름이 아니었다. 그저 두려움의 대상, 피해야 할 대상이었다.

"모르겠어. 엄마랑 나랑 잠든 사이에 어디 나가셨나봐."

그때, 내 머릿속을 스쳐가는 생각이 또 하나 있었다. 나는 내일 영환이의 마음 문을 두드릴 것이다. 그런데 과연 영환이의 마음 문만 열어주어야 할까?

우리 아빠도 누군가의 부름, 외침, 포옹이 필요한 사람이다. 그렇다면 아빠의 마음도 내가 열 수 있지 않을까? 가슴이 쿵쾅거렸다. 온 몸에 에너지가 돌고 돌아 처져 있던 마음에 희망과 활기를 채웠다. 엄마에게 이 계획을 말할까 하다가 그만뒀다. 만에 하나 실패한다면 모두가 실망할 수도 있을 테니까. 그리고 성공한다면, 엄마와 철호에게 멋진 깜짝 선물이 될 것이다.

나는 계획을 다시 한 번 정리한 후, 말없이 엄마와 철호를 한 번 더 가볍게 안아주고 일찍 자리에 누웠다.

내일을 위해 숙면을 취할 필요가 있었기 때문이다.

다음 날, 눈꺼풀을 진하게 비추는 태양 광선에 눈을 부스스 뜨자마자 내가 맡은 작지만 중대한 사명을 떠올렸다. 나는 그때 처음으로 두 가지 대립되는 감정을 동시에 느꼈다. 그것은 밝음과 두려움, 희망과 무서움이었다. 햇볕은 내가 그러건 말건 한결같은 밝음으로 모든 사람을 내리쬐었다.

모든 사람들의 마음이 저 햇볕 같았으면 얼마나 좋을까? 늘 자신의 마음속에 남을 위한 공간을 넉넉히 마련해두는 인정 좋은 사람들만 세상에 가득하면 얼마나 좋을까? 하지만 세상에 어두운 일면도 존재하기에 세상이 어쩌면 조금 더 세상다워지고 사람 사는 집다워지는 것인지도 모른다.

밝음과 어두움이 공존하는 아이러니하면서도 동시에 조화로운 이 세상에서 우리는 바닷가의 수많은 모래알처럼 부대끼며 살아가는 것이다. 모래알은 돋보기나 현미경으로 자세히 들여다보면 생김새도, 크기도, 모양도 조금씩 다 다를 것이다. 하지만 그냥 보기에는 똑같게 생겼다. 그런 것처럼 인간도 다 다르지만 결국 다 마음속에 미움이 있고, 사랑이 있고, 인격이 있는 같은 존재들이리라. 그렇게 생각하니까 무섭고 험악한 세계에서 온 전혀 다른 존재처럼 보였던 아빠와 영환이가 더 가깝게 느껴졌다.

생각해 보면, 내가 오늘 하려고 하는 작은 만남과 대화의 시도는 어떻게 보면 참 우습다. 이 모든 일이 너무 갑작스럽게 일어나서 그런 것 같다. 진영환과 아빠는 묘하게 닮았다. 물론 아빠는 진영환처럼 어렸을 때부터 가정 폭력을 당했다거나 그런 케이스는 아니지만, 무언가에 힘겹게 짓눌려서 그것을 견딜 수 없이 아파했다는 것은 둘 다 같았다. 그 모습을 보는 나도 마음 한구석이 쓰렸다.

어제 은영이의 이야기는 내 쓰라린 감정을 연민으로 승화시켜주었다.

나에게 그저 무의미한 위로를 건넨 것이 아니라 내가 상황을 새롭게 만들어 나갈 수 있도록 길을 열어준 것이다. 또 내가 아빠와 영환이를 원망해 봤자 그와 동시에 나 자신, 세상, 그리고 삶에 대한 원망도 커져, 내가 나에게 정신적 폭력을 가하는 거라는 사실도 보게 해 주었다.

그런 의미에서 본다면, 당장 맞은 곳은 쑤시지만 내가 그 두 사람에게 폭력을 당한 것이 어쩌면 완전히 새로운 나중을 열어주기 위한 하나의 계기였는지도 모른다. 억울하고 나쁜 일들이 사실은 좋은 일의 둔갑일 수도 있다. 물론 내 계획은 실패할 수도 있다. 하지만 실패해도 남는 것은 있다. 사람에 대한 새로운 마음가짐을 가지게 되었으니, 언젠가는 달라질 미래를 생각하며 조금이나마 희망을 갖고 버틸 수 있을 것이다.

원래 계획대로라면 나는 영환이에게 방과 후 PC방에서 말을 걸기로 했는데, 도무지 그때까지 기다릴 수가 없었다. 영환이는 집요하게 내 발을 걸어 나를 넘어뜨리려고 하고, 내 책상에 욕을 휘갈겨 놓고, 내 물건을 조금씩 망가뜨려 놓았다. 그렇게 행동할 때마다 나는 영환이의 눈빛을 보려고 했다. 기쁨이나 희열보다는 화와 슬픔이 서린 눈빛이었다.

오늘 나에게는 작지만 중요한 사명이 있었기에 진영환이 나에게 어떤 폭격을 가하든 그 폭격이 내 마음 깊은 곳까지 뚫어버려 나를 미치게 할 수는 없었다. 하지만 몸도 나의 일부이고 내가 성자는 아닌지라, 계속해서 당하고만 있으려니 버티기 힘들었다. 결국 나는 계획의 실천을 좀 더 앞당길 수밖에 없었다.

4교시가 끝나고, 아이들이 각자 친구들과 무리지어 급식실로 우르르 달려 나갔다. 곧이어 교실에는 나와 영환이만 남았다. 영환이는 아무 것도 먹을 생각이 없는지 자리에 우두커니 앉아 멍하니 허공을 바라보고 있었다. 내가 함께 있는 것을 아직 모르는 것 같았다.

"저, 진영환."

영환이는 뒤를 힐끗 보더니 얼굴을 험악하게 일그러뜨렸다. 하지만 강도나 살인자마냥 험악하지는 않았다. 그 험악함 속에 희미하게 드리워진 당황을 어렴풋이 알아챌 수 있었다.

"나, 조은영한테서…… 네 이야기 들었어."

영환이는 자리에서 벌떡 일어나 은영이의 책상을 쾅 발로 찼다. 책상 서랍 안에 있던 교과서들 몇 권이 쏟아졌다. 하긴, 자기 개인사가 자기도 모르는 사이에 남에게 밝혀지면 얼마나 어이가 없을까.

"그 년이 어디까지 얘기하디?"

"잠시만 이야기 좀 해 보자. 나 너랑 얘기하고 싶어서 밥 안 먹고 여기 있는 거야. 부탁이다."

진영환은 내 옆 책상을 한참 동안 노려보더니 바닥에 털썩 주저앉았다. 그러고는 귀찮다는 듯 나를 힐끔 쳐다보았다. 하지만 계속해서 나를 응시하고 있었다. 도대체 무슨 이야긴지 들어는 보자는 신호인 것 같았다. 이에 나는 용기를 얻었다.

"너, 나랑 많이 비슷해. 너는 엄마 때문에 힘들었지? 나는 아빠 때문에 힘들어. 두 분 다 술 마시고 때리는 짓을 반복했잖아. 그래도 너는 나보다 더 오랜 기간 동안 당해서 그런지 상처가 더 깊을 거라 생각한다."

영환이가 몸을 부르르 떨더니 소리쳤다.

"너, 내가 그 쓰레기 같은 집구석에서 얼마나 힘들었는지 쥐꼬리만큼도 모르면서 어디서 설교질이야?"

영환이의 말이 맞았다. 나는 전혀 몰랐다. 그러나 이를 솔직하게 고백하는 것이 대화의 첫걸음임을 알고 있었다.

"맞아. 솔직히 말하면 얼마나 힘들었는지 다 이해 못하겠어. 그런데 있지, 내가 다는 모르지만 조금은 알거든? 어제도 아빠가 집에서 술 마시고 물건 있는 대로 다 집어던지면 엄마랑 내 동생은 비쩍 마르고 힘도 없어서 그냥 구석에서 생쥐처럼 벌벌 떨고 있었어. 있는 대로 다 맞고 있어. 내가 집에서 유일하게 아빠에게 대항할 수 있는 사람이지만, 아빠는 내가 아들이라는 것조차 잊은 것 같았어. 길거리 고양이 패듯 나를 팼다고. 나만 그러면 나만 아프지만 엄마랑 동생이 그걸 보고 울면서 더 힘들어하잖아. 너는 그보다 더 아팠겠지?"

그런데 그때, 나도 예상치 못했던 상황이 벌어졌다.

내가 울기 시작한 것이다. 우리 가족 때문에 운 것이 아니라, 영환이 때문에 운 것이었다. 영환이에게 우리 가족 이야기를 하면서 아빠, 엄마, 철호의 얼굴을 떠올려보았다. 그 표정 하나하나에 영환이의 상처, 약함, 눈물이 보이는 것 같았다. 그리고 딱 한 사람이라고 꼬집어 말할 수 없는 어떤 대상에게 미안했다. 추측컨대 그 대상은 우리 가족과 영환이, 내가 어제부터 계속 만나고 생각하고 가슴아파했던 그 모든 사람들일 것이다. 내가 어떤 잘못을 해서 미안한 것이 아니라, 그들의 극심한 고통이 나에게 전기처럼 뼈저리게 전해져서 미안할 수밖에 없었던 것이다.

나는 숨죽여 울면서 나 혼자 중얼거리듯 "아프지. 아프잖아."라는 말만 반복했다. '아픔', 그 말은 이제 나에게 친숙한 말이 되어버렸다. 내가 속한 이 곳을 표현할 수 있는 단 한 마디였다. 모두가 아파했고, 시간이 갈수록 더 아파했다. 그리고 내 앞 바닥에 무기력하게 주저앉은 이 소년도 그들 중 한 명이었다.

한참 후에 나는 눈물을 닦고 영환이에게 눈을 돌렸다. 영환이는 나를 가만히 보고 있었다. 아까 전의 살기는 사라지고 없었다. 영환이는 쓴 약을 물도 없이 입 안 가득 넣어놓고 있는 듯한 표정이었다. 얼굴을 찡그리고 고통스러워하고 있었다. 무엇이 그렇게 고통스러웠을까, 지금도 궁금하다. 그러다가 영환이가 물었다.

"야, 왜 울었어?"

"……."

"나 때문에 운 거냐?"

"……."

"도대체 왜?"

그때 나는 기뻤다. 나는 영환이가 내가 영환이 때문에 울었다는 것을 알아주었으면 했다. 그래야 얼음장 같은 미움이 녹아내릴 것이 아닌가.

영환이는 작게 중얼거렸다.

"바보 같은 새끼……."

"진영환, 네가 나를 아직도 싫어하는지 잘은 모르겠지만 그건 나한테 그다지 중요한 문제는 아니다. 그런데 한 가지 말해 주고 싶은 것은 적어도 나는 네 상처를 조금이나마 이해하고 있고, 할 수만 있다면 동참하고 싶다는 거야. 속에 아픈 것들이 많이 쌓여 있어도 그걸 과격하게 내보내려고 하지 말고 나랑 같이 천천히 내보내면 어떻겠어? 다른 사람들이 너를 이해하려고 하지 않지만 나는 은영이가 네 얘기를 해 준 덕분에 네가 진짜 누군지 다시 보게 되었거든. 지금 네가 거절하면 나는 크게 실망할 것 같아. 하지만 네가 나도 네 마음 속을 조금만 더 볼 수 있도록 해 준다면, 예전처럼 아프지는 않을 거라고 약속할 수 있다."

또 다시 침묵이 흘렀다. 영환이는 내 말을 생각하는 듯했다. 나는 단 한 질문을 계속해서 되뇌었다.

'영환이는 내 말을 이해했을까?'

영환이가 말했다.

"그때 내가 이태은 넘어뜨렸을 때 나한테 큰소리로 그게 옳지 않은 거라고 말한 사람은 네가 처음이 아니야. 아마 내가 무서워서 그랬는지 다른 애들은 아무 말도 안 했지만, 소문으로 전해들은 담임은 나에게 그런 식으로 남에게 피해 끼치지 말라고만 몇 번 말했어. 하지만 나는 속으로 계속 아우성치고 있었단 말이야. 왜 나를 알아주지는 않냐고. 왜 내 속에 있는 상처는 안 보고, 나만 계속 나쁜 사람 만드냐고. 하지만 그 아우성을 입 밖으로 꺼내기에 창피하고 민망했어. 그러면 내 모든 수치스러운 과거사까지 다 말해야 하니까. 그래서 약한 애들한테 트집 잡으면서 화풀이하는 내 방식대로 계속 가기로 마음먹었어."

영환이는 잠시 숨을 돌리고는 말을 이었다.

"나는 내 화풀이를 하면 할수록 상처가 더 쌓인다는 것을 모르고 계속 그랬어. 그런데 전학 온 네가 처음 보는 사람인 나한테 그러지 말라고 당당하게 말하니까 나는 화도 났지만 조금은 놀랐어. 그 사건 이후로 하루 종일 김철민이라는 애는 무슨 배짱으로 그랬을까, 하고 생각했어. 그리고 김철민은 나를 이해 못 하는 수많은 악질들 중 한 명이고 정의로만 똘똘 뭉쳐서 눈과 귀가 막혀버린 애일 거라고 단정지었어. 그래서 오늘도 계속 너를 괴롭혔는데, 이제 보니까 눈과 귀가 막힌 애는 나였네. 사실 나는 보기엔 이래도 진짜 약한 애다. 매일 나 혼자서 혼란스러워하고 괴로워하고 될 대로 되라면서 욕하고 발길질하면서 살았어."

"이제는 네가 약하다는 것을 아니까 더 강해질 거잖아."

영환이는 알 듯 말 듯 살짝 웃었다.

"고마워. 그리고 미안해."

나는 괜찮다고 말하려다 문득 장난기가 발동해 영환이를 있는 힘껏 넘어뜨렸다. 그리고 영환이를 마구 간지럽혔다. 웃으면서 고통스러운, 최고의 장난이 간지럼이다. 영환이는 자지러지게 웃으며 몸을 우악스럽게 비틀어댔다. 그러다가 나를 밀쳐내고는 푸하하 웃었다. 눈물이 다른 물과 다르듯이 웃음도 다른 소리와 다르다. 웃음은 수많은 조각들로 부서져서 주변으로 마구 튄다. 웃음 조각은 다른 사람에게도 들어가 그 사람도 덩달아 웃게 만드는 신기한 그때의 기분은 "좋았다." 이 상황에 그 말보다 더 적합한 말이 없다. 그리고 이 상황보다 그 말이 더 어울리는 상황이 있을 수 있을까?

영환이가 웃음을 멈추고 나에게 말했다.

"학교 끝나고 PC방 갈래? 아니면 분식집이라도. 내가 쏠게."

나는 수락하려다 내 2차 사명을 떠올렸다.

"미안, 오늘은 할 일이 있어. 내일 어때?"

진영환이 고개를 으쓱했다.

"뭐, 그럼. 그렇게 하지."

우리는 서로를 마주보며 잠깐 웃어주고 다시 자기 자리에 앉았다. 점심 먹을 시간은 이미 지나버렸고, 아이들이 하나 둘 돌아오고 있었다.

영환이와 내가 친해진 것을 봤는지 의아해 하는 아이들도 몇 있었다. 자기들끼리 수군거리면서 우리를 계속 곁눈질했다. 나는 그들에게 내가 영환이와 대화를 함으로써 알게 된 엄청난 아름다운 우정과 인간관계의 비밀을 알려주고 싶었다. 하지만 비밀은 혼자 간직하는 재미도 있는 법, 나는 아무 말 않고 내가 영환이와 함께 했던 짧은 대화의 시간을 떠올리며 혼자 바보처럼 배시시 웃고 있었다.

점심을 먹고 돌아 온 은영이가 자리에 앉아 내 어깨를 톡 건드렸다. 은영이는 말로 묻는 대신 눈을 동그랗게 뜨고 나를 쳐다보았다. 나도 말로 답하는 대신 눈에 생기를 띠고 힘차게 끄덕였다. 은영이는 손을 뻗었다. 우리는 작게 하이파이브를 했다.

학교 마치고 집에 돌아가는 길에 누군가가 내 어깨를 조심스럽게 쳤다. 어제 하굣길에서 느꼈던 소심하고 친근한 손길이었다. 역시나 내 예상대로 그 손의 주인은 태은이었다. 나도 태은이 어깨를 가볍게 치며 인사했다.

"안녕, 오늘도 보네."

포동포동한 볼살에 유난히 동그란 눈을 가진 태은이가 나를 쳐다볼 때 철호를 꼭 닮아서 참 귀여웠다. 태은이가 어리둥절한 얼굴로 나에게 말했다.

"오늘은 영환이 때문에 안 힘들었어? 밝아 보인다."

"아, 나 걔랑 사이좋은 친군데?"

나는 그 말과 함께 웃음을 터뜨렸다. 마치 그 말을 장난으로 한 것처럼 말이다. 태은이는 더욱 놀라서 고개를 갸우뚱거렸다.

"나 먼저 갈게. 지금 바쁜 일이 있어서. 내일 봐, 태은아!"

빠르게 달음박질해서 집에 도착해 보니 아무도 없었다. 내 방 책상 위에는 산책 겸 야채를 사러 갔다는 엄마의 쪽지가 올려져 있었다. 그때까지도 나는 왜 아빠가 집에 없을까 생각하고 있었다. 그때 문득 깨달았다.

내가 아빠가 밤이 되기도 전에 집에 돌아와서 술 마시는 것을 이렇게 당연시하게 될 정도면 아빠가 얼마나 꾸준히 몹쓸 짓을 해 왔는지 알 수 있었다. 아빠의 마음 문은 닫혀 있어도 아주 꽁꽁 닫혀 있었다. 너무 닫혀 있어서 그 안에는 환기가 안 되어 답답하고 악취가 풍기고 있다. 내가 시급하게 그 문을 열어서 시원하고 달콤한 사랑의 공기가 아빠 마음을 채우도록 해야 한다.

책가방을 내려놓고 조용히 아빠에게 무슨 말을 할지 생각하고 있었다. 반시간쯤 지나자 누군가가 들어오는 소리가 들렸다. 거칠고 투박한 발걸음으로 미루어 보아 누군지는 안 봐도 뻔했다. 순간적으로 어제 아빠한테 맞았던 기억이 되살아나면서 잠시 두려움에 휩싸였다. 또 죽도록 얻어맞다가 아빠한테 아무 말도 못하면 어떡하지? 하지만 "어떡하지?"라는 질문은 오히려 두려움을 불러일으킬 뿐이었다. 애써 그 질문들을 몰아내고, 심호흡을 한 후 거실로 나갔다. 아빠는 늘 그렇듯 초록색 술병으로 에워싸여 있었다. 지긋지긋한 초록색이었다. 아빠는 나를 힐끗 쳐다보더니 다시 술 마시는 데에 열중했다.

"아빠, 다녀오셨어요."

"……"

"아빠, 많이 힘들죠."

"니가 뭘 알아?"

아빠는 눈을 꼭 감고 공사장에서의 나쁜 기억과 스트레스를 보지 않으려고 노력하는 것 같았다. 영환이도 나에게 처음에는 "내 상황을 쥐꼬리만큼도 모르면서 어디서 설교야."라고 말했었다. 둘은 보면 볼수록 너무 닮아 있었다. 아, 이제는 닮은 게 아닌지도 모르겠다. 영환이는 달라졌으니까. 이제 아빠도 달라져야 한다.

나는 아빠 옆으로 가서 아빠를 안았다. 아빠는 몸부림치며 빠져나오려고 했다. 하지만 나는 술병을 다 멀리 제쳐놓고 "아빠, 잠깐만 가만히 있어보세요. 정말 잠깐만요."라고 계속 말하면서 아빠를 안아주었다.

"너 갑자기 왜 그러냐?"

아빠가 소리쳤다. 처음에는 아빠가 화난 줄 알았다. 하지만 자세히 보니 아빠는 울고 있었다.

"에이씨, 힘들다고. 그 놈의 감독들은 우리가 무슨 개인 줄 알아. 에이씨, 김철민 니가 뭘 알아. 내가 술 마셔서 스트레스 푼다는데 니가 왜 지랄이냐고."

나는 아빠 눈을 보며 말했다.

"아빠, 술 마시면서 풀지 말고 아빠 사랑하는 우리 가족이랑 풀어요. 아빠, 난 아빠 아들 김철민이야. 아빠를 아주 많이 사랑하는 김철민이라고."

아빠는 내 팔 안에서 몸부림치다가 체념했는지 어깨를 들썩이면서 울기만 했다. 나는 아빠를 힘껏 껴안고 아빠 등을 손으로 계속 쓸었다. 이사 오기 전, 농사를 짓던 "주씨네 허수아비" 아빠는 대범하고 든든한 큰 아빠였다. 지금 내가 안고 있는 아빠는 작았다. 키나 체격은 나보다 조금 더 컸지만, 마음은 한없이 여렸고 어린아이 같았다.

아빠에게 작게 소리쳤다.

"아빠, 사랑한다고요! 그러니까 아빠, 우리 때리지 말고 아빠도 우리를 사랑해줘요!"

아빠는 눈물을 닦고 나를 보았다.

"내가 느이 엄마랑 철호랑 니랑 개 패듯 팼는데 니가 날 사랑하기는 무슨."

나는 고개를 세차게 저으며 말했다.

"그런 거랑 상관없이 아빠는 우리가 가장 사랑한다고. 아빠, 아시겠죠? 가족은 이렇게 사랑해 주라고 있는 거지 딴 게 아니에요!"

그때 아빠가 갑자기 무릎을 꿇었다. 아빠 눈에는 눈물이 다시 흐르고 있었다.

"이 애비가 죄인이다. 어제 내가 했던 대로 나를 패라. 미안하다, 철민아. 내가 잘못했다."

나는 아빠를 일으켜 세웠다. 그리고 아빠 눈을 똑바로 보며 말했다.

"아빠, 사랑해요."

아빠가 들어야 했던 한 마디는 이 말이었다. 아빠는 말없이 나를 안아주었다. 비록 술 냄새 풍기고, 공사장에서 돌아와서 그런지 흙먼지도 묻어 있었지만, 아빠 품에는 다시 따뜻한 사랑이 되돌아왔음을 느낄 수 있었다. 옛날에 아빠보다 키가 더 많이 작았을 때는 아빠가 안아줄 때 어깨에 편하게 기댈 수 있었는데, 이제는 아빠와 내 키가 거의 맞먹었다. 그래도 그렇게 편안할 수가 없었다.

"일단 술병부터 치울까?"

아빠가 싱긋 웃었다. 아빠와 나는 거실에 어지럽게 흩어진 술병들을 모아서 버렸다.

그때 엄마와 철호가 돌아왔다. 아빠는 그들을 당장이라도 끌어안을 기세를 보이며 현관문으로 달려가다가 멈칫하며 섰다. 아빠는 할 말을 잃은 듯, 어찌할 줄 모르겠다는 표정으로 미안함과 고마움이 가득한 표정으로 엄마를 보았다. 엄마는 이 순간을 이해하지 못한 채 어쩔 줄 모르고 그 자리에 가만히 서 있었다.

순진한 철호가 가장 먼저 움직였다. 아직 키가 아빠 허리를 조금 넘는 정도인 철호가 짧은 팔로 아빠 허리를 꼭 안으며 말했다.

"우와~엄마~ 아빠~ 오늘 술 안 마셨어!"

순간 엄마, 아빠의 얼굴에는 옅은 미소가 함께 퍼졌다.

···후기

이 짧은 이야기를 다 쓰고 나니 속이 시원하다. 그러면서도 한편으로는 이야기를 너무 얼렁뚱땅, 대충 마무리지은 것 같아 스스로를 꾸짖어보기도 한다.

이야기를 멋지게, 혹은 여운 있게 끝내야 이야기의 작가로서의 책임을 다하는 것인데 말이다. 그래도 그렇다고 해서 내 소설이 아예 가치가 없는 소설은 아닐 것이다. 어떤 글이든지 좋든 나쁘든 제각각의 의미는 꼭 지니게 마련이기 때문이다. 머리말에서도 밝혔지만, 내 소설은 이야기 자체도 중요하지만 그 이야기를 통해 독자들이 우리가 사는 인간 세상에 대해 한 번쯤 생각해 보고 자신이 사는 공동체에 대해서도 고민할 기회를 마련하는 것에 그 의의가 있다.

만약 내가 드라마틱한 소설을 잘 쓰는 사람이었다면 이 소설의 결말을 다른 방식으로 끝냈을 것이 분명하다.

이 소설은 결국 '뻔한 해피엔딩'이기 때문이다. 하지만 이 소설 속 상황이 우리가 사는 현실 세계에서도 난무한 실태라는 것을 생각해 본다면, 내가 제시한 결말이 어쩌면 가장 완벽하고 이상적인 결말일지도 모른다.

사람의 감정이 가장 복잡하고 변하고 교차하는 때는 타인과의 관계 속에서 살 때라고 생각한다. 나 역시 수많은 친구 문제와 가족 문제, 그리고 이성 문제까지 겪으면서 내가 누군가에게 상처를 주기도 하고 반대로 받기도 했다.

때로는 걷잡을 수 없이 흘러오는 외로움을 이길 수 없어 바닥에 엎드러져서 엉엉 울기도 했고, 때로는 가족에게 미안한 마음을 주체할 수 없어 탄식하며 눈물을 홍수처럼 쏟아내기도 했다. 또 어떨 때는 눈엣가시처럼 미운 친구를 욕하는 말을 폰 메모장에다가 잔뜩 써 놓기도 했다.

관계를 맺는 이상 이런 일들을 겪지 않을 수는 없다. 하지만 그럼에도 불구하고 내가 끊임없이 관계를 맺으려는 이유는 상처에 비할 수 없는 기쁨이 따르기 때문이다. 마음이 좀 힘들더라도, 어쨌든 내가 누군가와 함께 인생길을 가고 있다는 점, 그리고 이렇게 싸우고 부딪치더라도 어쨌거나 서로 관심을 가지고 위해주는 부족한 동지들일 뿐이라는 것, 그 사실을 생각하면 지금 내 옆에 있는 사람이 너무 소중하고 예뻐 보인다.

삶의 일부분이라도 함께 하고 있는 가족과 친구들과 이웃의 아픔에 눈길을 돌리는 것, 그것은 사랑을 지닌 인간이라면 당연히 해야 할 의무라는 것을 말하고 싶다. 진짜 인간이라고 불릴 자격에 내가 합당한 사람인지 끊임없이 점검해야 함을…….

2013년 11월
글을 마무리하며

변한 건 없다

꿈꾸는 책벌레 3학년 | 조수빈

●●● 저자 소개

조수빈.
좋아하는 것을 좋아하고 싫어하는 것을 싫어한
다. 분명하다. 독서에 음악 듣기라는 재미없는 취
미가 있다. (혹은 매우 재미없는 인간임을 뒤에서
든든하게 입증해 주고 있다)
어쩌면 둘 다.
2년 간 뭐 쓸까 하고 머리 빠지게 고민했지만 내
가 바라는 혜성같은 삘은 오지 않았고 마감은 점
점 다가왔다.
그래서 그냥 썼다. 다시 쓰고 싶다는 맘이 굴뚝
같지만 이미 원고 마감.

••• 머리말

    표지는 내용과는 전혀 상관없습니다. 그냥 앤 해서웨이가 예뻐서요. 아 예쁘다.

    시간이 너무 너무 너무 넘치게 많고 심심해서 거실 침실 부엌 천장 벽지 무늬 개수까지 다 헤아려 봤다하는 사람만 편한 마음으로 읽어주시길 부탁드립니다. (그것보다 좀 더 재미없어요)

#1

　여름은 끝물이고 슬슬 계절이 가을에 접어들 무렵, ○○중학교에는 전학생이 한 명 왔다. 전학생이란 학교를 옮긴 학생이라는 뜻의 말일 뿐이지만 이유를 알 수 없게도 다른 재학생들의 관심과 호기심을 크게 끄는 이름이기도 하다. 이곳보다 좀 더 북쪽에 있는 지방에서 왔다는 그 전학생의 이름은 '정윤'이었다. 물론 아이들이 기대했던 대로 외국에서 몇 년 살다 왔다든지, 잘생긴 남학생이라든지 하는 것과는 거리가 멀게도 그냥 외 자 이름을 가진 평범한 여학생 이었을 뿐이다.

　"저기 앉으면 된다."

　담임선생님이 가리킨 자리에 앉은 윤은 담담히 책과 겉옷을 정리했다. 옆 자리의 여학생은 읽고 있던 책에서 눈을 떼고 윤에게 인사했다.

　"안녕."

　윤도 적절히 인사에 대꾸했다. 그 여학생은 언뜻 다가가기 힘든 인상이었지만 윤에게는 퍽 살갑게 굴었기 때문에 윤은 한결 편안한 마음으로 전학 첫날을 시작할 수 있었다. 둘은 딱히 통성명은 하지 않았지만 윤의 짝꿍은 반에서 가장 이름이 많이 거론되는 학생 중 한 명이었으므로 윤은 금방 자연스레 그 여학생의 이름을 알게 되었다. 그 여학생은 김민우라는 성별이 모호한 이름을 갖고 있었는데, 알고 보니 이 반의 실장이기도 했다. 윤은 말수가 적었고, 둘 다 크게 붙임성이 있는 편은 아니었기 때문에 별다른 대화는 오가지 않았다. 게다가 윤은 아직 긴장을 완전히 풀지 못해서 대화는 보통 윤의 어색한 대답으로 흐지부지 끝나기 마련이었다. 민우는 손가락으로 책상을 툭툭 치다가 가볍게 웃었다.

윤은 아직 많이 어색해 했지만 그래도 걱정과 달리 조금씩 새 학교에 적응해 나가기 시작했다. 아무래도 민우의 도움이 컸다. 민우와 몇몇 여학생들이 윤을 데리고 학교 이곳저곳을 다녔고, 이것저것을 잔뜩 알려주었기 때문에 – 반 아이들, 학교 행사, 선생님들, 교과 진도 등등에 관해서 – 윤은 더 빨리 적응했다. 그리고 놀라운 일은, 민우가 윤을 꽤 좋아하게 되었단 것이었다. 둘은 은근히 대화가 잘 통했다. 취미도 어느 정도 통했고, 눈에 띄는 공통점 없이도 공감할 수 있었다. 게다가 민우를 꽤 놀라게 한 점이 있었다.

"피아노는 오래 쳤지."

윤은 학교가 끝나면 연습실로 가서 몇 시간 동안 피아노를 치곤 한다는 이야기도 덧붙였다. 윤은 더 이상 크게 언급하지는 않았지만 민우는 그제야 왜 윤이 그토록 음악에 관해 해박했는지 알게 되었다. 윤에게 삶과 음악은 동의어였다. 서늘한 목소리를 가진 말없는 윤에게는 예민하고 예술적인 기질이 있었다. 또 클래식한 것이면 어느 정도 다 좋아하는 면이 있어서 윤의 과묵하고 신중한 태도는 그런 윤의 성향, 혹은 취향과 결부되는 면이 있지 않을까 하고 민우는 생각해 보게 되었다.

한편으론 윤도 민우에 대해 어느 정도 알게 되었다. 민우는 확고하고 물러 설 줄을 몰라서 대립도 마다 않는 성격이었다. 회의론자에 유물론자였으며 믿기보다는 뭐든지 의심하고 보았다. 딱히 학교 공부를 잘 한다는 이야기는 들은 적이 없으나 윤이 본 어떤 아이들보다도 박식했으며, 늘 턱을 괴고 독서하는 모습을 볼 수 있었다. 반 전체를 휘어잡을 정도의 카리스마가 있는 민우의 영향력은 무시할 수 없는 것이라 반의 어느 누구도 민우를 함부로 대하지 않았다.

그러나 은근히 배어나오는 시니컬하고 거침없는 태도를 생각했을 때 신기하게도 대하기 어려운 편은 아니었기 때문에 민우의 그런 태도는 오히려 일종의 매력이었다. 어려운 듯 하지만 상대방의 말을 경청해 주고 존중해 주는 특유의 자세.

#3

학교에서 좀 떨어진 곳에는 작은 공원이 하나 있었다. 사실 공원이랄 만큼 그리 거창한 것은 없었고 그냥 주민들을 위해서 마련된 쉼터 같은 곳이었는데, 등나무 벤치와 자판기가 있었다. 민우는 이곳에 자주 왔는데, 어느 날에는 윤도 함께 오게 되었다.

"나무들이 예쁘잖아."

민우가 자판기에서 뽑은 캔 음료 하나를 윤에게 건네며 말했다. 윤은 고개를 끄덕였다. 정말로 나무들이 예뻤다. 커다란 아름드리도 여러 그루였다. 나무들의 잎사귀들이 한데서 바람에 흔들리고, 가을 오후의 햇살이 잎사귀에 산산히 부딪쳐 반짝거렸다. 반쯤은 시원했고 반쯤은 따뜻했다. 윤과 민우는 나란히 벤치에 앉아 하릴 없이 이것저것 수다를 떨었다.

며칠이 지난 날 하교할 즈음 윤이 민우에게 낮게 말했다.

"혹시 내 연습실 가볼래?"

"어? 정말?"

"그래. 물론 재미는 없겠지만……. 좀 지루할 거야. 그리 들을 만한 것도 아니고 계속 반복해서 말 그대로 연습하는 거고. 그래도 네가 전에 한번 가보고 싶다고 하길래."

"알아. 괜찮아. 그냥 가보고 싶어서. 난 뒤에서 그냥 책 읽던 거 마저 읽으면 되지."

"가자."

윤의 연습실은 –

엄연히 말하자면 윤의 연습실은 아니고 다른 사람의 연습실을 낮 동안 잠깐 빌려 쓰는 것에 불과했지만– 말 그대로 연습실이었는데, 윤은 학교가 끝나면 그곳에 가서 몇 시간 씩 피아노를 치다 집에 돌아가곤 했다. 학교에서 걸어가기 그닥 부담스럽지 않을 정도의 거리에 있었으므로 두 사람은 그냥 바로 걸어가기로 했다. 둘은 얼마간 걸어갔다. 민우가 처음 보는 골목이라고 느낄 때쯤, 윤은 손가락으로 한 건물을 가리키며 말했다.

"여기야."

아래층에는 다른 상점들이 들어서 있었다. 윤과 민우는 옆쪽으로 난 문을 통해 들어가 좁은 계단을 따라 위층으로 올라갔다. 다시 불이 꺼져 있는 복도를 지나 모 피아니스트의 연습실을 지나고 다시 작은방 같은 곳으로 들어섰다. 윤은 불을 켰다. 몇평 남짓한 작은 공간이었는데, 문을 기준으로 왼쪽에는 작은 창이 닫혀 있었고, 정면에는 업라이트 피아노가 한 대 있었다. 한쪽 구석에는 소파와 작은 테이블이 놓여 있었다. 둘은 겉옷과 가방을 대충 던져 놓았다.

피아노 앞에 앉은 윤은 뒤쪽 소파의 민우를 의식해서 잠깐 망설였지만 민우가 윤을 배려해서 최대한 신경 쓰지 않는 태도를 보여주었기 때문에 금세 마음을 편하게 먹을 수 있었다. 민우는 조용히 책을 꺼내들어 읽기 시작했다. 윤은 대체로 같은 부분을 반복해서 연습하거나 했지만 가끔은 짧게 발라드나 야상곡을 치기도 했다. 민우는 딱히 아무런 말도 하지 않았지만 윤은 그럴 때면 민우가 책장을 넘기던 손을 멈추고 가만히 듣곤 하는 것을 느낄 수 있었다. 평온한 오후 풍경이었다.

#4

그후로 반 학생들은 두 사람이 이것저것 자주 이야기하는 모습을 볼 수 있었다. 드물게는 윤이 크게 웃음을 터뜨려 주위 아이들을 놀라게 하기도 했다. 이미 한 학기가 지났지만 민우는 모두와 친했고 동시에 모두와 친하지 않았기 때문에 윤이 민우를 독점하다시피 하는 것은 놀라운 일이었다.

이렇듯 대담하다 못해 과격하기까지 한 민우와 신중하고 과묵한 윤의 우정은 워낙 뜻밖의 일이라 반 아이들은 두 사람에게 약간의 흥미를 두었다.

언뜻 두 사람은 전혀 달라보였지만 본질적으로 같은 면이 없다면 그런 친구가 될 수는 없는 법이다. 서로 다른 환경에서 자란 두 사람이 서로에게서 깊은 이해를 발견할 수 있다는 것은 큰 행운이고 신기한 우연이었다. 아직은 어렴풋한 표상뿐이었지만 시간만 지난다면 둘은 훌륭한 지우를 얻게 될 것이었다. 특히 감성과 예술의 영역은 말로는 전달될 수 없었고, 그저 암시를 주는 역할밖에 맡을 수 없었기 때문에 그런 동질성은 더 중요했다.

윤과 민우는 쾌활해졌다. 그냥 이야기가 잘 통하는 친구가 하나 있다는 것만으로도 생활은 훨씬 즐거워졌다. 더 좋은 점은 앞으로를 기대할 수 있게 되었다는 것이었다. 서로 말은 않았지만 둘은 가끔 어디로 여행을 간다든가, 함께 공연을 보러 간다든가, 대학생활은 어떨까 하는 생각을 하게 되었다.

#5

"정윤아. 쌤이 부르셔."

"아, 지금?"

그래. 대답한 여학생은 금세 자기 자리로 돌아가 버렸다. 윤은 이름이 외 자였기 때문에 저 여학생처럼 '정윤'이 이름인 것처럼 부르거나, 혹은 '윤아'가 이름인 것처럼 부르는 일이 더러 있었다. 민우는 윤을 흘끔 보았다. 윤의 얼굴은 굳어 있었다. 물론 이름을 잘못 불러서는 아니었다. 윤은 입술을 깨물고는 어색하게 '무슨 일이지.'라고 작게 중얼거렸다.

"나 좀 갔다 올게."

"어어— 얼른 갔다 와."

민우는 묘하게 천천히 교실을 나서는 윤을 바라보다가 턱을 괴고 읽던 책으로 다시 시선을 옮겼다.

점심시간이었지만 남아 있는 학생들은 별로 없었기 때문에 교실은 별로 시끄럽지 않았다. 아이들이 휴대폰으로 틀어놓은 듯 가요 소리가 어렴풋하게 들려왔다. 예비종이 쳤다. 윤이 나간 지가 꽤 됐는데 윤은 아직도 돌아오지 않고 있었다. 민우는 멍하게 책을 내려다보았다가 자신이 한 페이지도 넘기지 않은 채 계속 같은 부분만 뚫어지게 쳐다보고 있었다는 것을 깨달았다.

…그리고 이미 오래 전부터 이 어린 생명의… 모두 예상하고 있었다. …복잡한 것이 아니었다. 나르치스 자신이 해야 할 일이 무엇인지도 분명이 자각하고 있었다. …그것은 물론 어려울 것이다.

불안했기 때문이다.

민우는 더 참지 못하고 자리에서 벌떡 일어나 가디건을 챙겨 입고 교실을 나섰다. 학생들로 번잡한 복도를 거슬러 계단이 있는 곳에서 코너를 돌았다.

"……."

학생들이 잘 이용하지 않는 계단, 계단과 위층 계단이 만나는 곳에 윤이 계단에 걸터앉아 있었다.

"거기서 뭐해?"

민우의 목소리에 윤이 고개를 들었다. 표정이 좋지 않았다. 민우는 삽시간에 불안, 불안을 넘어서서 일종의 안 좋은 일에 대한 예감 같은 것을 느꼈다. 더 이상 묻지 말고 이대로 뒤를 돌아서 그냥 가버릴까 하는 생각마저 들었다. 하지만 민우는 언제나 앞으로 나아가는 성격이었다. 좋은 일이든, 나쁜 일이든, 한 번도 피한 적이 없었다.

"선생님이 교무실에 불러서 그냥 학교생활은 어떤지, 친구들이랑은 잘 지내는지, 그런 거 물어 보시더라."

표정과는 달리 윤의 목소리는 오히려 평소보다 침착했다. 혹은 가라앉아 있었다. 하지만 민우는 윤이 절대 표정이나 목소리로 감정을 제대로 드러내는 법이 없다는 것을 알고 있었다.

"그리고 네 얘기도……."

윤은 숨을 크게 들이 내쉬었다.

"너…. 너 내가 왜 전학했는지 알고 있었어?"

두 사람은 말없이 서로의 눈을 마주 보았다.

"응."

민우가 늘 그렇게 하듯 명확하고 깔끔한 대답이었다. 윤은 민우의 그런 점을 좋아했다. 그렇지만 지금 민우의 그런 확실함은 잔인함이었다.

"왜 날 속였어."

윤은 참담한 목소리로 말했다.

"말해 봐. 그냥 동정심이었는지, 아니면 실장이라서."

"그런 거 아니야."

윤이 계단에서 일어나며 소리 질렀다.

"어떻게 그렇게 날 속일 수가 있어. 처음부터 끝까지. 사실은 나한테 관심도 없었을 거면서. 불쌍했거나 신기했나 보네. 그렇게 알량한 도덕심 만족시키니까 좋았어? 하지만 난 그런 엿 같은 동정은 필요 없어. 옛날에도 그랬고 지금도 그래."

"그런 거 아니라고 하잖아."

"너, 원랜 남한텐 관심도 없잖아. 와, 이때까지 네가 날 어떻게 생각했을지. 나도 참 한심하다. 귀찮은데도 불쌍한 애 신경 써주느라 고생했겠군. 정말 수고했어. 김민우. 아주 책임감 있었어."

"아니, 아니라고 하잖아!"

민우가 거칠게 대꾸했다.

"젠장, 난 그냥 너한테 마음이 쓰였던 거야! 그래, 이런 말 들으면 너야 기분 나쁘겠지. 근데 망할, 근데 너 그렇다고 날 욕할 수 있냐? 그럴 수 있냐고!"

민우는 변명하는 건지 화를 내는 건지 알 수 없는 태도로 말하고는 돌아서서 욕을 짓씹으며 가버렸다. 윤은 입술을 깨물며 눈물을 참았다. 둘 다 끝까지 '너와 다시없을 친구가 될 지도 모른다고 생각했다고.' 와 같은 말은 하지 않았다. 마음 속으로만 조용히 되뇌었다.

윤에게 예전 학교는 일종의 악몽이었다. 살아 있고 생생하고 깨어날 수도 없는 악몽. 그래서 모든 과거의 나쁜 것들을 거기 내버려두고 떠밀리듯 이곳까지 왔다. 처음부터 새로 시작하리라, 다시는 같은 실수를 반복하지 않으리라 결심했다.

윤은 동성애자였다. 성적소수자라고 하자. 아직 확신할 수는 없다. 하지만 윤 스스로 그것이 분명 본인에게 더 자연스럽다는 것을 알고 있는 중이다. 윤은 처음 그 사실을 깨달았을 때 크게 거부감이나 충격은 느끼지 않았다. 하지만 다른 사람들이 어떻게 생각하는 지에 대해서는 걱정하고 실감해 본 적이 없었다. 그래서 어떤 친구에게 무심코 커밍아웃한 게 화근이었다.

평소 즐겁게 잘 어울리던 친구였는데, 자기는 동성애에 대해 편견이 없으며 그들도 다 우리와 똑같은 사랑을 한다고 말했다. 지금 생각해 보면 그냥 아이돌 팬픽을 좋아하는, 성적소수자와 동성애에 대해 제대로 아는 것은 하나도 없던 평범한 여학생이었다.

다음 날 학교에 갔을 때는 반 아이들 대부분에게 소문이 퍼져 있었다. 얼마 지나지 않아 선생님들 사이로, 나중에는 다른 반 아이들까지.

그 후로 반 아이들 모두가 윤에 대해서 이야기했고, 윤이 다가오는 것만으로도 화들짝 놀랐다. 복도를 지날 때면 윤은 수많은 시선들과 삿대질, 소곤거림을 느낄 수 있었다. 선생님들은 윤을 측은함과 친절함과 알 수 없는 것에 대한 혐오가 뒤섞인 눈으로 바라보곤 했다.

물론 윤에게 오히려 예전보다 더 잘해 주는 아이들도 있었다. 하지만 윤은 그런 축들의 은밀한 호기심과 일종의 자부가 더 견디기 힘들었다.

윤의 옛 친구들은 돌아섰다. 어떤 여자아이들은 윤을 보며 '쟤가 날 좋아하게 되기라도 하면 어떡해.' 같은 소리를 하며 윤을 피했다. '레즈는 처음 본다'며 뚫어지게 쳐다보는 시선은 흔한 것이었다. 심지어 동성애가 전염된다고 믿는 아이도 있었다. 이해할 수 없다며 '더럽다'고 중얼거리는, 혹은 말로는 꺼내지 않더라도 숨길 수 없는 혐오의 표정을 드러내는, 한 때 함께 웃고 이야기하던 친구의 얼굴을 윤은 매일 봐야 했다.

윤의 가족들도 예전과 같지 않았다. 어떻게 내 자식이. 윤의 부모님은 그렇게 말했다. 윤의 언니는 동생에게 별 말 하지 않았다. 하지만 윤은 언니가 매일 학교에서 자기 동생에 대한 이야기를 듣고 있다는 것을 알았다. '네 동생 레즈라면서?' 운운.

변한 건 없다. 하지만 더 이상 윤이 얼마나 공부를 잘하든지, 얼마나 운동을 잘하는지 얼마나 맑고 바른 아이인지 관심 있는지 관심 있는 사람은 아무도 없었다. 윤이 얼마나 예의 있는지, 글씨체가 유려한지, 환하게 웃는지, 사려 깊은지, 신중한지, 좋은 일을 했는지 관심 있는 사람은 아무도 없었다. 아무도…

윤은 어른들에게는 골칫거리였고 또래들에게는 나와 다른 사람이었다. 그 외엔 없었다. 더 이상 어디에도 이전의 윤은 없었다.

다르다는 것은 일종의 위협이다. 다른 것을 혐오하게 되는 것은 어떤 본능적인 방어기제이다. 다른 것을 인정하기는 그리도 힘들다. 그리고 사람들은 본능에 따라 윤에게 그렇게 잔인해졌다. 잘못한 것이나 잘못된 것은 없다. 단지, 다르기 때문이다.

#7

다음 날부터 뭔가가 변했다. 눈치 빠른 학생들은 얼른 알아챘고, 그렇지 않은 학생들은 다른 학생들의 속삭임을 듣고 나서야 깨닫게 되었다. 민우와 윤이 서로 쳐다도 보지 않고 있었다.

몇몇 아이들은 슬쩍슬쩍 윤을 떠보았다. 무슨 일 있냐고. 윤은 내내 대답하지 않았지만 딱 한 번은 입을 열었다.

"바른대로 돌아간 것뿐이야."

무슨 뜻인지 아는 사람은 민우밖에 없었다.

그 상태로 사흘이 되자 이제 그것을 신경 쓰는 사람은 아무도 없었다. 민우는 원래 있던 여학생 무리에 다시 자연스레 끼었고, 윤도 금세 새 친구를 사귀었다. 반 아이들은 자기 반 실장의 까칠한 목소리를 다시 들을 수 있게 되었다.

윤은 여전히 학교가 끝나면 연습실로 갔다. 불을 켜고, 겉옷과 가방을 내려놓고, 피아노 의자에 앉지만 내내 신경은 뒤의 소파에 가 있다. 그때는 가늘고 핏줄이 선명한 손이 책장을 넘기고 조용한 숨결로 이 방 안 전체가 따스했는데, 지금은 싸늘하고 건조한 가을 공기뿐이었다.

사실 두 사람이 함께 지낸 건 2주 정도뿐이었다. 겨우 이주. 하지만 그 둘이 서로의 영혼에서 노다지를 발견하고, 자기 앞에 서 있는 미래의 지우를 발견하기에 2주는 너무 충분한 시간이었다.

#8

"아니, 진짜. 진짜라고. 우리 엄마가, 우리 엄마 친구 중에 걔 예전 학교 학부형인 아줌마가…."

윤은 대충 그런 말소리를 들으며 교실 문을 열었다. 다음 순간 아이들의 시선이 모조리 윤을 향했다가 떨어져나가 모르는 척 다른 이야기를 시작했다. 윤은 그 순간 직감했다. 내 이야기야-.

아침 시간이었다. 선생님은 아직 오지 않았고 민우나 민우와 함께 다니는 여자애들도 보이지 않았다. 아이들이 죽 둘러서 앉거나 서서 떠들고 있었는데, 윤이 들은 건 그 가운데 쯤 앉아 있는 한 남학생의 목소리였다. 남학생은 꽤 흥분해서 말하고 있었으나 윤이 오자 일단 입을 다물었다.

어떻게 된 거지. 무슨 소문이라도 난 걸까. 윤은 순식간에 저번 학교에서의 일들이 쭉 떠올랐다. 그게 어떻게 시작됐더라. 공포와 긴장으로 손이 떨렸다. 순식간에 뺨이 창백해지고 심장이 미친 듯이 쿵쿵거렸지만 최대한 평소처럼 침착하게 가방과 옷을 걸고 오늘 사용할 교과서들을 정리했다. 윤은 뭐가 됐던 일단 무조건 아니라고 우기기로 마음을 먹었다.

"야, 정윤."

남학생은 처음 윤이 들어 왔을 때부터처럼 아이들 틈에 앉아 있었다. 아이들이 몰려 앉아 있는 곳과 윤의 자리는 꽤 동 떨어져 있어서 남학생은 윤이 있는 곳까지 들리도록 꽤 크게 말했다. 다시 말해, 반에 있는 아이들이 다 들을 수 있도록 말하고 있었다.

"너 진짜 레즈야? 여자 좋아하냐구."

"아, 아니야."

실수. 윤은 다음 순간 바로 자신이 실수했음을 깨달았다. 윤은 입술을 깨물었다. 보통 학생이라면 화를 내고 어이없어해야할 상황에 말을 더듬다니. 윤은 겉으로는 거의 침착했지만 속으로는 패닉에 빠지기 시작했다. 분위기는 순식간에 남학생 쪽으로 기울어 버렸다.

"아니긴 뭐가 아냐. 우리 엄마 친구가 너 전 학교 근처에 살아. 너 전 학교에서도 그래서 쫓겨난 거라며?"

"무슨 소린지 모르겠어. 난, 부모님 일 때문에…."

"아닌 거-"

"뭐야."

한 목소리가 남학생의 말을 끊고 날아왔다. 언제 들어왔는지도 모르게 민우가 교실 앞 쪽에 서 있었다.

"아침부터 시끄럽게 뭐 해, 김건우. 뭐야, 다들 왜 서 있어? 웬일이야?"

처음부터 계속 교실에 있던 한 여학생이 옆에서 민우를 툭 치더니 뭐라고 속삭이는 게 보였다. 잠시 듣고 있던 민우는 고개를 들었다.

"그래서 어쩌란 거야? 쌤 곧 오시는데. 다들 앉지 않고 뭐해. 자, 다들 앉아.

얼른얼른.”

“어쩌라니.”

남학생은 크게 반문했다.

“넌 반에 레즈가 있다는데 신경 쓰이지도 않냐?”

“너처럼 할 일 없는 애가 있다는 점은 참 신경 쓰이는데.”

남학생은 말문이 막혔는지 그냥 어이없다는 눈으로 민우를 쳐다보다가 말했다.

“너 지금 쟤 편 드냐? 뭐야, 너도 뭐 레즈 그런 거야?”

“그럼 동물 보호 단체 사람들은 동물이냐? 세상에 자기 일이 아니면 무슨 일이 벌어지든지 신경도 안 쓰는 사람만 있는 줄 알아? 됐으니까 그만하지?”

“어떻게……”

쾅!

깜짝 놀란 남학생이 말을 멈췄다. 민우가 의자를 걷어찬 것이다.

“닥치라고! 쟨 정윤이고, 내 친구야. 쟤가 남자를 좋아하든 여자를 좋아하든 아무도 좋아하지 않든 난 신경 안 써! 그리고 너, 김건우 네가 여자를 쫓아다니든 남자를 쫓아다니든 윤이는 너보다 천 배는 나은 애야. 이 이상 할 말 있는 멍청한 새끼 있으면 나와 봐. 죽여 버릴 테니까!”

농담으로는 들리지 않았다. 그리고 윤은 민우가 과격하다고 하던 반 아이들의 말을 그제서야 이해했다.

"자, 마셔."

윤은 민우가 건네는 음료를 받아들었다. 민우는 태연히 윤의 옆에 걸터앉았다. 예전에 민우가 윤을 데려온 적이 있었던 공원이었다. 나무들이 예쁜 곳.

"내가 여기 있는 거 어떻게 알았어?"

"그냥 여기 있을 것 같았어."

"미안해."

이 말 하기가 그렇게 힘들었다. 다소 뜬금없는 사과였지만 민우는 별로 당황하지도 않았다.

"그냥, 다 잊고 너랑은 끝까지 잘 지내고 싶었어. 그런데, 네가 처음부터 다 알고 있었다고 하니까, 예전 생각 때문에……."

"알아."

윤은 피식 웃었다.

"맨날 다 안대."

"아는 걸 안다고 할 뿐인데."

민우는 태연하게 받아쳤다.

"전학 갈 거야?"

역시 뜬금없는 질문이었다. 윤은 약간 웃었다.

"글쎄. 상당히 매력적인 선택지이긴 한데."

아무리 민우가 당장 애들 입을 막았다고는 해도 소문이나 이야기가 없어지는 것은 아닐 것이다. 시간이 지날수록 소문은 더 진해지고 더 많은 근거들이 보태어질 것이다.

"그렇다고 이럴 때마다 계속 도망 다닐 수도 없는 일 아니겠어. 평생 동안 말이야. 한 번 있어보려고. 그리고 나중에 어른이 되어서도……. 내가 정말 훌륭해지고, 인정받고, 당당해진다면, 그런다면 내가 이성애자니 동성애자니 그런 걸로 더 이상 뭐라고 하는 사람은 없지 않을까?"

"너무 힘든 걸 바라네."

"고무적인 말 고맙군."

"알아."

"아, 정말……."

둘은 고개를 숙이고 한참 흐흐 웃었다.

노을이 내렸다. 혼자 유화로 그려진 듯 동떨어져 보이는 구름이 주황빛과 분홍빛 사이의 어떤 색으로 물들었다. 사람들에게 너무 많이 바라지 마. 네가 어딜 가도 그래. 민우는 반쯤 중얼거리는 어조로 그렇게 말했다. 물론 윤도 잘 알고 있었다. 하지만 이제 나한테 그런 건 별로 중요하지 않아. 윤은 민우에게로 고개를 돌렸다. 따뜻하게 져가는 햇살이 비스듬하게 민우의 뺨과 머리카락을 비췄다.

"우리 반에 같이 있을 거지?"

민우는 윤의 손을 쥐었다.

"응."

••• 후기

안녕하세요 여러분 지금은 새벽 5시 반, 제가 컴퓨터 앞에 원고 하려고 앉은 건 저녁 8시 경……. 밤을 그대로 새버렸는데 요상하게도 별로 피곤하지가 않네요. 별로 제정신은 아니지만.

이 글을 끝까지 읽어주신 분들 고맙습니다. 사실 별건 없고 왜 소년들 간의 굳센 우정을 다룬 작품은 많은데 소녀들 간의 우정을 다룬 건 없는가! 하는 단순한 억울함으로 시작한 단편입니다. 그리고 사실 별로 마음에 들지는 않네요.

제가 썼지만 참 마음에 안 드네요. 제 자식이지만 제 마음에…… 갑자기 저희 어머니의 마음이 깊이 이해가 갑니다. 사실은 이런 느끼한 거 말고 좀 더 폭력적이고 하드코어하고 외적 갈등이 주를 이루는 거친 이야기를 쓰고 싶었습니다만 결국은 이걸 싣게 되네요. 여러모로 아쉬움이 남지만 그래도 중학교 생활을 마무리한다는 느낌으로 (하고 싶어)했습니다.

계속 원고 제출을 미뤄서 열 받으셨고 글이 워낙 길바닥에 나뒹구는 넝마주이 같아서 두 번째로 열 받으셨을 김다정 선생님께 크나큰 사죄의 말씀을 드려요. 중간에 인용된 책은 헤르만 헤세의 『나르치스와 골드문트』입니다.

Special thanks to 도서실 아이돌 김다정 쌤, 새벽 네 시 반에 나랑 문자하고 있던 내 친구 박 모 양, 원고 독촉하면서 목 졸라버린다고 협박하던 도서부원 이 모 양, 원고하는 나에게 희생된 귤 잔해만 남은 유자차.

마감뽕. -

Part 2

시(時):
십대를
담 다

'詩'에 빠지다

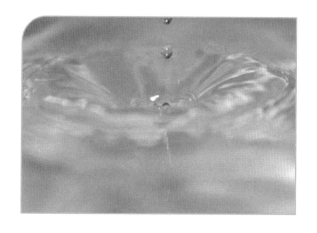

꿈꾸는 책벌레 3학년 | 강지영

●●● 저자 소개

이름 : 강지영
생년월일 : 1998년 4월
특이사항 : 도서부 2년째 활동중!
학교 : 동도중학교
성격 : 여성스러움 + 털털함
혈액형 : O형
좋아하는 작가 : 하상욱
좋아하는 노래 : The Fox

••• 머리말

    처음 무엇에 대해 적어야 할지, 얼마만큼 많이 써내려가야 할지, 이 글을 읽을 다른 사람이 내가 쓴 글을 보고 무슨 생각을 할지를 생각하니 참 막막했다.

    다른 책쓰기반 친구들처럼 긴 소설이나 설명문을 쓰기엔 나의 글 실력이 너무나도 부족하다는 걸 이미 알고 있기 때문에 그래도 나름 백일장 때마다 골라서 쓰곤 한 시를 선택했다.

    그리고 여기에 내 나름대로 많은 것을 써보려고 한다. 너무나 부끄러워서 차마 눈뜨고 못 읽을 정도여도 내가 쓴 글이 책으로 만들어진다는 것은 흔한 일이 아니니까 정말 좋은 기회니까…

    지금부터라도 열심히 적어야겠다.

시

강지영

말씀 언(言) 변에 절 사(寺) 자
'고상한 언어들의 집'
내 손으로 그 집을 짓는 일

자신도 어쩌지 못하는
속도로 달려가는 삶 위에서
'일시 정지' 버튼을 누르는 일

고발장

강지영

느꼈다

꿈이 없는 광대들의 어리석음을

양보 없이 말라가는 시간을

차츰 잃어 갈지 모를 빛을

목적 없는 집착의 애처로움과

더 이상 흐르지 않는 시간과

새장 속의 새장에 갇혀버린 새들과

진심 없는 마음이

지나가버린 후회스런 시간이

늙고 지친 애처로운 노인의 눈빛이

나를 죽이게 한다

나는 고발한다.

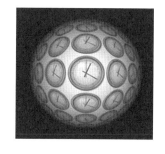

별 밤

강지영

늦은 밤

집으로 가는 길 바라 본 하늘에

홀로 별 하나 떠 있다

홀로 걷는 나를 위해

누군가가 보낸 별인 것 같아

밝은 빛처럼 피곤한 몸 풀리는 듯

가벼운 발걸음에 가까워지는 집

나도 별처럼 저 넓은 잠을 자러 간다.

가을나무

강지영

봄이면

포근한 햇살 아래 꽃을 피우고

여름이면

무성한 그늘 덮어 한숨 쉬어가고

겨울이면

흰 눈 덮은 따스한 나무 본다

꽃도

그늘도,

설경도 주지 못하는 가을의

애매함을 탓하지 말라

여름의 풍성한 색을 버리고

열매를 남긴 채

화려한 죽음의 옷을 갈아입어

겨울의 품으로 하나둘 떨어질 때

내 마음 속

작은 상처들도

하나둘

떨어진다,

가을나무 아래로.

버려야 할 것

강지영

나에게 버려야 할 것이 너무 많아

커다란 쓰레기통을 샀다

책상에 굴러다니는 사탕껍질도 버리고

이미 다 써버린 볼펜도 버리고

먹다 남겨 눅눅해진 과자도 버리고

이젠 보지도 않는 저번 학기 자습서도 버리고

금세 쓰레기통이 가득 찼다

그런데 아직도 버리지 못한 것이 있는가보다

나는 다시 쓰레기통을 사러 간다.

아침

강지영

창문 너머로 밝아오는 새벽의 찬 기운이
이불 속으로 살며시 파고든다

나의 몸이 움츠리기 시작했다
매일같이 몸은 이 시간을 기억하고 있었다

아무리 움츠려도 대답 없는 눈부심만 가득하다
눈을 비비고 일어나 아침을 맞이한다.

친구

강지영

친구여,

내가 힘들 때면 나를

보듬어주는 어머니 같은 존재여

친구여,

그 이름만으로도

위안이 되어주는 존재여

내 삶의 등불이 되어주는

내 삶의 동반자가 되어주는

그 이름만으로도 반가운

친구여.

花

강지영

봄 길 위에 피어 있는
저기 저 꽃 한 송이 같이
내 마음도 고운 저 봄 길 위에
살포시 피어나고 싶다

밤 길 속에 피어 있는
저기 저 꽃 한 송이 같이
내 모습도 어둑한 저 밤 길 위에
밝게 빛나고 싶다.

••• 후기

책 쓰기는 생각보다 어려웠다. 내가 고른 장르가 시여서 더 어려웠을 수도 있다. 아~ 창작의 고통이란…

나의 단순한 생각을 함축적으로 간추려서 쓰고 그것을 다른 사람들이 이해하게끔 하는 것이 가장 어려웠다.

나의 부족한 능력이 부끄러운 시간이었지만… 그리고 다른 사람들이 보면 이 시 너무 짧고 대충 쓴 거 아니야? 라고 생각할 수도 있겠지만 나 스스로는 진지했다. 그리고 한편으로는 재미있었다. 3학년 졸업하기 전 이런 시간을 갖게 되어 의미있고 좋았다. 김다정쌤께도 인사를 전하고 싶다. ^-^

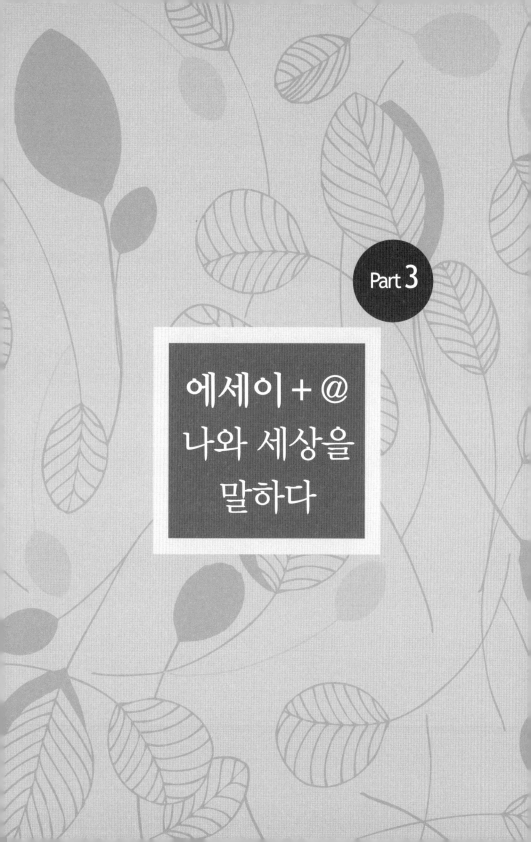

Part 3

에세이 + @
나와 세상을
말하다

지식인들의 역할

- 우상의 눈물 -

꿈꾸는 책벌레 1학년 | 이소정

••• 저자 소개

이름 : 이 소정
생년월일 : 2000년 5월
재학 중인 학교 : 동도 중학교
혈액형 : O형
취미 : 소설책읽기, 과학실험 탐구하기
좋아하는 책 : 꿈꾸는 다락방
좋아하는 가수: One Direction
좋아하는 노래 : What makes you beautiful
롤 모델 : 김 현 근
좋아하는 과목 : 국어. 과학. 수학
장래 희망 : 의학교수
좌우명 : 순간순간 최선을 다하자!

끝이 없을 것만 같았던 초등학교 6년의 생활을 마쳤다
나는 저걸 언제쯤 한 번 써보나 하던 학사모를 썼다
졸업장을 받고
먹을 거라면 환장을 했던 우리들 손에 쥐어진,
담임샘의 마지막 선물이었던
몽쉘과 요구르트를 먹으며
샘의 눈물과
이제는 자주 볼 수 없을
샘의 환한 웃음을
보았다.
6년 동안
서로의 좋은 면, 나쁜 면 다 보면서
'같은 학교를 다녔다' 는 말로는 설명되지 않는
끈끈한 우정을 쌓아온 나의 정다운 친구들과
무한대로 사랑을 주셨던
선생님들을 뒤로 하고
매일 아침 걸어 올랐던 언덕 돌길과
'계성초등학교 제 47회 졸업식'
이란 현수막을 보며 생각했다.
"이번 1년은 나를 또 어떻게 변화시킬까?"

그리고 어느덧 한 학기가 훌쩍 지나버리고 만 지금,
나는 이렇게 학교생활에 잘 적응해
시험과 면접을 치르고 도서부원이 되어
새로운 친구와 선생님들과
하루하루 새롭고 보람찬 생활을 이어나가고 있다.
도서부원이 되어 나를 조금 신나게 했던 것이 있다.
'나만의 책'을 쓴다는 것이다.
나만의 것을 만들고, 꾸미기를 좋아하는 나에게
정말 의미 있는 일이었다.
동시에, 쓰기 전에는 굉장히 막막했다.
처음에는 아무 것도 주어진 것 없이, 20장이 넘는 공간을
채워야 하니……
그래도, 매일매일 할 것을 끝내고
컴퓨터 앞에 앉아서
밤늦게까지 고민하고, 썼다 지웠다를 반복하다 보니
어느새 훌쩍 나만의 책 하나가 완성되어 있었다.
기뻤다?
그리고
이런 기회와 조언을 주신 책쓰기반 선생님께 감사드린다.

신문 기사를 읽고

작년 12월 신문기사를 읽고 '여론 형성의 중요성'에 대하여 깨닫게 되었다. 그리고 우연히 학교도서실에서 읽게 된 '우상의 눈물'이라는 문학 작품과 연결 지어 사회에서 지식인들이 해야 할 역할에 대해 생각해 보고 사회의 부조리를 막기 위한 노력을 알아보았다.

작년 12월에 인터넷으로 조선일보 기사를 읽다가 한 기사를 발견하였다.

경찰은 15일 국가정보원의 '인터넷 여론 조작 의혹' 사건과 관련, 국정원 여직원 김모(28) 씨를 소환 조사했다.

경찰은 김씨가 실제로 민주통합당 문재인 대선 후보에 대한 비방 댓글을 올린 사실이 있는지 등을 집중 조사했다.

김씨는 오후 8시 20분쯤 조사를 마치고 나와 기자들에게 "억울하다. 문재인 후보에 대한 비방 댓글을 단 적이 없다."며 "정치적 중립을 지켜온 저와 국정원을 왜 이렇게까지 선거에 개입시키려 하는지 정말 실망스럽다. 이번 사건으로 인해 내 인생은 너무 황폐화됐다."고 말했다.

앞서 민주당은 11일 "(국정원 직원이) 포털사이트와 정치 관련 홈페이지에 접속해 문 후보를 비방하는 댓글을 무차별적으로 올리고 있다는 제보를 받았다."면서 김씨가 사는 서울 역삼동 오피스텔을 '국정원 아지트'로 지목했다.

민주당은 다음날 공직선거법 및 국정원법위반 혐의로 국정원을 경찰에 고발했다.

여론 형성의 중요성

이 기사에서 제기되는 의혹이 사실인지 아닌지와는 관계 없이, 나에게는 이 기사가 여론을 형성하는 것이 얼마나 중요한 것인지를 깨닫게 해 주었다.

이렇게 정치의 측면에서 뿐만 아니라, 요즈음 십대들의 여론이 어떻게 형성되느냐에 따라서 처음 데뷔한 신인 가수들의 인기도가 달라지기도 한다.

또한, 여론이 잘못 형성되면 나타날 수 있는 부정적인 측면도 있다. 예를 들면, 어떤 연예인이 지나가는 사람을 술김에 부딪쳤다. 이것이 잘못 전해져 폭행이라는 기사로 각 매체에 나올 경우 사람들은 이 말을 그대로 믿게 될 것이다. 그러면 이 연예인에게는 큰 타격이 될 수밖에 없는 것이다. 더 나아가서 내가 읽은 소설과 이러한 여론 형성의 중요성을 연결시켜서 생각해 보았다.

〈우상의 눈물〉

내가 읽은 소설은 '우상의 눈물' 이다.

이 소설은 어느 고등학교 2학년 남학생들의 학급에서 벌어지는 사건들로 채워져 있다.

여기에서 나는 공간적 배경을 '교실' 이라는 있는 그대로의 뜻 말고도 '우리가 살아가고 있는 사회' 를 축소해놓은 공간이라는 상징적인 의미를 알 수 있었다. 이런 관점에서 소설을 바라보면 담임선생님이나 반장 형우는 사회의 공식적인 리더들로, 기표는 사회와 갈등하는 반사회적인 사람들로, 그리고 유대는 비판적인 지식인으로 볼 수가 있다.

구성원 모두가 적어도 1년씩은 정학을 한 학교 내 폭력조직인 '재수파' 와, 그들을 이끄는 '기표' 는 학우들에게 무자비한 폭력을 내두르고, 온갖 문제들을 일으키고는 뒤로 쏙 빠져버리는 그야말로 '문제아' 들이었다.

새 학기가 시작되고 새 담임은 '자율' 이라는 낱말로 요술을 부려 학우들을 묶고 있었다. 그들이 함께 보낼 1년의 시작을 '역사적 출항' 이라 말하며 '항해의 순탄한 진로를 방해하는 자' 는 역행가지를 잘라버리듯이 스스로가 엄단할 수 있어야 한다고 말한다. 기표와 같은 반이 된 유대는 새 담임선생님의 말씀과 그에 따른 학우들의 반응이 우습게 생각되었다. 그는 담임선생님의 말씀에 숙연해진 학우들의 긴장을 풀어주고자 '이 배의 선장은 누구입니까?' 하는 질문을 던진다. 하지만, 담임은 뛰어난 임기응변으로 유대를 반장으로 만들어버린다.

이것이 기표의 심기를 건드려 유대를 무서운 린치로 끌어내리는 계기가 되었다.

어느 날, 유대의 집에 가정방문을 온 담임은 유대에게 '우리 반에 크게 문제가 될 만한 애는 없겠지?' 라며 유대를 떠 본다. 담임에게 기표는 '순탄한 진로', 즉 무사안일 속의 일 년을 방해하는 자였다. 유대는 끔찍한린치로 생긴 허벅지의 상처를 생각하면서도 담임에게 아무 말도 하지 않았다. 그리고, 다시 한 번 반장을 하면 어떻겠냐는 담임의 말에 거부하고 형우를 추천해 주었다.

일이 이렇게 되어 반장이 된 형우와 담임은 기표를 몰락시킬 계획을 짜고 행동에 옮긴다. 하루는 담임이 형우에게 시켜 반 아이들과 짜고 기표의 시험을 부정행위로 도와주게 한다. 그러나 기표는 그것을 받아들이지 않고, 형우에게도 유대가 당했던 무서운 린치를 가한다. 곧 동네 주민의 신고로 병원에 입원하게 된 형우는 전치 2주의 상해를 입고도 끝내 그 상대를 밝히지 않으므로 해서 학생들 사이에 영웅이 되었다. 바로 이 사건이 기표를 중심으로 한 재수파들을 뿔뿔이 흩어지게 한 원인이 되었다. 병원에 입원한 형우에게 재수파들이 모두 한 명씩 사과를 하러 왔던 것이다.

그 사건이 있고 나서 한참동안 별다른 사건이 일어나지 않았다. 여름방학이 지나고, 담임은 '우리 반에 가정 상황이 어려운 처지에 놓여 있는 친구가 있다' 며 자세한 이야기는 형우를 통해 들으라고 한다. 담임이 나간 후, 형우는 학우들에게 거침없이 기표에 대해 말해 준다. 기표가 저질렀던 모든 사건들, 기표의 여동생이 직장을 잃었다는 것과, 가정의 가난 등 형우는 기표에 대한 모든 것들을 미화시켜 말한다.

그리고 기표는 더 이상 '악의 존재'가 아니라 '동정의 대상'으로 변해가게 된다.

이 이야기는 점점 더 과장되고 미화되어 방송국, 신문사에 의해 세상에 알려지게 된다. 월요일 조회시간마다 기표에게는 응원의 편지와 성금이 전해지고, 급기야 기표와 재수파들의 이야기가 영화로 제작되는 계획까지 세워지게 된다.

〈순수한 악마, 교활한 신〉

공포의 대상에서 동정의 대상으로 바뀌어 버린 기표는 스스로 괴로워한다. 선이라고는 조금도 찾아 볼 수 없는 '순수한 악마'는 기표를, 자신의 돋보이게 하기 위해 순수한 악마를 항상 곁에 두는 무서운 위선자인 '교활한 신'은 형우와 담임을 상징한다. 기표가 행사하는 폭력보다, 무서운 위선자가 행사하는 '합법적인 권력'에 의한 폭력이 더 무서운 것이다.

한 편, 이 모든 것들을 지켜보고 있었던 이 소설의 관찰자, '유대'는 형우와 담임의 무서운 위선을 모두 알고 있음에도 불구하고 학우들에게는 물론, 세상에 그들의 무서운 위선을 알리지 못한다. 그저 그들이 하는 행동에 대해 혼자만의 비평을 가하고 있을 뿐이다.

담임과 형우는 맨 먼저 학교의 학생들과 선생님들에게 기표를 동정의 대상으로 만들어버렸다. 그 이후 차례차례로 신문, 그리고 영화에까지 기표를 출연시키려 한다. 그들은 '여론의 힘'으로 기표를 굴복시키는 것이다. 담임이 '무사안일 속의 일년'을 위해 여론을 이용한 만큼 그 힘은 강력한 것이다.

우리가 살아가고 있는 사회에서 여론 형성에 핵심적인 역할을 하는 이들은 '지식인'이다. 그렇다면 이러한 지식인들은 과연 어떤 사람들일까? 사회적인 권력을 가진 사람? 지위가 높은 사람? 부와 명예를 가진 사람? 아니다. 정답은, '우리 모두가 지식인이 될 수 있다'이다. 그러나 이 소설에서 볼 수 있듯이, 유대는 무기력하다. 반장 형우와 담임의 철저한 위선을 알고 있으면서도 세상에 알리지 못한다. 이런 무기력한 유대의 행동으로 인하여 결국 여론은 잘못 형성되어진다. 형우와 담임, 즉 '무서운 위선자가 의도하였던 대로' 여론이 형성되는 것이다. 따라서 기표는 드디어 잘못된 여론의 희생양이 되어- 무섭다. 나는 무

서워서 살 수가 없다. -

라는 글을 여동생에게 남기고는 가출해 버리고 만다.

이런 면에서 '유대'는 사회의 공식적인 리더들이 저지르는 합법적인 폭력에 대해 비평만 하고 앉아 있는 '무기력한 사회의 지식인들'로 상징되는 것이다.

〈지식인들의 바람직한 역할〉

그렇다면 과연 지식인들이 해야 할 역할은 무엇일까?

유대는 다른 이들은 모르는 담임의 위선과 그의 수업방식인 '무사안일'이 잘못되었다는 것을 알았다. 따라서 담임에게 수업방식이 잘못되었음을 알리고, 담임이 형성한 잘못된 여론을 바로잡았어야 했다.

이 소설에서 기표는 드러나 있는 '순수한 악'이지만, 형우와 담임은 드러나 있지 않은, 위장되어 있는 더욱 무서운 악이다. 따라서 이러한 위장되어 있는 것들을 바로 볼 줄 아는 지식인들은 세상에서 보통 사람들에게 알려야 하는 역할을 가지고 있는 것이다.

아까도 말했듯이 드러나 있지 않은 악은 순수한 악보다 더욱 악할 수 있기 때문이다. 이것을 잘 알려주는 한 편의 시가 있다.

어느 날 고궁을 나오면서

김수영

왜 나는 조그마한 일에만 분개하는가

저 왕궁 대신에 왕궁의 음탕 대신에

50원짜리 갈비가 기름덩어리만 나왔다고 분개하고
옹졸하게 분개하고 설렁탕집 돼지 같은 주인년한테 욕을 하고
옹졸하게 욕을 하고

한번 정정당당하게
붙잡혀간 소설가를 위해서
언론의 자유를 요구하고 월남파병에 반대하는
자유를 이행하지 못하고
20원을 받으러 세 번씩 네 번씩
찾아오는 야경꾼들만 증오하고 있는가

옹졸한 나의 전통은 유구하고 이제 내 앞에 정서로
가로놓여 있다
이를테면 이런 일이 있었다
부산에 포로수용소의 제14야전병원에 있을 때
정보원이 너어스들과 스폰지를 만들고 거즈를
개키고 있는 나를 보고 포로경찰이 되지 않는다고
남자가 뭐 이런 일을 하고 있느냐고 놀린 일이 있었다
너어스들 옆에서
지금도 내가 반항하고 있는 것은 이 스폰지 만들기와

거즈 접고 있는 일과 조금도 다름없다

개의 울음소리를 듣고 그 비명에 지고

머리에 피고 안 마른 애놈의 투정에 진다

떨어지는 은행나무잎도 내가 밟고 가는 가시밭

아무래도 나는 비켜서 있다 절정 위에는 서 있지

않고 암만해도 조금쯤 옆으로 비켜서 있다

그리고 조금쯤 옆에 서 있는 것이 조금쯤

비겁한 것이라고 알고 있다!

그러니까 이렇게 옹졸하게 반항한다

이발쟁이에게

땅주인에게는 못하고 이발쟁이에게

구청직원에게는 못하고 동회직원에게도 못하고

야경꾼에게 20원 때문에 10원 때문에 1원 때문에

우습지 않으냐 1원 때문에

모래야 나는 얼만큼 적으냐

바람아 먼지야 풀아 나는 얼만큼 적으냐

정말 얼만큼 적으냐……

이 시는 지식인들의 역할을 우리에게 알려 주고 있다. 이 시의 화자는 진정한 악한 힘의 존재를 알면서도 그것을 비판하고 바로잡지는 못하면서 설렁탕 주인과 야경꾼만 비난하고 있다. 그는 '우상의 눈물'의 유대와 같이 진정한 악에 부딪히지 못하고 방관하는 소극적인 태도를 취하고 있다. 이러한 소극적인 태도에서 벗어나야만 한다. 물론, 부조리에 맞서는 것은 엄청난 용기가 필요한 일이다.

〈용기가 필요하다〉

폭포

김수영

폭포는 곧은 절벽(絶壁)을 무서운 기색도 없이 떨어진다.

규정(規定)할 수 없는 물결이

무엇을 향(向)하여 떨어진다는 의미(意味)도 없이

계절(季節)과 주야(晝夜)를 가리지 않고

고매(高邁)한 정신(精神)처럼 쉴 사이 없이 떨어진다.

금잔화(金盞花)도 인가(人家)도 보이지 않는 밤이 되면

폭포(瀑布)는 곧은 소리를 내며 떨어진다.

곧은 소리는 소리이다.

곧은 소리는 곧은

소리를 부른다.

번개와 같이 떨어지는 물방울은
취(醉)할 순간(瞬間)조차 마음에 주지 않고
나타(懶惰)와 안정(安定)을 뒤집어 놓은 듯이
높이도 폭(幅)도 없이
떨어진다.

　독재 정권에 맞서 자유를 얻기 위한 저항에 대한 시이다. 폭포가 절벽을 무서운 기색도 없이, 밤낮을 가리지 않고 쉴 사이 없이 떨어지는 것과 같이 부조리를 알리고 바로잡기 위한 저항해야 한다는 것을 알려주고 있다.

　곧은 소리는 소리이다. 이런 저항이야말로 진정한 소리라는 것이다. 지식인들이 이러한 진정한 소리의 의미를 깨닫고 실천하여야 한다. 곧은 소리는 곧은 소리를 부른다 – 그리하면 그 저항이 또 다른 무수한 저항들을 불러 일으켜 마침내 부조리를 바로잡을 수 있는 것이다.

　이처럼, 시인 김수영은 독재 정권의 악한 힘에 의한 억압의 상황 속에서도 민주주의를 노래하며 자유를 위해 싸웠다. 지식인이 해야 할 역할은 바로 이러한 것이다. 엄청난 억압의 상황에서 저항을 한다는 것은 용기가 없으면 할 수 없는 행동이다. 그러나, 그는 그러한 힘겨운 상황 속에서도 많은 시를 통해 민중에게 사회의 부조리를 알리고, 그것을 바로잡기 위하여 끝까지 저항하였다.

　이러한 지식인들의 용기와 희생정신이 없다면 결국 부조리가 승리하게 된다. 이 소설의 내용 뿐 만 아니라 고려시대, 조선시대 때 간신들의 술수에 휘말려 나라 사정을 잘 알지 못하고, 민심을 잃어 결국 나라를 망하게 한 왕들이 있다.

과연 모든 이들이 모르고만 있었을까? 그것은 아니다. 분명 간신들의 잘못된 행동을 아는 사람은 있었다. 하지만, 그들은 간신들에게 당하는 것이 무서워 왕에게 직언을 올리지 못한 것이다. 결국, 부조리가 승리하였다.

〈부조리를 방관하지 않았다면〉

만약 소설 속에서 유대가 지식인을 상징하는 존재로써 부조리를 방관하지 않고 정말 옳은 일을 하였다면, 소설의 내용은 달라졌을 것이다. 다음 내용은 내가 상상하여 바꾸어 본 이야기이다.

유대는 반장 형우와 담임의 무서운 위선을 알고 있는 사람이 자신밖에 없다는 것을 알게 되었다. 그는 자신에게 사람들로 하여금 진실을 알게 해 줄 책임이 있다는 것을 느꼈다.

먼저, 그는 학우들에게 반장 형우와 담임이 기표에게 저질러왔던 짓과 그들의 참 모습을 알렸다. 그리고 유대는 담임과 형우에게 자신이 그 모든 것을 알고 있음을 밝히고, 그들에게 자신들이 기표에게 얼마나 무서운 짓을 하고 있었는가를 알려 줄 것이다. 담임과 형우는 학우들의 비난을 받으며 자신들이 저질러왔던 짓을 반성하고, 진정으로 기표를 위해 노력하였을 것이다. 담임은 '무사안일'이라는 교육방식을 버리고 형우는 악의 권력이 아닌, 진정한 리더십을 찾게 될 것이다. 기표 또한 유대에게 고마움을 느끼고, 재수파들은 더 이상 횡포를 부리지 않고 각자 자신의 꿈을 찾아 바른 길을 걷게 된다. 그리고 그 파란만장하였던 2학년 13반의 항해는 끝이 난다.

이 소설을 처음 읽을 때는 그냥 재미있는 이야기 같았는데 계속해서 읽어 보니 담임과 형우의 행동에 소름이 끼쳤다. 또한, 이러한 일들이 내가 살아가고 있는 지금, 현실에서도 충분히 일어날 수 있다고 생각하니 무서운 느낌이 들기도 했다.

'신은 항상 자신의 존재를 더욱 돋보이게 하기 위해 결코 악마를 내쫓지 않는다. 순수한 악마는 교활한 신의 위선을 위해 이용되는 것이다.'

〈우리의 대처 방법〉

유대는 부조리를 방관하지 말았어야 했다. 그러면 안 되는 것이다. 현대 사회의 사람들은 유대와 같은 행동은 하지 않았으면 좋겠다. 가면을 쓴 악이 현대 사회에도 분명히 존재하고 있을 텐데, 그것을 똑바로 볼 수 있는 지식인들이 용기를 내어 희생정신으로 부조리 없는 사회를 위해 노력하여야 한다. 그러기 위해서는 잘못된 여론이 형성되는 것을 막고 그 부조리를 없애야 한다.

또한, 우리 모두가 각자 분야의 지식인이 되어 스스로 사람들이 모르는 부조리를 알려야 한다. 또한, 여론이 잘못 형성되면 그 당사자는 어마어마한 피해를 입을 뿐 만 아니라 사람들이 잘못된 정보를 믿고 있는 것이므로 좋지 않다. 따라서 정보를 접할 때 그것이 과연 믿을 만한 정보인지, 그리고 그 뒤에 숨겨진 다른 내용은 없는지 선별해서 비판적으로 수용하는 자세를 가져 애초부터 잘못된 여론 형성을 막아야 한다.

예전에 이런 이야기를 들은 적이 있다. 어느 음식점에서 한 남자 종업원이 임산부 한 명을 폭행한 것이다. 나는 처음에 그 이야기를 듣고 큰 충격을 받았다. 그리고 마음속으로 그 남자 종업원을 욕했다. 그러나 그것이 잘못 알려진 정보라는 것을 알게 되었다. 사실은 이런 것이었다. 그 임산부가 음식점에서 자기가 생각하기에 불쾌한 대접을 받았는데, 자기 기분이 나쁘다는 이유만으로 남자 종업원을 음해하려고 '자기가 그 남자 종업원에게 폭행을 당하였다' 는 식으로 인터넷에 허위 소문을 퍼뜨린 것이었다. 이 사실은 이후에 다시 자초지종과 함께 진실이 밝혀졌지만 이미 네티즌 수사대로 인하여 그 남자의 신상정보는 사람들에게 퍼진 지 오래였다. 이러한 잘못 형성된 여론으로 인해 '마녀사냥' 을 당한 그 남자 종업원에게는 엄청난 욕설과 비방의 댓글이 달렸다. 그래서 그의 정신적인 피해도 엄청났던 것이다.

대중이 증거도 없이 그러한 정보를 무비판적으로 무조건 수용하였기 때문에 이런 일이 일어난 것이다. 남자 종업원을 욕하기 전에 정확한 정보인지, 증거가 있는지 라도 알아보아야 했다. 또한, 그것이 사실이라 할지라도 도덕적으로 그러면 안 되는 것이었다. 이 사건으로 많은 사람들이 자신들의 그릇된 행동을 반성하였으면 좋겠다.

나의 꿈은 의학교수다. 혹시 그 꿈이 아니라 다른 방면이더라도 나 또한 사회를 구성하는 한 명의 지식인으로 성장하게 될 것이다. 내가 신문을 읽으며 각종 매체를 접하며, 그리고 책을 읽으며 깨닫고 있는 이런 생각들. 앞으로 실천에 옮길 수 있는 사람이 되어야겠다. 바른 생각과 바른 마음을 가진 사람이야말로 진정한 지식인이라 할 수 있을 것이다.

미래 나의 모습을 그려보며 글을 마무리한다.

··· 후기

독후감상문이나 보고서 외에는 이렇게 긴 글을 써 본 경험이 많지 않다. 그래서 처음에 글감 선정을 할 때부터 고심을 많이 했고, '내가 책쓰기반 다른 글에 비해 너무 못 쓰는 건 아닌가' 하는 걱정도 되었다. 쓰면서 머리가 아플 정도로 생각을 많이 했다. 평상시 세수 하면서, 학교 가면서, 샤워 하면서, 심지어 TV 보면서 까지 그 다음 쓸 내용을 고민했다.

처음에는 자신감이 넘쳐났는데 갈수록 복잡해지고 이야기가 꼬이고……그래도 다 끝내고 이렇게 '쓰고 나서' 라는 페이지를 채우고 있다.

그래서 뿌듯하다. 아! 물론 아쉬운 점도 없지 않다.

쓰면서, 자꾸만 원래 하려던 이야기를 벗어나 다른 주제로 자꾸만 새어나가려 했다. 그래서 주제가 뚜렷하게 드러나지 않는 것 같다.

그래도, 나에겐 아직 더 많은 기회가 있으니까.

앞으로 조금씩 노력하면 된다고 생각한다.

다음에 쓰게 된다면, 이렇게 딱딱한 글이 아니라, 판타지 소설이나 영화에 대해서, 또는 내 일상생활에서 느낀 사소한 것들에 대해 부드러운 글을 써 보고 싶다.

그러면 좀 더 밝은 글을 즐겁게 쓸 수 있을 것 같다. 아무튼 좋은 경험이었다.^^

아마추어의
쿠키

꿈꾸는 책벌레 3학년 | **방영임**

●●● 저자 소개

이름 : 방영임
생년월일 : 1998년 5월
혈액형 : O형
좋아하는 것 : 사탕을 제외한 모든 단 음식,
책, 고양이
싫어하는 것 : 시금치, 영어
취미 : 독서, 컴퓨터(주로 만화)
특기 : ???
장래희망 : 동화작가

••• 머리말

    저는 늘 좋아하는 것과 싫어하는 것, 하고 싶은 것이 바뀌는 변덕이 심한 사람입니다. 하지만 제가 유일하게 늘 꾸준히 좋아하던 것이 있습니다.

    그것이 바로 독서입니다. 비록 저는 제가 좋아하는 장르만 파서 읽지만 그래도 저의 독서는 보람차다고 생각합니다.

    그렇게 책을 좋아하던 제가 3학년이 되면서 직접 책을 쓰게 되는 기회를 접하게 되었습니다.

    바로 2학년 때부터 활동하던 도서부 덕분이었습니다.

    제가 이 기회에 쓴 이야기는 별로 깊이는 없지만, 한동안 동생과 함께 만들어 보았던 맛있는 쿠키 이야기입니다. 비록 전문가가 아니라서 아마추어 티가 확 나지만,

    부족한 글이라고 화 내지 말고 저의 즐거웠던 쿠키 만들기 시간을 상상하시면서 이야기를 읽어주시면 좋겠습니다 ^^

쿠키걸과 비스킷맨

쿠키걸 : 여러분, 안녕? 너희 쿠키 좋아하니? 바삭바삭하고 달콤한 그 쿠키 말이야. 나는 그 쿠키를 너~~~무 좋아해서 쿠키걸이라고 해…. 잘 부탁해♡♥

비스킷맨 : 어이, 하트는 빼라고 내가 말했지? 아, 참고로 난 비스킷맨 이야.

쿠키걸 : 네 이름은 들을 때마다 정말 웃기다니까? 아하하하하!

비스킷맨 : 네 이름은 어떻고? 아무튼, 수다는 그만 떨고 본론으로 들어가지?

쿠키걸 : 아 맞아 맞아. 깜빡 했네. 우리가 오늘 여기 앞에 나서게 된 까닭은 어떤 방 씨 소녀가~~

비스킷맨 : 어이, 그런 말은 하는 거 아니야. 아, 그러니까… 너희들이 요리에 대단히 관심이 많은 것 같길래 그냥 너희들에게 우리들의 조리법을 알려주려고 온 거야. 절대 그 방씨 소녀에게 협박 받은 것이 아니라구.

쿠키걸 : 그래 맞아. 비록 전문가가 아니라서 양은 그냥 적당량을 넣어 만들기도 하지만 우리 조리법대로 하면 꽤 먹을 만한 쿠키가 나오거든.

비스킷맨 : 뭐 그렇지. 자, 그럼 이제 시작할까?

소녀 : 어머나, 얘들이 아직 철이 없어서… 아무튼 미숙하지만 잘 부탁드려요 ~!

제1장

따뜻한 핫초코를 떠올리게 만드는
코코아 쿠키

쿠키걸 : 아, 맛있어라! 역시 여름에 마시는 코코아가 최고라니까?

비스킷맨 : 야, 너 내 옆에 오지 마! 그 뜨거운 코코아를 보기만 해도 더워!

쿠키걸 : 으이구, 엄살은… 난 이 세상에서 코코아가 제일 좋은 걸 어떡하라
　　　　 고!

비스킷맨 : 저 못 말리는 코코아 광… 그렇게 좋으면 내가 코코아 쿠키 만들어
　　　　　 줄까?

쿠키걸 : 그런 것도 있었어? 우와~~~ 부탁해♡♥♡♥

비스킷맨 : 그런데 한 가지 조건이 있어.

쿠키걸 : 뭔데?

비스킷맨 : 코코아를 내 옆에서 마시지 말아줘. ㅠㅠ
　　　　　 그 열기 때문에 나까지 더워질 것 같으니까…

쿠키걸 : 엄살은… 뭐, 좋아.

비스킷맨 : (사, 살았다… 휴)

쿠키걸 : 자~ 그럼 이제 시작해 볼까?

재료 | 달걀 1개, 설탕 60g, 소금 1/8티스푼, 박력분 150g, 버터 120g,
그리고 제일 중요한 코코아 가루 30g.

쿠키 만들기 기본에서 코코아 가루만 추가
한다고 생각하면 정말 쉽지?

버터를 상온에서 어느 정도 녹인
다음 소금, 설탕과 함께 섞는다.

달걀도 넣어 골고루
잘 섞는다.

밀가루를 조금씩 넣어
한쪽 방향으로 섞는다.

밀가루가 따로 다니지 않도록
골고루 정성껏 잘 반죽한다.

코코아 가루를 넣고 다시 반죽한다.

모양을 만든 후 예열된 오븐에 넣어
180도에서 약 15분간 굽는다.

짠!!! 완성된 쿠키.
맛있게 먹어요~

비스킷맨 : 어때? 맛있어?

쿠키걸 : 말 시키지 마. 바쁘니까. (우적우적)

비스킷맨 : 으이구, 이 먹보. 그런데 너 '기브 앤 테이크' 란 말 알아?

쿠키걸 : '기브 앤 테이크' ? 알지! 뭐야? 너도 맛있는 것을 먹고 싶나 보구나.

　　　　　그래, 조만간 내가 네가 좋아할 만한 것 해 줄게. 기다려 봐!

비스킷맨 : 오~ 그럼 약속한 거다?

제2장

달콤함과 바삭함의 조화,
잼 쿠키

비스킷맨 : 야! 너 언제 약속 지킬 거야?

쿠키걸 : 무슨 약속?

비스킷맨 : 네가 전에 코코아 쿠키의 보답으로 맛있는 거 해준다며!!!

쿠키걸 : 아, 맞다. 깜빡 했네….

비스킷맨 : 깜빡 할게 따로 있지, 그걸 깜빡 하냐? 그래서, 뭐 만들어 줄 건데?

쿠키걸 : 기대하시라!

　　　　네가 좋아하는 잼이 들어간 잼 쿠키!!! 이 천재님만 믿어!

비스킷맨 :글쎄, 타지만 않는다면 바랄게 없지…

쿠키걸 : 뭐라고?

　　　　자 이제 시작하겠어. 기대하시라!

　　　　달콤하고 바삭한 그 맛에 쏙~반하게 될걸?

재료 | 달걀 1개, 설탕 60g, 소금 1/8티스푼, 박력분 150g, 버터 120g,
자신이 좋아하는 종류의 잼

버터를 상온에서 어느 정도
녹인 다음 소금, 설탕과 함께
섞는다. 달걀도 넣어 섞는다

박력분을 조금씩 나누어서
체에 쳐서 넣고 반죽한다.

169

동그라미 모양으로 쿠키를 만드는데,
가운데 부분을 손가락으로 지긋이~~
눌러준다.

움푹 패인 곳에 잼을
적당량씩 넣어준다.

미리 예열한 오븐에 180℃로
약 15분 간 구워준다.

(※ 오븐을 미리 예열하는
것은 필수~!) 완성!!

쿠키걸 : 너는 딸기잼을 좋아하니까 내가 특별히 딸기잼을 넣어서 만들었어!
　　　　맛있니?

비스킷맨 : 헤에~ 이거 괜찮네. 오븐에 구워진 따끈따끈한 잼과 잼 위에 올린
　　　　　고소한 아몬드까지… 맛있네.

쿠키걸 : 어머, 네가 날 칭찬하다니… 홋,
　　　　네가 원한다면 앞으로도 만들어 줄게.

비스킷맨 : 오, 땡큐!

제3장

과연 다이어트에 좋을까?
미숫가루 쿠키

쿠키걸 : 오 마이 갓!!! 안 돼, 이럴 수는 없어!

비스킷맨 : 갑자기 왜 그래? 실성한 쿠키처럼.

쿠키걸 : 살이….

비스킷맨 : 뭐?

쿠키걸 : 살이 쪘어… 3kg나. 어떡해~~~!

비스킷맨 : 고작 그런 것 때문에….

쿠키걸 : 고작이라니! (여자한테 있어서는) 아~~~주 중요한 문제거든? 좋
　　　　아~ 이제부터 다이어트를 해야겠어…. 그런데 쿠키가 너무너무
　　　　먹고 싶어.

비스킷맨 : 으휴… 그럼 내가 미숫가루 쿠키 만들어 줄까?

쿠키걸 : 그런 게 있어? 우와~! 부탁해~~~
　　　　그거라면 다이어트에 도움이 될지도…

비스킷맨 : 으응… (일단 버터가 들어가니 그건 아닌데…)

재료를 모두 준비해 둔다.

버터를 상온에서
어느 정도
녹인 다음, 소금,
설탕과 함께 섞는다.

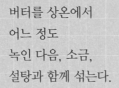

달걀도 넣어 섞는다.

박력분을 조금씩 나누
어서 채쳐 넣는다

준비된 미숫가루를
넣고
골고루 섞는다.

조물조물 잘 반죽해서
예쁘고 다양한 모양으로
만들고

173

오븐에 180℃로 약 18분 간
구워준다.
(오븐을 미리 예열하는 것은
필수란 거 이제는 알죠?!)

쿠키걸 : 맛있다! 이제 이거 먹으면서 열심히 다이어트 해야지!

비스킷맨 : 저기… 슬픈 소식이 있어.

쿠키걸 : 뭔데?

비스킷맨 : 아무리 미숫가루를 넣었어도 여기엔 버터 120g이 들어 있어. 그
말은…

쿠키걸 : 뭐라고??? 그런 얘기는 진작에 했어야지!
내 다이어트ㅇㅇㅇㅇ~~~

제4장

쫀득쫀득한 치즈와 쿠키의 조합,
치즈 쿠키

쿠키걸 : 어머나 이걸 어째⋯ 냉장고에 치즈가 가득 있어⋯ 상하면 어떡하지?

비스킷맨 : 걱정하지 마⋯ 슬라이스 치즈는 잘 상하지 않으니까.

쿠키걸 : 그래도⋯ 만약이라는 게 있잖아.

비스킷맨 : 그래서?

쿠키걸 : 하는 수 없지⋯ 쿠키에 넣어 먹어야겠어!

비스킷맨 : 쿠키에?

쿠키걸 : 응! 맛있는 쿠키도 먹고 치즈도 정리하니 그야말로 일석이조 아니겠
　　　　어?

비스킷맨 : 으응⋯ (정말 못말려⋯)

재료 | 달걀 1개, 설탕 60g, 소금 1/8티스푼, 박력분 150g, 버터 120g,
슬라이스 치즈 몇 장

버터를 상온에서 어느 정도
녹인 다음, 소금,
설탕과 함께 섞는다.

달걀도 넣어 섞는다.

박력분을 조금씩 나누어서 체에 쳐서
넣고 잘 반죽한다.

동그란 모양으로 떼어낸 뒤,
그 위에 치즈를 놓는다.

오븐에 180℃로
약 15분 간 구워준다.
짠～! 완성!

쿠키걸 : 훗! 치즈 한 장 올린 것뿐인데 이렇게 멋진 변신을 하게 만들다니…
　　　　역시 난 천재라니까!

비스킷맨 : 생각했던 것보다 잘 만들었네….

쿠키걸 : 그치? 엥, 잠깐만…

비스킷맨 : 왜?

쿠키걸 : 생각했던 것보다라니~!!! 원래 난 잘한다구!

비스킷맨 : 퍽이나… 내가 다음에 더 맛있는 쿠키를 준비하지!

쿠키걸 : 좋았어, 대결이다!

제5장

빰빠라 빰!!! 스페셜 코너

쿠키걸 : 안녕, 여러분? 이번에는, 스페셜 코너랍니다~! (짝짝짝~)

비스킷맨 : 혼자서 원맨쇼하기는… 아, 이번에는 저희가 쿠키를 만드는데, 필
요한 여러 가지 재료나 기구에 대해 알아보는 시간입니다.

쿠키걸 : 친구들에게 간단히 소개하는 것이 필요할 것 같아서 말이야. ^^

먼저, 재료!

쿠키를 만드는 데 가장 기본적인 것은 달걀, 밀가루(박력분), 버터야. 상온에
서 녹인 부드러운 버터에 설탕이나 소금으로 간을 맞추고, 달걀과 밀가루를 넣
어 반죽하여 오븐에 구우면, 가장 기본적인 쿠키가 되지. 기본적인 쿠키에도 생
크림이나 잼을 올려 먹으면 맛있고 달콤한 쿠키로 바뀌게 되니까, 잘 알아둬~^^

비스킷맨 : 이제 내 차례인가?

기구에는 여러 가지가 있어.

먼저, 여러 가지 재료를 섞는, 거품기! 거품기를 쓸 때,

약한 것은 반죽할 때 오히려 더 귀찮아지니까, 튼튼한 것을 쓰는 것이 좋아.

그리고 주걱. 사람마다 주걱을 쓰거나 안 쓰는 경우가 각각 있는데, 주걱은 밀
가루가 있어 뻑뻑한 반죽을 반죽할 때 손 대신으로 좋아. 그리고 쿠키 만드는데
제일 중요한 오븐.

오븐에 대해서는 잘 모르지만, 쿠키를 굽기 전에 해야 되는 중요한 것이 있어.

오븐 판에 호일을 깔아두겠지? 그 다음에 반드시 기름(예 : 올리브유)을 몇 방
울 떨어뜨려서 판에 꼼꼼하게 둘러야 돼.

안 그러면 쿠키가 오븐 판에 달라붙어 안 떨어지는 대형사태가 벌어지지.

쿠키걸 : 어때? 쿠키에 들어가는 재료나 기구에 대해 약간이라도 알게 되었
　　　　니?

비스킷맨 : 우리가 아마추어라서 설명이 별로 정확하지 않고, 짧지만 그래도
　　　　도움이 되었기를 바랄게.

쿠키걸 : 만약 우리보다 더 많이 알고 있는 사람이 있다면, 연락줘. 우리가 스
　　　　승으로 모시지. 이 천재 제자를 믿어!

비스킷맨 : 너를 제자로 받아들이는 사람이 있다면, 난 그 사람을 존경할 거
　　　　야.

쿠키걸 : 뭐라고~!!!!

> **참고** : 말린 과일(예를 들어 건포도)과 견과류(예 : 땅콩,
> 아몬드)들을 이용하면 모양도 예쁘고 고소한 쿠
> 키를 만들 수 있습니다.

제6장

너무 촉촉한 초코칩과 바삭한 쿠키의 만남, 초코칩 쿠키

쿠키걸 : 어이, 비스킷맨! 너 언제 약속 지킬 거야?

비스킷맨 : 뭐? 약속? 아! 대결?

쿠키걸 : 그래! 그 약속을 한 지가 언젠데, 아직도 네 쿠키의 소식은 없니?

비스킷맨 : 그 정도야 잊어버릴 수도 있지… 그럼, 어디 보자… 아! 너 지난번
　　　　　코코아도 그렇고, 초콜릿 좋아하지? 그럼 초코칩도 좋아하겠네?

쿠키걸 : 당연하지! 나는 아이스크림도 꼬옥~! 초코칩이 들어 있는 것만 먹는
　　　　 정도라고!

비스킷맨 : 그럼 이 몸이 직접 초코칩 쿠키를 만들어줄게. 마침 지난번에 인터
　　　　　넷으로 구입한 초코칩이 아직 남아 있거든.

쿠키걸 : 뭐, 그래 준다면야 내가 고맙지.

비스킷맨 : 그래. (웬일로 반응이 약하지?)

쿠키걸 : (야호, 초코칩이라니… 기대되는 걸?)

재료 | 달걀 1개, 설탕 60g, 소금 1/8티스푼, 박력분 150g, 버터 120g,
　　　　초코칩 적당량

버터를 상온에서 어느 정도
녹인 다음, 소금, 설탕과 함께
달걀도 넣어 섞는다.

박력분을 조금씩 나누어서
체에 쳐서 넣은 후 골고루
잘 반죽한다.

초코칩을 적당하게 넣는다.
(너무 달지 않게 적당히
반죽 위에 장식으로 조금
올려도 된다.)

모양을 만든 후
오븐에 넣어 180도에
약 15분 간 굽는다.
그리고 맛있게 완성~!

비스킷맨 : 어때? 맛있니?

쿠키걸 : 응! 초코칩이 너무 달지도 않고, 딱 적당하게 달아서 맛있어!♥

비스킷맨 : 당연하지! 그러라고 있는 것이 초코칩이니까.

쿠키걸 : 코코아 쿠키 만들 때의 반죽에다 초코칩을 넣어도 맛있겠지?

비스킷맨 : 그건 너무 달게 되지 않을까?

쿠키걸 : 괜찮아.^^ 나에겐 그 정도가 더 좋은 걸?

비스킷맨 : 으휴… 어쨌든, 그럼 승부는 난 거지?

쿠키걸 : 응, 당연히 나의 승리로.

비스킷맨 : 그건 아니지. 내 승리지.

쿠키걸 : 나라니까?

비스킷맨 : 우리끼리 이래 봐야 소용없어.

쿠키걸 : 그럼 어쩌자는 거야?

비스킷맨 : 독자 여러분들에게 부탁해야지.

　　　　　여러분, 치즈 쿠키가 좋나요, 초코칩 쿠키가 좋나요?

　　　　　저것 봐, 초코칩이지?

쿠키걸 : 무슨 소리야? 치즈라고 하잖아!

비스킷맨 : 그렇다면… 결국….

쿠키걸 : 무승부인 건가? 뭐 상관은 없지만.

비스킷맨 : 그건 그렇네. 담엔 더 맛있는 쿠키로 승부하자.

쿠키걸 : 그래, 그러자.

잠시후

쿠키걸 : …

비스킷맨 : 왜 그래?

쿠키걸 : 너무 슬퍼… 이번엔… 이게 마지막이라니….

비스킷맨 : 그러게…

쿠키걸 : 애들아… 우리가 조금이라도 너희들에게 도움이 되었니? 그렇다면
　　　　　다행이다. 비록 우리가 이제 너희 곁에 없더라도 쿠키 만드는 것을
　　　　　계속 했으면 좋겠어. 쿠키를 만드는 것은 정말 재미있는 일이거든.

비스킷맨 : 그리고 쿠키 이외의 다른 것들(예 : 케이크, 빵)에도 관심을 가져 주
　　　　　었으면 좋겠어. 그것들도 맛있고 재미있는 것들이니까.

쿠키걸 : 이제 진짜 마지막이네….

비스킷맨 : 응….

쿠키걸 & 비스킷맨 : 애들아, 쿠키 만드는 것은 절대 어려운 일이 아님을 잊지 마!
　　　　　　　　　그럼 안녕~! 잘 있어~~~^^

⋯후기

불과 몇 달 전만 해도 내가 이렇게 쿠키와 관련된 글을 쓰게 될 줄은 몰랐었는데, 막상 이렇게 쓰고 후기를 쓰는 시간을 가지니 뿌듯하다. 내가 처음 쿠키를 만든 계기는 아빠께서 사 오신 단호박 쿠키 믹스였다.

그때는 막연히 쿠키 만들기에 대한 동경만 있었는데, 막상 만들고 보니 생각보다 훨씬 쉽고 재미있었다. (물론 시판 믹스라서 보통 쿠키보다 만드는 것이 더 간단했지만⋯) 그리고 나서 학교 도서관에서 홈베이킹 책을 보게 되었다.

단숨에 그 책을 빌리고 나서 부푼 마음으로그 주말에 나의 첫 롤빵(롤케이크)를 야심차게 만들었지만 무엇때문인지 결국 실패하고 말았었다.

그래서 너무나도 실망했었는데, 그때 발견한 것이 바로 쿠키였다.

그 다음부터 나는 아빠와 동생과 같이 매 주말마다 앞에서 말했던 여러 쿠키들을 직접 만들었고 나머지 가족들은 맛있게 먹었다.

그리고 가끔 학교에도 가져가면, 친구들도 너무 맛있다고 먹어 주었다. 앞으로도 시간이 나면 저번에 실패했던 빵도 포함해서 여러 가지 종류의 홈베이킹 요리들을 만들어보고 싶다.

요리를 하는 시간은 참 즐거우니까! 요리도 글을 쓰는 시간도 참 행복했다.

그럼 The End♡♥

최고의 가족 여행지,
호주 시드니로~

꿈꾸는 책벌레 2학년 | **박윤아**

••• 머리말

나는 현재 15살, 사춘기 시기를 거쳐 가고 있는 중이다. 한창 고민도 많고 스트레스도 쌓여가는 그런 시기이다.

요즘 '내가 왜 공부를 해야 할까?' 라는 고민부터 '나는 뭐가 되고 싶을까?', '인생은 무엇을 위해 살아야 할까?' 라는 고민까지 온갖 고민을 하게 된다. 그러나, 이런 고민들을 잠시 잊게 해주는 것이 있다.

바로, 여행이다.

우리 부모님께서는 내가 생각이 많아지고 힘들어 하는 것을 어떻게 알았는지 적어도 1년에 2번 이상은 국내든 해외든 가족여행을 계획하신다. 여행 갈 때만큼은 모든 고민을 잠시 잊고 신나게 놀게 된다. 생각해 보니 나는 여행 갈 때가 가장 행복한 것 같다. 내가 가보지 못했던 새로운 곳을 방문하고 구경하는 일은 참으로 새롭고 재밌다.

내가 죽기 전에 꼭 하고 싶은 일이 바로 세계여행이다.

세계를 일주하며 모든 세상을 구경한 후 이 세상을 떠나고 싶다. 아무튼, 지금까지 여행한 곳 중에서 가장 기억에 많이 남고 인상 깊었던 곳은 바로 호주 시드니다. 시드니에 갔던 추억을 책으로 남기고 싶어서 이렇게 글을 쓰게 되었다.

아직 부족한 실력이지만 재밌게 봐 주셨으면 좋겠다.

최고의 가족 여행지, 호주 시드니로~

재작년 겨울, 많은 학원으로 지쳐 있는 나에게 기쁜 소식이 들려왔다. 내가 평소에 그토록 원했고 또 원했던 호주로 가족여행을 간다는 소식이었다. 그 이야기를 들은 순간, 나는 엄마를 끌어안고 펄쩍펄쩍 뛰며 난리를 쳤다. 북반구 나라들은 가보아도 남반구 나라는 이번이 처음이었고, 호주는 내가 가보고 싶은 나라들 중 하나였기 때문이다. 주변의 말에 의하면 호주는 관광거리가 많아서 여행가기 딱 좋은 곳이라고 한다. 솔직히 내 주변에 호주 간 친구들이 부러워서 배가 아픈 적이 있었지만 이제는 싹 나을 것 같다. 가만히 아무것도 안하고 있어도 웃음이 절로 났다.

기대로 꽉 찬 가슴을 안고 바로 컴퓨터 앞으로 달려갔다. 나는 전형적인 아줌마 성격을 지니고 있어서 일단 여행가기 전에 철저한 준비를 하고 간다. 그래서 인터넷의 도움을 빌려 어떤 관광지가 유명하고 어떤 음식은 꼭 먹어야 하며 어떤 동물은 꼭 봐야 하는지 찾아보았다. 유명한 관광지로는 시드니 오페라 하우스, 하버 브리지, 달링 하버, 본다이 비치, 피츠로이 폭포 등이 있었다. 음식은 파이나 팬케익이나 카푸치노나 여러 가지 다양한 음식들이 있었다. 그리고 당연히 호주 하면 떠오르는 동물인 코알라와 캥거루도 꼭 봐야 할 동물들 중 하나였다. 우리가 머무는 기간이 일주일도 채 되지 않기 때문에 시드니 안에서만 볼 수 있는 곳 위주로 찾아보았다. 시드니는 그냥 도시 하나인데도 불구하고 봐야 할 관광지가 어마어마했다.

드디어, 여행을 가기로 한 날이 다가왔다. 택시를 타고 대구공항에 간 다음, 비행기를 타고 인천국제공항으로 갔다. 먼 시간 동안 탈 비행기를 타기 전 간단하게 밥을 먹었다. 그리고 10시간 동안 길고 길었던 먹고 자고 놀기의 비행기 생활이 반복된 후 마침내 호주에 도착했다. 비행기를 타고 난 후까지도 호주에 왔다는 것이 믿기지 않았다. 그러나 덥고 찐득한 날씨 때문에 '여기는 한국이 아니구나…' 라고 느끼게 되었다. 호주는 우리나라와 정반대로 햇빛이 쨍쨍한 여름이었기 때문에 반팔과 짧은 바지로 갈아입었다.

〈호주 시드니에서의 첫째 날〉

　일단, 가장 먼저 우리가 6일 동안 묵을 메리어트 호텔에 갔다. 이 호텔은 시드니 시내 안에 있고 호텔 앞에는 하이드 파크가 있다. 나는 우리가 묵을 호텔이 맘에 쏙 들었다. 4명이 있기에는 조금 좁기는 하지만 킹사이즈 침대 2개와 TV, 소파까지 있을 건 다 있었다. 거기에다가 화장실이 넓고 욕조도 넓었다. 또, 바깥을 보면 위로 쭉 뻗은 시드니 타워까지 보여서 좋았다. 언니랑 나는 창문 앞에서 이상한 포즈를 취하며 사진을 찍었다. 아마 그때는 분위기에 취해서 너무 흥분했던 것 같다.

　호텔에서 짐을 푼 후, 우리는 밖으로 나섰다. 이제 시드니를 둘러본다는 생각에 매우 들떠 있었다. 오늘이 호주 시드니에 온 첫날이어서 시드니에 익숙하지 않았다. 그래서 오늘은 손에 지도를 든 채 시내를 둘러보고 유명한 빌딩들도 보기로 했다. 즉, 첫째 날은 시드니의 거리들과 건물들의 위치를 대충 파악하고 익숙해지는 날로 잡았다.

　먼저, 복잡하고 세련된 길들을 걷다 보니 마켓 시티와 패디스 마켓을 보았다. 마켓 시티에서는 옷도 팔고 물품들도 팔고 푸드 코트도 있다. 여러 층으로 되어 있는 게 꼭 백화점 같은 느낌이 들었다. 여기는 필요한 물품들을 사거나 간단하게 외식 할 때 좋은 곳이다. 우리는 여기서 점심으로 회전초밥을 먹고 후식으로 생과일 주스도 먹었다.

　마찬가지로 패디스 마켓에서도 옷, 물품, 음식들도 있지만 약간 시장 같은 분위기가 났다. 싱싱한 과일이나 채소 등을 살 때는 패디스 마켓이 좋다고 생각한다. 우리는 여기서 싱싱한 체리를 샀다. 체리가 이렇게 달달하고 맛있는 줄 여태 몰랐다는 생각에 내 자신이 한심했다. 이 두 곳에는 많은 것들이 있어 우리가 앞으로 지낼 때 아주 유용한 장소가 될 것이다.

　(실제로도 그랬다!ᄉᄉ)

마켓 시티에서 나와 쭉 거리를 걸으면서 그저 모든 것이 신기했다. 이때, 가는 길에 근사해 보이는 건물이 있어 사진을 찍었다. 뭔가 고대 건물 같이 웅장해 보이는 건물이었다. 그 건물이 바로 시드니 타운 홀이다. 시드니 타운 홀은 시

드니 중심부에 위치해 있고 시의회당, 리셉션장, 센테니얼 홀 등이 있다고 한다.

그 다음, 우리는 그 유명하다는 퀸 빅토리아 빌딩에 갔다. 퀸 빅토리아 빌딩은 세계에서 가장 아름다운 쇼핑센터라고 한다. 바깥에서 보기만 해도 어마어마한 규모라는 것이 증명되었다. 밖에서 보는 빌딩보다 안에서 보는 쇼핑몰이 훨씬 더 근사했다. 아래에 보이는 것처럼 위에 큰 시계가 달려 있고 층마다 여러 상점들이 있다. 쇼핑하는 사람들도 많았고 장식도 화려하게 되어 있었다. 우리는 계속 감탄만 하다가 나왔다.

쭉 거리를 걷다 보니 시드니 달링하버에 도착했다. 달링하버에 들어오면 놀이공원에 온 듯 뭔가 신이 난다. 많은 쇼핑몰과 박물관, 수족관등 건물들이 들어서 있다. 기울어진 모양의 건물도 있고 근사한 레스토랑들도 있다. 거기에다가 여기는 선착장이

라서 물이 흐르고 있고 분수도 많아서 답답하지가 않다. 오히려 뻥 뚫린다.

지금까지 가장 말을 잇지 못했던 풍경이었다. 여기서 여유롭게 아이스크림 먹으면서 쇼핑몰이나 근처를 둘러보면 기분이 최고다. 특히 야경도 최고이다. 건물들의 불빛으로 반짝반짝 빛나서 눈이 부실 정도이다. 다른 분들이 시드니에 놀러온다면 적어도 달링하버에 꼭 들렀다 가면 좋을 것이다.

달링하버까지 관광을 마치면 서 시간이 많이 흘렀다.

우리는 호텔로 돌아갈 때 지상 지하철이라고 불리는 모노레일을 탔다. 위에서

아래로 내려다보니 풍경이 내 눈 안에 쏙 들어가 좋았다. 처음에는 롤러코스터 타는 것처럼 들떴다가 오래 타 보니 그냥 보통 지하철 느낌이 들었다. 그래도 덕분에 편안하게 이동할 수 있었다.

호텔로 돌아가, 우리 가족은 편안하게 쉬었다. 나와 언니는 아직 기운이 펄펄해서 호텔에 있는 수영장이랑 스파에 가서 놀았다. 이렇게 첫째 날 하루는 끝이 났다.

〈호주 시드니에서 둘째 날〉

둘째 날에는 시드니에 있는 동물원인 타롱가 동물원에 가기로 했다.

그전에, 호텔 바로 앞에 있는데도 어제 가지 못했던 하이드 파크를 걸었다. 하이드 파크가 시드니에서 가장 큰 공원이라고 한다. 여기에는 큰 호수와 푸른 나무들, 신선한 공기가 있어 나의 마음을 상쾌하게 해주었다. 덕분에 하루를 기분 좋게 시작할 수 있었다.

처음에는 잘 몰랐는데 알고 보니 호수 앞에 호주전쟁기념관도 공원 안에 있었다.

길을 걷다 보면 하이드 파크 바로 옆에 있는 독특한 건물 역시 지나칠 수 없었다. 삐죽 튀어나온 지붕을 보고 성당인 줄은 알았지만 정확한 이름은 몰랐다. 그런데 알고 보니 이 건물은 세인트메리 대성당이었다. 이 성당은 고딕 양식의 로마 가톨릭 대성당이라고 한다.

그리고 나서, 우리는 오페라 하우스 뒤에 있는

선착장에서 시드니의 교통수단 '페리(배 이름)'를 타
고 타롱가 동물원으로 향했다. 배가 물을 가르고 달리
니 시원했다. 우리는 머리를 휘날리며 사진 찍기 바빴
다. 또, 오페라 하우스와 하버 브리지를 여러 방향에서
볼 수 있어 신기했다.

타롱가 동물원에 도착해서 우리는 손에 지도를 들었
다. 옆에 위아래로 가는 케이블카가 있어 먼저 탔다.
겁이 별로 없어서 평소에 롤러코스터를 좋아하는 나는
계속 밑에 보면서 올라왔다. 한편, 엄마는 겁이 많으셔서 무서워 하셨다. 아빠랑
언니는 그게 재미있었는지 엄마한테 계속 장난치면서 올라왔다. 우리는 가장 높
은 곳에 도착해서 차근차근 내려오면서 보기로 했다.

타롱가 동물원에는 정말 많은 종류의 동물들이 있었
다. 코알라, 기린, 코끼리, 캥거루, 침팬지, 호랑이, 바다
표범, 양, 염소, 오리너구리 등 전 세계에서 온 동물들뿐
만 아니라 희귀종인 동물들까지 볼 수 있었다.

그런데 캥거루가 좀 안쓰러웠다. 나는 캥거루가
껑충껑충 뛰어다니는 활기찬 모습을 기대했는데
동물원에 있는 캥거루는 기운도 없고 축 처져 있었
다. 동물들을 동물원에 데리고 와서 사람들에게 구
경시켜 준다는 좋은 점도 있지만 이곳에서 내내 갇
혀 사는 삶이 너무 불쌍했다.

많은 동물들 중에서 코알라가 가장 인상 깊었다. 따로 돈을 내고 코알라 가까
이에서 보고 사진 찍을 수 있는 곳이 있었다. 우리는 온 김에 확실히 본전을 뽑
고 가자는 생각으로 코알라와 사진을 찍었다. 그런데 가까이서 찍은 사진들은
내가 이상하게 나왔다. 며칠 전, 영어시간에 배웠는데 코알라는 먹고 자고를 반
복만 하는 가장 게으른 동물이라고 한다. 그래도 통통하고 귀여운 것이 딱 내 스
타일이다.

거의 하루 절반 이상을 타롱가 동물원에서 지낸 후 호텔로 돌아왔다. 패디스 마켓에서 산 체리를 먹으면서 쉬다가 저녁이 되자 시드니 타워로 갔다.

시드니 타워는 약 305m로 시드니에서 가장 높은 곳이다. 최고층인 원형 전망대에서 야경을 보면 끝내 준다고 하여 들어갔다. 들어갈 때는 몸 검사, 가방 검사를 한 다음 고속 엘리베이터를 타고 40초 만에 올라갔다. 물론 서울 야경도 좋지만 시드니 야경 역시 끝내주었다.

〈호주 시드니 셋째 날〉

시드니에서 세 번째 날, 우리는 가장 먼저 오스트레일리아 박물관에 갔다. 호주에 있을 때는 아무 지식도 없이 가서 평범한 박물관인 줄 알았다. 알고 보니 호주 최대 규모이고 세계 5위 안에 드는 역사적인 박물관이다.

호주의 대표 동물인 코알라와 캥거루는 물론, 다른 동물들의 모형들이 많았다. 정말 섬세하고 잘 만들어서 난 순간 살아 있는 줄 알았다.

안으로 더 들어가면 공룡들의 뼈가 큼직하게 전시되어 있었다. 육식 동물, 초식 동물, 화석 등 여러 가지 전시물들이 있었다.

많은 모형들 중에서 가장 눈길이 가고 마음에 들었던 것은 뭐니뭐니해도 보석이었다. 그렇다고 내가 돈을 밝히는 그런 성격은 아니다.^^ 반짝반짝 거리는 색깔에 확 시선이 끌렸던 것 같다. 욕심 같아서는 하나를 확 낚아채서 한국으로 가져오고 싶었지만 욕망을 꾹 참았다.

그리고 또 인상 깊었던 것은 실제와 비슷하게 해 놓은 뱀이었다. 내가 싫어하는 동물이 뱀과 거미 같은 곤충이다. 순간 난 진짜 뱀인 줄 알고 깜짝 놀랐던 기억이 난다. 그 외에도 많은 동물들의 모형이 있었다. 비록 모형이었지만 크기와 생김새가 비슷해서 실제 동물을 보는 느낌이 들었다. 보통 박물관은 지루하고 별로 흥미진진하지도 않았지만 이곳은 실제처럼 모형을 만들어 놓아서 신기하고 재미있었다. 또, 층마다 여러 분야로 나눠져 있어서 선택하며 볼 수 있는 것이 좋았다. 역시 호주 최대 규모인 만큼 다 구경하고 나니 시간이 뚝딱 흘러갔다.

박물관에 갔다 온 후, 시드니 시내에서 가장 가깝고 인기 많은 본다이 비치에 갔다. 버스를 타고 갔는데 길이 헷갈려서 조금 헤맸지만 하얗고 고운 모래와 푸른 바다가 펼쳐진 본다이 비치를 보니 뿌듯함이 밀려왔다. 옷이 안 젖을 정도만 살짝 물에 대기만 했고 모래를 많이 만졌다. 손으로 모래를 한 움큼 잡으면 손가락 사이로 빠져나가는 부드러움이 꼭 액체 같았다. 이날, 비가 오는 바람에 마음껏 구경하기 전에 버스타고 돌아가야 했다. 너무 아쉬웠다.

〈호주 시드니에서 넷째 날〉

시드니에서 넷째 날, 호주 시드니를 대표하는 가장 유명한 건물, 시드니 하면 가장 먼저 생각나는 장소인, 오페라 하우스와 하버 브리지에 드디어 제대로 가기로 했다.

먼저, 시드니 시내를 통해서 오페라 하우스 쪽으로 갔다. 시드니에서 다들 1순위 관광지로 오페라 하우스를 선택할 정도로 가장 유명하고 잘 알려진 곳이다. 특이한 조개 껍질 모양이 단번에 시선을 확 끌었다. 신이 난 나는 오페라 하우스 앞에서 엄청나게 사진을 찍었다. 겉으로는 조개껍질 모양이라면 실제로 어떤 모양의 타일로 덮여 있을까 궁금했다. 그런데 가까이 가보니 그냥 직사각형 타일로 덮여있었다. 좀 특이한 걸 기대했는데 살짝 실망했다.

이렇게 오페라 하우스 밖에서 마음껏 구경을 한 후, 우리 가족은 안으로 들어갔다. 들어가니 벽에는 상영할 뮤지컬이나 공연 포스터가 붙어 있었다. 혹시 오늘 볼 게 있을까 하고 둘러보았지만 다 시간이 맞지 않아서 보지 못했다. 대신 한국 가이드가 오페라 하우스를 같이 둘러보면서 설명해 주는 것을 신청하였다. 오페라 하우스 안에서 보는 바깥은 정말 아름다웠다. 강이 펼쳐져 있고 저편에 하버 브리지가 보이며 페리가 다니는 모습을 보고 있자니 마음이 시원하게 뚫리고 탁 트인 기분이었다.

후회 없이 구경한 후, 우리는 보랏빛 계단을 통해서 가장 큰 극장 안으로 들어

갔다. 드넓은 극장에 자주색 아니 와인색의 푹신한 의자들이 나를 반겨주었다. 시드니 오페라 하우스는 내가 본 극장 중에서 가장 멋진 극장이라고 생각된다. 오페라 하우스라는 굉장한 건물이라서 그런지 심지어 화장실도 깨끗하고 예뻤다. 눈에 콩깍지가 씌여서 별게 다 예쁘고 멋져 보였다.

이렇게 오페라 하우스를 둘러본 후, 우리는 안에 있는 레스토랑에서 점심을 먹었다. 맛도 끝내주고 위치도 끝내주었다. 이런 곳에서 먹는 밥이라 맛있지 않을 수가 없었다. 그 대신 가격도 끝내주었다. 그냥 오페라 하우스는 모든 것이 끝내주는 곳인가 싶다.

이렇게 오페라 하우스를 관광한 후, 하버 브리지를 구경했다. 직접 하버 브리지에 가지는 못했지만 한눈에 보이는 위치에서 구경했다. 하버 브리지는 세계에서 4번째로 긴 아치교라고 한다. 길이만큼 높이도 어마어마했다.

그런데 하버 브리지 위에 사람들이 보였다. 알고 보니, 하버 브리지를 오르는 사람들도 많았다. 밑에는 강이라서 엄청 무서울 것 같은데 용감하게 오르는 사람들을 보니 놀라웠다. 들어보니 안전줄 하나로 오른다고 한다. 그 줄이 끊기면 어쩌나 싶어 아찔했다. 내심 나도 오르고 싶었지만 부모님 눈치가 보여서 말하지 못했다. 분명 부모님께서는 위험하다고 못 하게 할 것이기 때문이다.

하루를 걸쳐 오페라 하우스와 하버 브리지를 보았다는 것이 신기했다. 오직 2개만 보았는데도 하루가 뚝딱 지나갔다. 특히, 저녁에 보는 하버 브리지와 오페라 하우스는 굉장히 아름답다. 시드니 타워에서 본 야경처럼 하버 브리지를 중심으로 본 야경은 정말 죽인다.

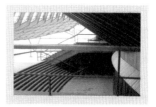

〈호주 시드니에서 다섯째 날〉

호주에서 다섯째 날은 휴식을 취하는 날로 잡았다. 늦잠을 자고 호텔에 있는 수영장과 스파를 즐

겼다. 또, 맛있는 곳으로 외식도 나가며 하루를 즐겼다. 여행에서 이런 휴식의 시간도 조금은 필요하니까

〈호주 시드니에서 여섯째 날〉

오늘은 시드니에서의 마지막 날이다. 마지막 날인 만큼, 우리 가족은 어젯밤 에너지를 충분히 충전시켰다. 오늘은 시드니 올림픽 경기장을 둘러본 후, 마지

막으로 시드니 시내를 둘러볼 계획이다. 먼저, 우리는 오페라 하우스 뒤에 있는 선착장에서 페리를 탔다. 타롱가 동물원을 갈 때 처음 타고 이번이 두 번째로 타는 것이었다.

시원한 바람을 가르며 달리던 페리가 멈춘 곳은 올림픽 경기장 선착장이었다. 올림픽 경기장까지 갈려면 버스를 타야 했다. 버

스를 타고 도착하니 의외로 사람이 적었다. 우리는 그 넓은 경기장과 그 앞 공원에서 자유를 듬뿍 만 끽했다. 주변이 정말 깔끔했고 도로에는 버스만 다 녀서 만화에서만 보던 그런 동네에 온 것 같아 기 분이 좋았다.

올림픽 경기장 앞 공원에 있는 달리는 사람을 본뜬 모형이 큼직하게 있었다. 신기해서 따라해 보았지만 그 포즈가 의외로 어려웠다.^^

경기장 주변을 충분히 본 후, 다시 페리를 타고 시드니 시내로 돌아왔다. 우리는 마지막으로 시내 를 쭉 돌았다. 퀸 빅토리 아 빌딩을 지나 달링하버 로 갔다. 이번에는 달링하 버에서 여유롭게 돌아다

녔다. 좋기도 했지만 아쉬운 마음이 컸다. 아쉬워서 그런지 사진이나 많이 찍었다. 우리는 밤이 될 때까지 달링하버에서 놀다가 호텔로 돌아갔다. 많이 돌아다녀서 그런지 침대에 눕자마자 잠이 들었다. 오른쪽 사진은 달링하버 다리에서 찍은 가족 사진이다.

아침에 일어나 짐을 싸고 공항으로 갔다. 비행기 타기 전까지 너무 아쉬웠다. 그렇게 우리는 시드니를 뒤로 한 채, 한국으로 돌아왔다.

••• 후기

이렇게 글을 다 쓰고 나니 뭔가 쑥스럽고 오글거리네요.

아직 많이 부족한 내 글쓰기 실력이 고스란히 드러난 것 같습니다. 그래도 이번 경험을 통해서 글쓰기 실력이 조금 향상된 것 같아 너무 뿌듯합니다!

이번 경험은 저에게 여러모로 뜻 깊은 경험이었습니다.

지금까지 책은 많이 읽어보아도 책을 직접 써보지는 못했지만 이번 기회로 인해 꼭 작가처럼 글을 쓸 수 있었던 것이 정말 새로웠습니다. 이런 기회를 준 책쓰기 동아리에 정말 잘 들어온 것 같다는 생각을 하게 되네요.^^

사실 '20쪽 이상을 어떻게 채우지?' 라고 생각하며 한 글자 한 글자 힘들게 썼는데 진짜 작가들은 어떻게 100쪽 이상 쓸 수 있는지 정말 신기하고 존경스럽습니다.

그 덕분에 이제 책을 읽을 때는 한 글자 한 글자 공을 들이며 읽게 된 것 같습니다. 그리고 이번에 적은 여행은 제가 가장 인상 깊었고 오래오래 기억되고 싶었던 여행이었습니다. 그런데 이렇게 글로 써 놓으니 나중에 까먹어도 또 다시 보면 새록새록 떠오를 것 같아 기쁩니다!

마지막으로 같이 글을 쓴 후배들, 친구들, 선배들, 정말 고생했고 그리거고 선생님! 저에게 이런 기회를 주셔서 정말 감사드립니다!

노래와 나

꿈꾸는 책벌레 2학년 | **최인선**

어느새 나는 중학교 2학년이 되었다. 그리고 나에게 많은 취미들이 생겼다.

일본 애니를 보기도 하고, 만화를 그리기도 하고, 소설을 쓰기도 한다. 하지만 내가 가장 아끼고 좋아하는 취미는 자신있게 '음악' 이라고 말한다. 나는 음악을 좋아한다.

나는 노래를 잘하는 것도 아니고, 악기를 잘 다루는 것도 아니다. 그렇다고 해서 화성학 같은 복잡한 음악적 이론을 아는 것도 절대 아니다. 하지만 나는 음악과 함께 할 때 가장 행복했고, 즐거웠다. 원래는 아무것도 못하는 내가, 평범한 학생일 뿐인 내가 음악과 함께할 때는 그 어떤 순간보다 행복했다. 귀에 이어폰을 꽂고 노래를 듣는 시간, 밤에 혼자서 기타를 잡고 힘겹게 줄을 팅기는 시간, 좋아하는 가수들의 앨범 가사집을 읽는 시간, 자기 직전에 침대 옆에 놓인 CD플레이어에 씨디 하나를 넣고 노래를 듣는 시간...

음악은 나에게 특별한 존재이다. MP3가 생겼고, 좋아하는 가수가 생겼으며, 집 구석에 박혀있던 기타를 꺼내서 독학을 하기 시작했다. 지금 나에게 음악은 없어서는 안되는 존재가 되었다. 그리고 나는, 음악에 관련된 글을 써보자고 마음먹었다. 이제껏 내가 써왔던 글은 초등학생 때 친구들과 만든 공식카페에 마음대로 끄적거린 소설에 지나지 않았지만, 내가 무엇보다, 무엇보다 좋아하는 그 무엇에 대해서 한번 써보고 싶었다. 다른 친구들과는 다른 나의 음악을 다른 사람들과 나누어 보고 싶었다.

그래서 지금 한번, 시작해 본다.

나의 첫 노래

나는 사랑노래를 싫어했다. 지금도 사랑타령만 하는 노래가 싫어서 아이돌들을 좋아하지 않는다. 사랑노래가 너무 싫었던 나는, 초등학교 6학년 때까지는 동요를 가요보다 더 많이 들었다. 엄마와 같이 쓰는 아이팟에 동요를 가득 넣어 두고 여행길에서 이어폰을 귀에 꽂고 들었었다.

나는 동요가 좋았다. 지금도 동요를 좋아한다. 동요는 나에게 특별한 노래이다. 동요는 나의 '첫 음악'이었다.

어릴 때부터 동요를 입에 달고 살았고, 동요의 노래가사를 아무 생각없이 연습장에 적으며 깊은 상상에 빠져드는 것도 좋아했다. 동요에 대한 사람들의 인식은 '어린아이들을 위한 노래'이다. 하지만 나는 그렇게 생각하지 않는다. 동요는 모두를 위한 노래이다. 하지만, 그렇게 생각하는 사람은 많지 않다.

한두 해 전에 동요만 듣는다는 이유로 친구들에게 놀림을 받는 적이 숱하게 많이 있었다. 아주 진지하게 동요를 듣고 있었는데 이미 동요를 모두 잊고 유행가만 듣는 친구들은 나를 정신줄 놓은 애로 판단했다. 그리고 나는 동요를 멀리하기 시작했다. 쪽팔려서… 그리고 나는 엄마의 아이팟에 들어 있는 가요들 중에 내 입맛에 맞는 것들을 골라서 들었다. 거의 다 사랑노래였다. 간혹 가다가 종교음악이나 사랑 관련없는 노래도 몇 곡 있긴 했지만. 그리고 지금까지 나는 계속 가요를 듣고 있다. 물론 지금은 사랑 관련없는 노래를 더 많이 듣는다. 하지만 나는 여전히 동요가 좋다.

요즘처럼 더워서 죽을 것 같을 때에는 눈이나 겨울, 성탄절과 관련된 동요들을 흥얼거리기도 한다. "송이 송이 눈꽃송이 하얀 꽃송이… 하늘에서 내려오는 하얀 꽃송이…"(서덕출/눈꽃송이) 역시 동요는 가요와는 느낌이 전혀 다르다. 나는 꾸밈없고 담백한 동요가 좋다. 요즘은 잘 듣지 못하지만, 나는 늘 내 첫 노래인 동요가 좋다.

학교 음악시간

집중이수제 때문인지, 2학년은 음악을 하지 않는다. 하지만 작년 1학기 때는 음악을 했었다. 나는 노래도 못하는 편이었고, 악기를 잘 다루는 것도 아니었다. 하지만 나는 일주일에 네 번씩 있는 음악시간을 그 어떤 수업시간보다 손꼽아 기다렸다. 음악이 있었기 때문에 1학년 때가 더 특별하게 느껴지는 것일지도 모르겠다.

그때 우리 음악선생님은 우리에게 노래를 자주 시키셨다. 나는 노래를 못했지만, 좋아했다. 노래를 할 때면 소속감이 느껴졌다. 친구들이 노래를 부르는 소리가 참 좋았다. 그리고 그 소리속에 파묻혀서 노래를 부르는 그 느낌이 참 좋았다. '거위의 꿈', '너에게난 나에게넌', 'I have a dream', '별 이야기'…

이 노래들은 지금도 참 좋아한다. 지금의 친구들보다 작년의 친구들이 더 각별하게 느껴졌던 것도 함께 노래를 부르던, 리코더를 불던 그 순간 덕분이 아닐까 싶다.

나는 음악시간을 좋아했지만, 음악사를 배우는 시간은 그다지 좋아하지 않았다. 아마도 나는 음악을 좋아했던 것이 아니라 노래와 악기연주를 좋아했던 것일지도 모르겠다.

우리반 담당 음악 선생님은 다른 반 담당 음악선생님처럼 가만히 앉혀서 영화만 틀어주는 것이 아니라 노래를 시키셨다. 그래서 내가 음악시간을 좋아하던 것일지도 모르겠다. 만약 다른반처럼 편하게 앉아서 영화나 보고 있었다면, 나는 음악시간을 좋아하지 않았을 것이다. 얼른. 내년이 되었으면 좋겠다. 다시 음악실에 모여앉아 노래를 부르고 싶다. 지금도 눈을 감고 귀를 막으면 작년 우리들이 노래하던 모습이 눈 앞에, 두 귀에 생생하다.

바이올린

나는 일곱 살때부터 바이올린을 배웠다. 그때는 시간이 차고 넘치는 초등학교 1학년이었기 때문에, 방과후 활동으로 바이올린을 배우기 시작했다. 그렇게 방과후 활동으로만 3,4년 정도 배웠던 걸로 기억한다. 하지만, 방과후 활동으로 배우는 것은 한계가 있었다.

다양한 학년의 수많은 애들이 섞여 있는 음악실에서 아이 하나하나를 꼼꼼하게 가르치는 것은 힘들 테니. 가끔씩 얕게 배워도 소질이 있어 능숙하게 잘 하는 애들이 있었지만, 안타깝게도 나는 전혀 그런 축에 들지 못했다. 게다가 내가 하고 싶어서 배우기 시작한 것이 아니라, 단순히 엄마가 시켰기 때문에 시작한 것이므로, 초반에는 관심도 거의 없었다. 그저 같이 배우는 애들 몇 명과 노는 것에만 관심이 있었다. 그리고 나는 바이올린 과외를 시작했다.

그제서야 나는 바이올린에 조금씩 흥미를 붙이기 시작했다. 그리고 어느새, 바이올린을 배우게 된 지 7년이라는 시간이 흘렀다. 물론 방과후의 허술함과 공백을 생각하면 7년을 배웠다고 당당히 말할 수도 없지만. 작년에는 관현악반도 했었다. 어쩌다보니 합격은 했지만, 나는 너무도 모자랐다. 써드 바이올린에 들어가서도 뒤처졌다. 소리도 작았고, 실수도 수없이 많았고, 리듬도 제대로 못 탔고, 비브라토도 못했다. 그렇게 나는 중국 중학교와의 문화 교류 날, 관현악반이라는 타이틀을 달고 많은 사람들 앞에서 바이올린을 켰다. 아리랑이었다. 다행이 평소보다는 나았지만, 그 앞에 서서도 많은 실수를 연발했던 것으로 기억한다.

그래도 그 뒤에 들려오는 사람들의 박수소리가 좋았다. 그리고 나는, 학생문화센터에서 또 한번 무대에 올랐다. 학교 강당과는 비교도 할 수 없을 정도로 큰 무대였다. 초등학생 때 합창부로서 그 무대에 올라 노래를 한 적은 있었지만, 관현악반으로서 오른 무대와 합창단원으로서 오른 무대는 달랐다. 아리랑과 하얀 거탑 ost 하나를 연주하고 내려왔었는데, 또 그 느낌이 너무 좋았다. 또, 학교 축제 날 가요제가 시작하기 전에 또 한번 무대에 올랐는데, 생각보다 반응이 좋아 깜짝 놀랐던 기억도 난다. 역시. 악기를 연주한다는 것은 보람찬 일이다. 미술의 결과가 작품이라면, 음악의 결과는 감동이다. 지금은 비록 관현악반을 하고 있지 않지만, 가끔은 작년의 그 무대에 다시 한번 서보고 싶다는 생각이 난다.

난, 바이올린이 좋다.

#4

직설 vs 풍자
서태지.

1992년도 아이돌 1세대로 등장했다는 그 전설의 래퍼이다. 서태지의 음악과 멘탈은 참으로 특이하다. 서태지와아이들의 '환상속의 그대' 나 '교실이데아' 는 그때 이십대가 지었다고는 상상도 할 수 없을 만큼 완성도가 높은 노래였다.

팻두. 30대 초반의 인디 스토리텔링 가수이다. 이런저런 불만을 품고 사회를 직설적이고 딱딱하게 비판한, 가끔씩은 철없다 라는 느낌이 들기도 하는 가수이다.

서태지와 아이들의 '교실이데아' 그리고 팻두의 '나는 대한민국 고3이다'. 둘 다 우리나라의 교육 현실을 비판한 노래이다. 주제는 비슷하지만, 이 두 노래는 완전히 다르다. 팻두의 노래는 직설적이다. 팻두는 노래에 감정을 심하게 이입해서 그런지 노래에 수많은 욕설이 들어가있고, 폭력 장면을 생생하고 사실적으로 묘사해 19금 딱지가 붙은 노래도 숱하게 많다. 물론 그 노래들에도 일종의 매

니아 층이 있겠지만.

하지만 서태지의 노래는 다르다. 서태지의 노래는 직설적인 비판이 아니라 풍자이다. 최대한 돌리고 꼬아서 직설적인 표현을 피했다. 신나는 리듬과 댄스 속에 비판이 담겨 있는 노래. 이것이 서태지의 음악이다.

물론 두 가수 각각에 팬이 있겠지만, 뮤지션들은 그들의 음악에 책임을 질 수 있어야 한다. 무턱대고 욕부터 날리는 노래들은. 피해야 하지 않을까?

#5

처음생긴 MP3

(사진출처 : 삼성전자)

앞에서도 언급했듯이, 나는 엄마와 아이팟을 같이 썼다. 하지만 아이팟을 함께 쓰는 것은 그 어떤 것보다 불편했다. 게다가 그때 즈음, 학교에서 아이팟을 가지고 오는 것을 금지시켰기 때문에,

나는 아이팟을 대체할 무언가가 필요했다. 그리고 나는, Mp3를 사기로 결심했다. 그래서 운비 포함 54,000원으로 삼성의 저가형 MP3를 하나 사게 되었다. 나는 그 조그만 기계 속에 수심곡의 노래를 넣어두고 학교에서, 여행가는 날 차에서 듣곤했다. 작긴 했지만 많은 기능이 있었다. 가끔씩 내킬 때는 라디오를 듣기도 했었다.

폭이 5센치나 될까 싶은 작은 화면에 가사도 나왔고, 앨범사진도 나왔었다. 게다가 그 MP3는 빨리감기 기능이 있어서 노래를 두배 속, 새배 속으로 빨리 감아 친구와 이어폰을 한쪽씩 나누어 끼고 웃으며 들었던 기억도 난다. 자주 쓰지는

않았지만, 녹음 기능도 있었다.

이 MP3는 아이팟처럼 번거롭게 충전용 잭을 꽂아서 충전할 필요가 없었고, 전원이 켜져 있는 컴퓨터나 전축에 자체내장 USB를 꽂으면 얼마든지 충전할 수 있었다. 워낙 액정이 작다보니까 아무리 떨어뜨려도 전혀 깨지지 않았다. 그렇다보니 더더욱 부담없는 녀석이었던 것 같다. 그 과정에서 그 MP3는 내가 가장 아끼는 물건처럼 되었다. 비록 내가 가장 싫어하는 색깔인 핫핑크 색의 MP3였지만, 나는 그 MP3를 내 몸의 일부처럼 가지고 다녔다. 학교갈 때, 학원갈 때, 여행갈 때, 수학문제 풀때… 그런데 얼마전의 일이었다. 운동하러 나가 운동을 하며 음악을 듣고 있었다. 그리고, 운동갔다 돌아오자마자 MP3를 체육복 주머니에 그대로 넣은 채 세탁기에 돌려버리고 말았다. 그리고 예상한 대로, 녀석은 장렬히 최후를 맞았다.

아마 그때처럼 안타까웠을 때가 없었다. 녀석의 죽음(…?)은 마치 가족 중 하나가 죽은 듯 슬펐다. 정말 색깔 빼고는 완벽한 녀석이었는데. 그 어떤 것보다 완벽한 녀석이었는데. 보고싶다.

#6

패닉2집 '밑'

앨범들 중 가장 아끼는 앨범을 고르라면 두말 않고 패닉의 2,3집을 고른다. 그중에서도 패닉 2집은 참으로 특별한 앨범이다. 내가 이제껏 만나본 앨범들 중 가장 이상하고 특이한 앨범을 고르라면 당장 패닉 2집을 고를 것이다. 이 앨범은 이름부터 뭔가 심오하다. '밑'. 그리고 인트로 또한 장난이 아니다. '냄새'… 김진표의 쿵쿵거리는 소리가 배경처럼 뒤에 깔리고, 그 소리 위에 이적의 나지막한 목소리가 이 앨범의 분위기를 예고하듯 말한다. 이 세상에 들끓는 독한 냄새들이 우리들을 병들게 한다고. 그리고 두 번째로 UFO라는 노래가 이어진다. 아주 경쾌한 노래이다. '살찐 돼지들과 거짓놀음 밑에 단지 무릎꿇어야 했던'이라는 가사로 보아 공권력을 남용하는 부패한 고위직 공무원이나 풍부한 경제적 여건을 이용해 경제적으로 여유가 없는 사람들을 고달프게 하는 못된 부자들을 비판하고 있는 것 같다. 그리고 세 번째로는, 약간 음란한 가사가 포함되어있는 (…) '혀'라는 노래이다.

이 노래는 공감되는 가사가 많은 노래이다. 언론의 횡포를 비판한 노래라고 한다. 네 번째는 '강(江)'이라는 노래로, 잔잔한 어쿠스틱 기타 반주에 맞춘 가수의 목소리가 좋은 노래이다. 그리고 다섯 번째는, '어릿광대'라는 내래이션 형식의 노래가 시작된다. 미천한 신분으로 태어나 미천하게 살다가 사람들에 의해 재미로 죽여지게 된 한 어릿광대에 대한 이야기이다.

그리고 여섯 번째로 '어릿광대'의 후속곡인 '그 어릿광대의 세 아들들에 대하여'라는 노래가 시작된다. 이 노래는 포털사이트 연관검색어에 '특이한 노래'가 달려 있을 정도로 아주 특이한 노래이다. 억울한 죽음을 맞은 아버지의 원수를 갚기위해 마을 사람들에게 저주를 내리는 세 아들들의 이야기이다.

모든 것은 되돌아온다는 어쩐지 위협적인 내용을 담고 있다. 그리고 일곱 번째는 고등학교를 갓 졸업한 스무살 김진표가 지은 풀 랩, '벌레'로, 학생들에게 제멋대로 폭력을 휘두르고 뇌물을 받아먹는 선생들을 비판한 랩 노래다. 그리고 여덟 번째는 패닉과 '삐삐밴드'라는 그룹이 함께 부른 노래, '불면증'이다. 무려 11분 56초짜리 노래인데, 이 중 거의 9분 정도는 계속 '나~나나나~나'라는 넋두리 같은 노래가 반복된다. 수학여행 갔을 때 이 부분을 친구들에게 들려줬다가 이런 노래 좋아하냐고 오해받았을 정도였다.

뭔가 심오한 뜻이 담겨 있는 것 같은데 약간 어려운 노래이기도 하다. 그리고 9번째 노래또한 김진표가 직접 지은 풀 랩이다. 'Mama'라는 노래로, 자식을 틀에 가두는 자신의 Mama를 비판한 노래이다. 그리고 마지막, 10번째는 '사진'

이라는 2분 조금 덜 되는 짧은 노래로, 이제는 사진으로밖에 남지 않는 추억을 주제로 하는 노래이다.

패닉 2집은 참 특별한 앨범이다. 나라는 중2병 환자의 바이블이 되어버린 앨범… 이 앨범은 사전심의제도에서 단 두 곡밖에 통과되지 못한 전과를 가진 대단한 녀석이다. 96년 당시에 이런 앨범이 나왔다는 것 자체가 그때 사람들에게는 큰 충격이었을지도 모르겠다. 사회풍자 노래가 참 좋은게, 이런 노래들을 들으면 내가 소리내어 말하고 싶었지만 겁이 나서 말하지 못했던 것들을 가수들의 노래를 통해서 대신 말할 수 있다는 느낌이 든다. 가끔씩은 이 앨범을 들으며 가슴이 쿵쿵 뛰기도 한다. 왜 그런 것일까?

#7

그 중창단

내가 좋아하는 노래 중에서 '우린 모두 챔피언' 이라는 노래가 있다. 레이지 본이라는 락 그룹과 한빛 빛소리 중창단이라는 한 어린이 중창단이 함께 부른 노래라고 한다. 처음으로 이 노래를 들었을 때는 그냥 신나는 노래 정도로만 생각했다.

월드컵 시즌에 부르면 특이하고 재미있을 것 같은 노래 정도로만 생각했고, 그 선에서 그 노래를 즐겼다. 그러던 어느날, 갑자기 한빛 빛소리 중창단이라는 그 중창단이 어떤 중창단인가 궁금해져서 포털사이트에 검색을 하게 되었다.

알고 보니 이 중창단은 시각 장애인 아이들로 구성되어 있는 중창단이었다. 눈을 완전히 감고 있는 아이들, 눈동자가 없이 흰자위만 드러나 있는 아이들. 어찌보면 약간 징그러울 수도 있는 모습이다. 그들은 장애를 딛고 일어나 누구보다도 아름다운 목소리로 노래를 부른다. 노래. 그것이 이 세상이 아이들에게 쥐어준 유일한 선물이다.

그리고 그들은 누구보다도 행복해 한다. 그들은 볼 수 없지만, 본다. 우리와 방법이 약간 다를 뿐이다. 우리가 눈으로 본다면, 그들은 노래와 마음으로 본다. 세상은 아이들에게 견디기 힘든 고통을 안겨주었다. 하지만 그들은 노래를 부르며 힘들어도 열심히 살고, 자신에게 고통을 안겨준 세상을 자기자신을 사랑했다. 상상이나 해보았는가.

눈 앞 한치 앞도 볼 수 없는 그 아픔을 늘 장애아동들을 보면 짠한 마음이 들면서도 열심히 살아가는 그들의 모습에 마음 한구석이 아려온다. 한빛 빛소리 중창단. 볼 수 없지만, 그들은 마음과 노래로 세상을 본다!

#8

독학의 시작

작년 기말고사가 끝나던 날로 기억한다. 시험이 끝나 친구들과 영화관에 갔었다. 그때 한창 유행하던 영화를 봤었다. 그런데 그 영화에 여자주인공이 기타를 치는 장면이 있었다. 그 장면에 혹해서였을까, 집에 돌아오자마자 집 구석에 거의 삼사년을 썩고 있던 기타를 꺼내들었다. 나름대로 독학을 한답시고 이리저리 조율하고 코드를 잡아보았다. 그리고 며칠도 안 되어 포기하고 말았다. 한 손으로 한 플랫(판)을 다 잡아야 하는 하이코드에서 막힌 것이었다. 그리고 2학년이 되었다. 그런데, 어느날 다시 기타를 접하게 되었다. 나는 이적이라는 가수의 팬이다. 이 가수가 기타를 치며 노래를 하는 모습을 보고 이 가수의 노래를 한번 기타로 쳐보고 싶다. 이 마음 하나로 다시 기타를 잡았다.

작년보다는 더 능숙한 솜씨로 조율을 하고, 내가 유일하게 알았던 코드를 잡고 줄을 튕겼다. 중앙도서관에서 기타이론 책을 빌려서 이런저런 코드들도 외웠다. 기타초보 카페에 가입해서 코드표를 다운받고 틈날 때마다 보았다. 그리고 나는, 나의 첫 번째 노래를 칠 수 있게 되었다. 조용필과 이승기의 '여행을 떠나요' 였다.

초보에게는 이 노래가 제일 쉽다는 인터넷의 충고에 따라 치게 된 노래였다. 이 노래의 반주를 치면서 그에 맞춰 노래를 불렀는데, 그때의 뿌듯함은 말로 표현할 수 없었다. 무언가를 내가 만들어낸 것 같은 느낌. 그냥 노래방에서 반주에 맞춰 노래를 부를 때는 전혀 느낄 수 없는 감정이었다. 서툰 반주에 비음 섞인 목소리로 부른 노래이지만, 그 순간만큼은 수많은 미스들은 전혀 들리지 않았다. 그리고 나는 점점 더 많은 노래를 시도해 보았다.

지금도 꾸준히 코드를 외우고, 인터넷에 올라온 악보나 코드표를 손으로 직접 베끼면서 열심히 독학중이다. 아무래도 바쁜 학생이다 보니 기타 칠 시간이 그리 많지는 않다. 매일 기타를 꺼내기는 하지만 칠 수 있는 시간은 그리 길지 않다. 그래도 워낙 좋아하는 악기이다 보니 더욱 애착이 가고 더 빨리 배워지는 것 같다.

#9

한밤중 나의 공간에서

내 방 침대 옆에 작은 탁자 하나가 놓여 있다. 그리고 그 탁자 위에 낡은 CD플레이어 하나, 그리고 전등 하나가 올려져 있다. 한밤중 내 방에 들어와 전등 불을 켜면 은은한 빛이 방을 가득 메운다. 그리고 나는 그 공간 속에서 기타를 치거나 CD플레이어로 음악을 듣곤 한다. 얼마전까지 내가 좋아하는 가수가 메인 MC로 나오던 프로그램이 하나 있었다. 그 프로그램은 끝날 때 그 가수가 나와 기타나 피아노를 치며 엔딩곡을 불러주곤 했는데, 그 엔딩곡을 듣고 나면 감성에 젖어들어 기타를 잡곤 했다.

그리고 어느덧 개학… 이제는 시간이 없어 음악을 여유있게 들을 시간도 얼마 없고, 기타를 잡을 시간은 더더욱 없다. MP3나 휴대폰으로 듣는 것도 좋지만, 음악의 으뜸은 뭐니뭐니해도 스피커에서 나오는 음악이라고 생각한다. 최근에 산 MP3는 스피커 자체내장형이라 소리가 밖으로 나오기는 하지만, 부자연스럽 고 기계적인 소리다. CD플레이어에 CD하나를 꽉 물려주고 침대에 누워 아무 생각없이 노래에만 빠져드는 게 역시 최곤데. 가끔씩은 기타도 잡고 싶은데. 바쁜 일상이 그것마저 가로막는다.

#10

작은 길과 노래

내가 다니는 수학학원 옆에 작은 길이 하나 있다. 그 길의 입구에는 작은 시장이 늘 열려 있고, 조금 더 깊이 들어가면 인적이 아주 드문 길이 열리기 시작한다. 나는 그 길이 참 좋다. 학원 가는 길에는 아무리 더워도 그 길을 이용한다. 그 길을 걸으며 노래를 듣는 시간이 참 좋다. 그 길은 작은 채소밭 하나와 사람이 거의 살지 않는 낡은 빌라, 그리고 낡은 건물 몇 개가 늘어서있다. 그게 참 좋다. 큰 길과 붐비는 사람들을 좋아하지 않기 때문에 그 길을 좋아하는 것일지도 모르겠다. 그리고 그 길을 걷고 있을 때는, 언제나 이어폰을 끼고 있다.

아무도 없는 길에서 리듬을 타며 걸어보기도 한다. 아무것도 나를 방해하지 않고, 어떠한 소음도 내 노래를 망치지 않는 길. 나는 그 작은 길이 좋다.

#11

동요에 대한 나의 생각

문득 동요가 듣고 싶어져 오래된 동요를 들었다. 늘 느끼는 것이지만, 동요 앨범들은 굉장히 상태가 좋지 않다. 낡은 테이프를 MP3파일로 전환시킨 노래도 있는데, 지지직거리는 잡음에 노래가 묻힌다. 이따금씩 상태가 좋은 노래들도 많이 있지만, 대부분은 유치원 음악시간에 녹음기 하나 들고가서 녹음한 것 같이 상태가 굉장히 안 좋다. 음정도, 박자도 전혀 맞지 않는다.

앨범 자켓은 거의 어린애 낙서나 그림판으로 대충 쓱쓱 그린 연습용 만화같다. 사실상 나처럼 동요를 몇십곡 씩 다운받아 듣는 사람은 잘 없다. 유치원생도 가요를 듣는다는 요즘. 물론 그것은 가요가 더 사람들의 기호에 맞기 때문일 것이다. 하지만, 어린아이들은, 적어도 초등학교 2학년 정도까지는 동요를 들으며 자라야한다고 생각한다. 하지만 가요에 파묻혀 동요는 점점 사라지고 있다.

예전에 방송국에서 주최하던 창작동요제가 사라지면서 새로운 동요가 생기는 일도 아주 드물어졌다. 이제는 아주 어린 애들마저 가요를 들으며 자라고… 새로운 동요는 생길 기미도 없고… 그나마 있는 동요 앨범들마저도 무척 퀄리티가 떨어지고… 가요음반에 신경쓰는 만큼, 사람들이 동요에도 관심을 가져주면 얼마나 좋을까? 가끔 생각한다. 창작동요제도 부활시키고. 가요보단 동요먼저 많이 가르치고… 그래야 할 텐데. 좋은 동요들이 영원히 사라지지는 않을까. 가끔 걱정이다.

#12

들으며

지난 9월 9일. 엄청나다고 할 수 있는 일이 벌어졌다. 모태솔로로 살아오던 내가 초등학교 6학년 때 같은 반이었던 친구와 만남을 시작하게 된 것이었다. 서로 아무에게도 알리지 말고 사귀자고 했지만 결국 시간이 지나고 엄마에게 그 친구와 사귄다는 사실을 들키게 되었다. 엄마는 엄청나게 화를 내며 헤어지라고 소리쳤고, 우리는 어쩔 수 없이 끝을 내고 말았다.

그 순간에는 그닥 슬프거나 아쉽지 않았다. 우리 둘다 그 일을 담담히 받아들였다. 그리고 다음날에 내가 좋아하는 가수의 새 앨범이 발매되었다.

'고독의 의미' 라는 앨범 이름에 맞게 타이틀을 포함한 많은 수록곡들이 이별노래였다. 나는 새 앨범이 나온 바로 그날에 집에 오자마자 음악사이트에서 노래들을 다운로드했다. 그리고 한 곡 한 곡 들어보기 시작했다.

내가 좋아하는 경쾌한 락 노래도 몇 개 있었고, 가사가 특이해서 마음에 드는 노래들도 많았다. 그러나 그중 제일 내 마음에 들었던 노래는 타이틀 곡인 '거짓말 거짓말 거짓말' 이었다. 자신을 두고 간 엄마를 기다리는 아이의 모습을 헤어진 연인의 모습에 빗대어 표현한 노래라고 들었다. 노래를 들으니 감성이 폭발함과 동시에… 눈물까지 줄줄 흘렀다. 내가 원래 사랑, 이별노래를 굉장히 안 좋아해서 잘 듣지 않는데,

요즘은 이 노래 하나를 파고 파고 또 판다. 뮤직비디오를 보면서 한참을 울었다. 내가 했던 이 첫 짧은 연애질. 미래에는 그냥 어린 장난으로만 기억될지도 모른다. 지금 중학교 2학년의 나로써는 내가 그 애를 진심으로 좋아했는지 아닌지도 사실 잘 모르겠다. 하지만 이별노래를 들으며 계속 눈물이 났다. 바보 같았다. 커서는 웃으며 돌이킬 수 있는 기억이겠지.

13

지금 나에게 음악이란

어느새 나에게 음악은 없어서는 안 될 존재가 되어버렸다. 집 밖으로 나갈 때에는 음악재생이 가능한 기기와 이어폰을 늘 가지고 나간다. 학교에서도 쉬는 시간, 점심시간 틈틈이 노래를 듣는다.

가사 한 구절 한 구절이 주옥같다. 가락 또한 굉장히 싱싱하다. 매일 이어폰을 끼고 서정시 같은 노래를 듣는 것이 당연한 일이 되어버렸다.

틈틈이 기타줄도 튕겨보고, 노래가사를 적어보기도 하는 것이 기적같이 소중한 일이 되어버렸다. 이제. 음악은 나의 일부가 되어버렸다. 언제까지나 이 소중한 음악을 내 안에 간직하고 싶다.

오늘도 나는, 음악을 마신다

••• 후기

나는 무언가를 쓰기를 좋아한다. 그랬기 때문에 '글쓰기'라는 과제도 쉽고 간단하게 생각했고 그렇게 시작했다. 하지만 글을 쓰면서 생각보다 소재도 잘 생각이 안 나고 글도 매끄럽게 써지지 않아서 약간 당황스럽기도 했다.

글쓰기라는 게 생각보다는 어려운 일이었다. 쓸데없는 짓이라며 그만두고 공부나 하라는 엄마의 말도 수없이 들었다. 양을 채우느라고 고생고생했던 기억도 난다. 급히 쓰느라 문장도 엉망이고 소재도 이상하다.

지금 보면 '내 필력이 이 정도로 심각했나'라는 부끄러운 생각마저 든다.

하지만 이렇게 완성을 해 보니 내심 뿌듯하다. 아— 하길 잘 했구나. 그리고 이 책을 완성하고 다시 한번 읽어보면서 가장 내 머릿속을 압도하게 차지했던 생각은 이것이었다. 나에 대한 가장 솔직한 생각.

'나는 음악이 좋다. 앞으로도 계속 좋아할 것이다.'

$$365 \times 16 \times 24 \div 4 = 나$$

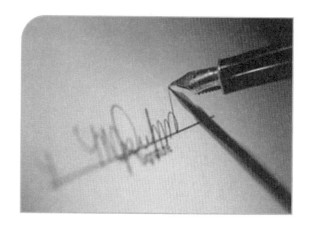

꿈꾸는 책벌레 3학년 | 이진경

••• 저자 소개

이름 : 이진경
생년월일 : 1998년 1월
재학 중인 학교 : 대구동도중학교
혈액형 : 알아서 뭐 하게요? 맞춰 보세요.
취미 : 서예, 책 읽기
좋아하는 책 : 너무 너무 많아서 여기다 적으려
　　　　　　면 본문보다 길지도…….
장래 희망 : 미정
가보고 싶은 여행지 : 지구 전체여행

글을 쓰는 것은 언제나 두렵다.

나는 나를 많이 드러내지 않는 나의 성격인데 나도 모르게 나 자신을 과하게 반영시킬까 무섭기도 하고 담고 싶은 것은 너무 많은 데 글로 써지지는 않는 게 참 답답하기도 하다.

책을 그렇게나 많이 읽었는데 헛 읽었냐고 핀잔을 듣기도 한다. 하지만 분명히 말하는 데 읽는 것과 쓰는 것은 관계는 어느 정도 있어도 완벽하게 비례하지는 않는다고 생각한다.

서투르고 정말 두서없는 글이다. 그래도 내가 쓴 것이니 조금이라도 내가 이야기 하고 싶은 내용이 전달되길 빈다. 그리고 나에 대해 한번 생각해 보는 시간이 되길 바란다.

$16 \times 365 \times 24$

16년이란 세월은 길다면 길지만 한 아이가 세상에 나와 세상을 인식할 때까지의 시간을 제한다면 짧은 시간이라고 하는 게 더 옳을 것이다. 그러나 태어난 후 16년을 보낸 아이에게 허락된 세상 속의 울타리는 그리 넓다고 할 수는 없지만 아이로 하여금 적지 않은 것을 보게 해 준다. 그리고 나 역시 그런 아이들 중 하나이다.

시간이 지나면서 더욱 더 많은 것들을 보고 경험하겠지만, 현재 나에게 주어진 이것들을 지금 같은 형태로 느끼는 것은 오로지 이 순간 뿐일 것이다. 그래서 나는 흘러가버리면 다시는 잡히지 않을 이 순간, 내가 가지고 있는 기억, 생각, 가치관, 취미 등을 표현해 내고 싶다.

커서 어디서 16살 철부지가 무슨 배짱으로 이런 엉망진창의 글을 내어놓았냐고 스스로 비웃을지도 부끄러워 할지도 모르겠지만, 사실 거의 확실히 할 것 같지만, 그래도 눈에 뵈는 것 없는 질풍노도의 시기라고 위안하며 16살 이진경의 세계를 그려낼 것이다.

#1

운

인간은 성장한다. 시간과 경험에 휩쓸려 저 모르게 커가다가 슬쩍 뒤를 돌아보면 내가 걸어온 흔적들이 보인다. 하지만 사람들이 추억이라 부르는 이 흔적들은 희석되고 수정되어 그때 그 당시의 느낌과 감정을 왜곡시킨다. 새빨갛고 격렬하던 그림에 물을 칠해 파스텔 톤의 동화로 미화시켜 버릴 수도 있고 세월이 흐르면서 쓰인 색안경에 무난하던 그림도 숨 막히는 스릴러로 만들어 버릴 수 있다. 그래서 전적으로 믿을 수 없다. 어디까지나 내가 원하는 대로 덧칠하고 꾸민 기억일 테니까. 하지만 그 기억들이 나로 하여금 이렇게 성장시켰다는 것에는 부인의 여지가 없다. 아무리 잊으려고 한들 그 기억 속의 일들이 있었다는 것은 사실이다. 그리고 그런 과거가 있었기에 지금의 내가 존재하는 것이니 말이다.

사치에 겨운 어리광이라 생각될지도 모르지만 만인의 모범이라 생각될 정도로 화목한 가정에서 막내로써 부모님에게 온갖 사랑을 다 받으며 자란 나에게도 떠올리기 싫을 정도의 사건들이 있다. 최악까지 치닫지는 않았지만 불행이라고 표현 할 수밖에 있는 일들이 있다. 나 뿐만 아니라 인간이라면 그런 일이 하나쯤 있기 마련이다. 물론 행복, 즐거움, 만족, 성취 등의 긍정적인 요소들이 바탕으로 깔려 있어야 되겠지만 슬픔, 분노, 두려움, 창피함 등의 감정을 하나하나 겪어가며 인생이란 길을 걷는 존재가 인간이라고 생각한다. 그리고 이 자리에서 옛 기억을 하나 풀어보자고 한다.

초등학교 3학년의 평범한 하루였던 것으로 기억한다. 너무나도 평범해 나는 그날 어떤 날씨였는지 내가 무엇을 했었는지 누구를 만났었는지는 기억조차 나지 않는다. 다만 어렴풋이 떠오르는 것은 엄마가 씻기 싫다는 나를 억지로 목욕탕으로 이끌었고 나는 입이 툭 튀어 나온 채 마지못해 탕에 들어갈 준비를 했었다는 것이다. 그날, 화장실의 주황빛 전등아래서 우리 엄마는 이상한 것을 발견한다. 내 다리에 모기가 물린 듯 여기저기 빨갛게 부풀어 올라 마치 두드러기가 난 듯한 모습을 보여주고 있었던 것이다. 엄마는 혹시나 싶어 나를 병원으로 데려갔고, 믿을 수 없게도 나는 알레르기성 자반증이라는 병에 걸렸다는 진단을 받았다.

사실 이 날의 일은 어렸던 나에게는 그다지 큰 충격을 주지 못했다. 하지만 죄송스럽게도 나의 부모님께서는 지금까지 그리고 죽을 때까지 잊지 못할 일일 것이다. 완치라는 판정을 받은 지금에도 나의 부모님은 이때의 이야기를 하기만 하면 놀라시며 혹시 지금 아프냐고 물으신다. 괜찮다 그저 궁금했던 것뿐이다 안심을 시켜드리려고 하지만 몇 번을 묻고 또 묻고 나서야 겨우 철렁거렸던 가슴을 추스르신다.

혈관염 또는 알레르기성 자반증이라 불리운 내 병은 신장의 문제로 일어난 병이라고 한다. 지금은 모르겠지만 당시 의사들은 원인을 몰라 치료방법이 없는 병이라고 했다. 하지만 신장과 관련된 병이라는 것은 확실해 심화되면 평생 투석을 해야 한다는 이야기도 했다. 또한 사춘기가 지나면 자연적으로 완치되는 경우가 없어 치료가 불가능하다고 한 것으로 기억한다. 지금은 생각만 해도 몸서리 쳐지지만 나름 성숙했다고 자부하던 나는 의사의 말을 들을 당시에는 눈앞이 캄캄하거나 절망스럽지는 않았다. 사실 지금은 색이 바래 현실감이 없는 실타래처럼 얽혀진 감정들이 꾸물거리는 것을 보는 느낌이라고 표현하는 게 가장 적당할 것 같다. 오히려 그 무렵보다 조금 후 고통이 직접적으로 나를 찾아왔을 때의 느낌이 더 뚜렷하다.

의사의 말을 듣고 바로 입원했는지 아니면 통증이 심화되어 입원했었는지는 모르겠다. 다만 확실한 것은 내가 3학년 10월 달에 입원을 했다는 것이다. 내가 지낸 곳은 알록달록 무늬가 가득한 소아과 병실이었지만 그곳에 대한 내 기억은 온통 잿빛이다. 병원 안에서 나는 언제나 무료하거나 고통스러웠다. 낮에는 통증은 덜 했지만 놀 상대가 없어 텔레비전을 보거나 멍하게 있기 일쑤였고 도서관이 있다는 사실을 알기 전까지는 간간이 아버지께서 사 오시는 책을 읽는 것이 일상의 전부였다. 또한 밤에는 자주 복통이 심해져 끙끙 앓았고 정도가 심한 경우에는 응급실로 이동한 적도 없지 않았다. 검사하기 위해 몇 번한 금식과 매일 뽑는 피는 부모님을 질리게 하기 충분했고, 치료라고는 항생제와 진통제 사용 밖에 없었었기에 퇴원허락 역시 쉽게 떨어졌다. 그렇게 약 3 주의 입원생활은 막을 내렸다.

완치가 돼서 한 퇴원이 아니었다. 병원에 있어 보았자 방법이 없으니 그럴 바에 정신이라도 안정될 수 있는 집에 머무르자 라는 식의 결정이었다. 다시 말해

시시때때로 찾아오던 내 고통이 아직 끝을 내리지 않았다는 말이었다. 그래도 나는 주위가 모두 짙은 병색으로 물들어 있는 사람들뿐인 병원에 있다가 활기찬 초등학생이던 친구들과 너무나도 익숙한 환경에 돌아온 것이 그저 좋았다. 그러나 부모님들은 낙관적일 수만은 없었다. 대구의 유명병원은 물론 서울의 아산병원까지 가보았지만 의사들은 그저 치료방법이 없다고 했다. 그렇게 사방팔방으로 알아보던 어느 날 아버지께서는 날 태우고 청도 산 속 어딘가로 향했다. 시골 마을 속에 언뜻 보면 옛 초가집처럼 생겼으나 자세히 보면 현대적인 면모를 보이는 묘한 집이었다. 하얀 고양이가 있는 마루에 올라가 문을 여니 달콤한 차향이 맴돌았고 안에는 여러 사람들이 담소를 나누고 있었다. 그리고 더 안쪽에 들어가니 어떤 사람이 독특한 형태의 침으로 치료를 받고 있었다. 이때 침을 놓던 분을 우리는 양선생님이라고 부르고 이분이 바로 내가 지금 이 자리에 건강을 되찾아 서 있게 한 은인이시다.

서양의학과 달리 동양의학은 결과를 보는 데 상당한 시간이 걸린다. 그것도 눈에 뚜렷하게 보이는 게 아니다. 하지만 부모님과 나는 믿을 수밖에 없었다. 그것이 썩어 문드러진 동아줄이든 얇디얇아 곧 끊어질 것 같은 동아줄이든 잡아야 했으니까. 그렇게 1년 반 가까이를 대구에서 청도로 일주일에 두세 번씩 다녔다. 지금도 농담 삼아 그 당시의 아버지의 차를 망가뜨린 당사자가 나라는 이야기를 할 정도니 말 다했다고 보면 된다. 그리고 그 결과는 완치였다. 그 후 병원에서 주기적으로 혈액검사를 받았지만 모두 문제가 없다고 판명을 받았다.

그저 침만 맞은 것으로 나은 것은 아니었다. 모든 일에는 대가가 있듯 나 역시 작지만 어떠한 대가를 치러야 했다. 치료는 나의 체질 자체를 바꾸는 것을 목표로 했고 그래서 그런 지 먹는 음식에 제약이 있을 수밖에 없었다. 고기 종류와 밀가루는 일절 먹어서는 안 되었고 그 외에도 상당히 많은 종류의 음식이 제한되었다. 지금에야 그것이 어렵기는 하지만 다른 환자들처럼 평생 그래야 하는 것도 아니고 대가라고 부를 수 없는 작은 희생라고 생각 하지만 그 당시에는 너무나 서글펐다. 초등학교 3학년 꼬마가 하루 이틀도 아니고 1년을 가까이 눈앞에서 친구들 또는 오빠들이 좋아하는 음식을 먹는 것을 침만 꼴딱꼴딱 삼키며

참는 것은 엄청난 인내심을 요했다.

하지만 부모님의 피눈물이 담긴 노력, 나에게 찾아오던 고통, 인내의 시간은 모두 완치라는 단어 하나로 보상받았다. 그때의 기억은 부모님의 가슴의 멍을 떠올리게끔하고 나를 몸서리치게 하지만 그래도 나는 의지할 부모님이 계셨고 치료해 줄 양 선생님이 계셨고 결국 병에서 벗어 날 수 있었다. 불행 중의 다행이다.

과거로 돌아가 나에게 선택지를 주고 고르라고 한다면 절대 택하지 않을 경험이지만 그래도 이런 시간들은 나를 조금이나마 성장시켰다. 내가 겪었던 고통으로 나는 건강의 소중함을 알게 되었다. 나와 함께 지냈던 병동의 유치원생 심지어 말도 제대로 못하는 나이의 아이들을 보며 난 얼마나 행운아인 줄 깨닫게 되었다. 불편한 보호자용 침대에 몸을 누이며 날 돌본 부모님들을 보며 내가 얼마나 사랑받고 있는지 생각했다. 학교에서 친구와 놀고 맛있는 것을 먹고 공부를 하는 것 등 내가 누리고 있던 모든 일상이 얼마나 귀중한 것인지 가슴에 새기게 되었다. 그리고 병이 낫자 그런 것들을 잊어가는 날 보며 내가 너무나도 평범한 인간이라는 것을 느끼게 되었다. 그리고 이런 것들이 지금의 나를 이루어 가고 있다.

#2

만년필의 세계로 오신 것을 환영합니다.

※ 이 매혹적이며 우아한 세계에 발을 들이신다면, 절대 헤어나올 수 없음을 경고드립니다.

문화가 발달하고 사람들에게 여유가 생기면서 글은 더 이상 있는 자들의 전유물이 아니게 되었다. 학생들부터 지긋한 어르신까지 우리는 일상생활에서 글자에서 벗어날 수 없다. 가입서 등의 간단한 서류작성에서부터 작가들의 아름다운 문학작품까지 우리는 컴퓨터가 있음에도 불구하고 종이와 펜을 쓴다. 이때 우리는 선택의 기로에 놓이게 된다. 어떤 펜을 선택할 것이냐, 펜 역시 가격, 용도, 사용자에 따라 수만 가지로 구분된다. 일반학생들이 쓰는 일반 볼펜, 화가들이 쓰는 전문가용 연필 또는 크로키 펜, 사업가들이 자신의 재력을 과시할 때 쓰이는 몽블랑 등의 고급 필기류까지 우리는 엄청난 선택의 폭에 둘러싸여 있다. 그 중 일반사람들에게 익숙하지 못한 만년필이 존재한다.

　부유한 사업가들의 계약 자리에서 고급스런 검정색 만년필이 부드럽게 지나가며 흔적을 남긴다. 또는 문학 작가들이 만년필로 원고지에 작품을 써내려 간다. 이것들이 일반사람들이 만년필에 대해 가지고 있는 관념일 것이다. 사람들의 생각처럼 사업가들의 정장 주머니에 자리하고 있다가 아주 가끔 나와 이름 몇 자만을 남기고 돌아가는 사치품에 해당하는 만년필이나 작가의 손에서 아름다운 글들을 탄생시키는 만년필 역시 존재한다. 하지만 그 외에도 많은 만년필들이 일상생활에 적합하게 만들어진다. 특히 고시나 사시를 준비하는 사람들에게 잉크만 충전해주면 계속 쓸 수 있고, 갖다 대는 것만으로도 잉크가 자연스럽게 이어져 손에 큰 힘을 주지 않아도 되는 만년필은 애용되고 있다. 또한 필압으로 굵기를 자유로이 조절할 수 있는 점 때문에 만화가나 일러스트레이터들 역시 만년필을 많이 사용한다. 그리고 일반 볼펜에 비할 수 없는 부드러운 필기 감에 심취되어 별 다른 이유 없이 만년필을 선호하는 사람들 역시 상당한 숫자를 이루고 있다. 그리고 가끔 한 사람의 인생의 동반자로 여겨지는 만년필 또한 존재한다.

　빠름과 편함을 모든 것의 잣대로 보는 현대 사회에서 만년필은 낭만과 여유를 더 하는 존재라고 할 수 있다. 많은 만년필 애호가들은 천천히 만년필에 잉크를 주입시키는 잠깐의 시간을 즐긴다. 숨이 차오르도록 바쁜 일상 중에서 느리게 차오르는 잉크를 바라보면 그들은 마음을 가라앉힌다. 실제로도 많은 만년필 애호가들은 만년필을 채우고 있노라면 하루 중 최고의 기쁨을 누릴 수 있다고 한다.

　초등학교 2학년 때 처음으로 만년필이란 것을 손에 쥐어 보았다. 아버지의 친구 분이 공부를 하던 나에게 대견스럽다며 주셨던 것이다. 평소라면 사양하라는 부모님의 교육에 따라 괜찮다고 했겠지만 공부를 하기 위해 펜을 쓰는 게 아니라 펜을 쓰기 위해 공부를 한다고 할 정도로 필기구에 빠져 있던 나는 사양은커녕 눈을 반짝 거리며 두 손을 내밀었다. 묵직한 만년필을 잡고 문제를 풀어나가며 나는 만년필의 신선함을 맛보았다.

하지만 만년필을 쓰자마자 만년필에 빠져들었을 것이라는 친애하는 친구의 예상과 달리 내 첫 만년필은 잉크가 다하자마자 서랍 속 어딘가에 박혀 약 3년 동안 홀로 뒹굴어야 했다. 그러다 먼지구덩이 속에서 구출된 것은 내가 중국에서 학교를 다니며 친구들이 만년필을 매우 일상적으로 쓰는 것을 본 뒤였다.

잠깐 곁들이자면 중국에서 만년필은 한국 학생들이 볼펜을 쓰는 것처럼 매우 당연하다. 학교 측에서도 연필이나 샤프보다는 검은 볼펜이나 만년필을 쓰는 것을 권장한다. 가격 또한 일반적인 필기구와 차이가 별로 없어 매우 저렴하다. 실제로 중국의 문방구에서 기웃거리다가 1위안(당시 한화 130원)짜리 만년필도 발견했다. 1위안짜리 만년필은 싼 것이 비지떡이라는 한국 속담을 충실히 따랐지만 10위안 이상의 만년필은 생각 외로 98퍼센트의 질을 보장한다.

하여튼 이때부터 친구들이 혀를 내두를 정도의 만년필 사랑은 시작되었다. 한국으로 돌아와서도 만년필에서 헤어 나오지 못해 여러 친구들의 궁금증을 무릅쓰면서도 만년필을 사용한다. 한창 빠져 있을 때는 걸어 다니다가 광고 등에 만년필을 보면 멍하니 그 사진만 보고 다니는 게 예사였고 모든 경제행위에 기준이 만년필일 때도 있었다. 가령 케이크 한 조각에 5,000원이라면 "저거 7개면 사파리만년필 한 자루인데."라는 말을 일상적으로 지껄인다든지 말이다.

만약 나에게 그 많고 많은 펜 종류 중에서 만년필을 제일 좋아하는 이유를 묻는다면 단 하나를 꼽을 수 있다. 나만의 만년필이라는 것. 만년필은 붓처럼 길들여진다. 닙의 끝인 이리듐이 지속적으로 쓰이면서 마모되어 사용자에게 꼭 맞는 촉을 탄생시키는 것이다. 오로지 나를 위한 펜이라. 상당히 구미가 당기지 않는가? 요즘 같은 소품종 대량생산 시대에 오로지 나에게 길들여진 필기구는 매우 매력적일 수밖에 없는 것이다.

학생의 권리와 의무

낯익은 구절이다. 길 가는 학생 한 명을 붙잡고 학생으로서 유일하게 할 수 있는 일이자 해야 하는 일이 무엇인지 물으라. 모두 비록 동의하지 않을지라도 통상적인 답을 알고 있을 것이다. 물론 답이 공부라는 것에 이의 있는 사람들을 위해 정답이 아닌 일반적인 견해라는 전제를 확실하게 깔아두며 이야기를 해나가고자 한다. 사실 여기에는 나 역시 그다지 동의하고 싶지 않다는 사감이 가미된 것일지도 모르겠지만 말이다.

'보편적인 한국의 중학생한테 가장 무서운 게 뭘까?' 라고 묻는다면 나는 서슴없이 성적표라고 답해 줄 수 있다. 어쩌면 중학생 때는 약과인 것인 줄도 모르겠다. 고등학생이 되고 잊을 만하면 시험을 칠 정도가 되면 그때는 정말 한 등수 올라가면 웃고 내려가면 울어야 하는 상황이 되는 것 이다. 그런데 이렇게 쓸데없이 감정까지 소비해 가며 시험을 쳐야 할까?

한국의 교육은 언제나 논쟁거리가 되어왔다. 하긴 OECD국가 중 청소년 자살률 1위라는 오명은 상당히 유명하다. 이 자료를 내세워 교육체제의 문제점을 지적하려 하면 거의 모든 어른들의 반응은 한결같다. 요즘 아이들이 너무 포시럽게 자랐다는 것이다. 물론 현대 청소년의 삶에 대한 의지력이 상대적으로 약한 것은 사실이다. 그런데 이 주장에는 한 가지 맹점이 있다. 인간은 환경에 의해서 자신의 가치관을 성립해 나간다. 즉, 학생들이 가장 시간을 많이 보내는 학교에 문제가 있다는 것이다.

물론 그렇다고 해도 무조건적인 비난은 절대 사양한다. 한국이 세계에 당당히 서기까지 이제까지의 교육이 상당한 기여를 한 것은 사실일 테니까. 하지만 이제는 좀 변화의 필요성이 있다. 정보의 총 집합체인 인터넷이 버젓이 존재하는 시대이다. 검색한번이면 관련정보는 다 뜬다. 이제 이 사회가 필요로 하는 인재는 새로운 정보를 생산해내거나 정보를 걸러 응용하는 사람이다. 더군다나 정보는 끊임없이 갱신되고 있다. 그런데 이런 사회에서 과연 곧 틀린 정보가 될 지식을 외우는 게 하는 학습이 가당키나 할까?

한국 교육이 비효율적이라고 생각하지만 또한 서구적 교육을 옹호하는 것도 아니다. 서구적 교육 역시 장단점이 있을 뿐더러 기본적으로 우리나라에는 서구적 교육 도입이 쉽지가 않다. 무엇보다 교육자의 투명성이 문제이다. 대부분의 선생님들은 당당하다. 하지만 소수의 몇 명으로도 문제는 커진다. 외국의 평가는 어쩌면 주관적이라 볼 수 있다. 스피치, 프레젠테이션 혹은 서술형 시험이나 글은 성적조작을 충분히 가능케 한다. 얼마 전 국제중의 성적조작 논란이 난무한 가운데 학생과 학부모들이 평가자를 믿을 수 있을까가 문제인 것이다. 더욱이 한 반에 40명이 넘는 학생들을 한명의 선생님께 맡기는 것과 과목당 두 명 정도의 선생님들께서 한 학년 전체의 수업을 맡는 것은 아이들 하나하나를 정확하게 평가할 기회를 없애는 것이라고 밖에 할 수 없다. 괜히 소수정예라는 말이 있겠는가? 한 선생님이 담당하는 학생 수가 줄수록 학생의 소외가 줄 것이며 각 학생의 잠재력을 발견하고 그것을 키우는 데 효과적일 것이다.

한 나라 교육 시스템을 뒤엎는 것은 매우 힘든 일이다. 제도가 바뀐다고 하더라도 사람들의 의식이 문제이다. 특히나 교육열이 비뚤어진 쪽으로 높은 한국 학부모들은 등수가 안 나오면 죽는 줄 아는 등 선생님들조차 혀를 내두르는 일도 빈번하다. 의식은 천천히 변한다. 즉, 좀 더 나은 교육제도를 만들기 위해 제도를 먼저 바꾼다면 바뀌는 시기의 학생들이 희생을 하게 된다.

하지만 언젠가는 바뀌어야 한다. 객관식의 암기 주위의 시험보다는 아이들의 사고가 직접적으로 들어나는 서술형 또는 토론, 스피치 등에 대한 교육이 필요하다. 또한 책 읽기를 장려해야 한다. 오죽하면 한국의 대학교의 첫 문제가 글을 읽고 요약하는 것이겠는가. 이제는 훈련된 무능력자가 아니라 개성 있는 능력자가 필요한 시기이다.

서투른 붓글씨

종종 사극에는 선비나 귀족이 붓글씨 쓰는 것이 나온다. 하얀 닥종이 위에서 힘차게 또는 부드럽게 움직이는 붓의 흔적은 설명하기 묘한 느낌을 준다. 꿈틀거린다고 해야 하나 하여튼 매력적이다 는 뜻이다. 중학교 들어왔을 때부터 하고 싶은 게 너무 많았다. 국궁, 사격부터 시작해서 승마까지 독특한 것을 즐기는 친구가 여럿 있었기 때문에 더욱 그랬던 것일지도 모른다. 그 중 그나마 가장 접하기 쉬운 것이 서예였다.

노래를 부르는 것도 듣는 것도 그리 즐기지 않는다. 연예인은 이름조차 외우기 힘겨워한다. 몸으로 하는 것을 좋아하지 않아 운동도 잘 하지 않는다. 학업, 친구관계 등에서 스트레스는 받는데 풀 곳이 없다. 쌓고 또 쌓다가 터지면 후회할 짓 하나씩 저질러 놓는다. 대책이 필요했다. 스트레스를 풀고 예민한 정신을 누그러뜨려야 했다. 그래서 고른 것이 서예였다.

중국어를 영어보다 먼저 배웠고 한자가 재밌어서 한자 서예를 골랐다. 더군다나 부드럽고 단정한 한글 서예보다 힘이 있어 보이는 한자서예가 멋있어 보였다. 한 번 하겠다면 하는 우리 가족의 유전적인 특성상 나는 시험이 끝나자마자 집 앞에서 괜찮은 서실을 하나 찾아냈다. 겉에서 보기에는 허름하고 별로인 듯 했지만 들어가 보니 차분하고 먹 향이 은은하게 풍겨나는 곳이어서 너무나 마음에 들었다.

처음 갔을 때는 정말 팔이 빠질 것 같았다. 먹을 가는 것도 힘들었지만 가로세로로 줄긋는 게 만만히 봤던 것과 달리 좀 힘들었다. 정확히 말하자면 쓸 때는 괜찮았는데 하고 나니 뻐근하고 아팠다. 더욱이 선이 무언가 굴곡있고 자연스러운 선이 되어야 하는 데 성격이 뻣뻣한 건지 정말 통나무가 따로 없었다. 그래도 첫 술에 배부른 사람이 어디 있냐고 스스로를 달래며 계속했다.

서예를 시작한지 한두 달이 된 것 같다. 처음 시작할 때처럼 뻣뻣한 통나무는 아니지만 그래도 숙련된 글씨체도 아니다. 가끔 선생님이 하신 거랑 비슷하게 쓰이거나 내가 봐도 좀 괜찮다고 생각되는 것이면 정말 재밌다. 또 벼루에 물을 붓고 먹을 갈 때 나는 먹 향과 삭삭거리는 소리는 언제 들어도 기분이 좋다.

비록 볼품없이 그저 따라 그리는 듯 하는 글씨라도 꾸준히 하다 보면 언젠가는 잘 쓸 수 있게 될 것이다. 벽에 걸려 있는 다른 아이들이 쓴 서투른 글들은 영혼 없는 인쇄체를 연상하게 하는 글씨부터 힘이 넘치는 듯, 한 획 한 획이 또랑또랑한 글씨까지 저마다 쓰는 사람의 성격을 여실 없이 표현해 낸다. 나 역시 언젠가는 그렇게 나만의 글씨를 가지게 될 것이라고 믿으며 내 글씨체를 통해 본 나의 성격은 어떨까라는 즐거운 생각에 빠져든다.

••• 후기

사실 지금 당장 ESC키를 누르고 싶은 것이 나의 솔직한 마음이지만 힘들었던 점만이 아니라 느꼈던 긍정적인 면과 함께 쓰는게 좋지 않을까 라는 선생님의 조언이 있었기에 적당히 솔직하게 쓰도록 노력해야겠다.

중학생으로써 마지막 시험을 친 후 피하고 싶은 현실이었던 글 점검을 맞닥뜨렸을 때는 정말 당황스러웠다.

생애 처음으로 쓴 긴 글은 참담할 줄 예상은 하였지만 이리 중학생의 냄새를 가득 풍길 줄은 생각도 못 했다. 하지만 가끔 어릴 적 일기를 꺼내어 보며 피식 웃는 것처럼 이 글 역시 부끄럽지만 나의 성장과정이 담겨 있는 하나의 재밌는 에피소드로 남았으면 하기에 이 어설픈 이야기를 남겨두기로 했다.

추억 오늘 하나 더 담은 것이라고. 이 추억은 책으로 남을 것이니 더 의미있지 않겠는가. 그리고 생각해 본다.

훗날 내가 다시 이 글을 보았을 때 나는 어떤 모습일까.

소소한 일상 맛껌

꿈꾸는 책벌레 3학년 | 진민선

••• 저자 소개

이름 : 진민선
생년월일 : 1998년 8월
재학 중인 학교 : 동도중학교
혈액형 : A형 같다는 소릴 많이 듣는 O형
취미 : 공식적으로는 독서라고 말하고 다니지만 솔직히 아무
　　　리 생각해도 내 취미는 독서라 할 수 없고 음악 듣는
　　　것을 좋아한다. 요즘엔 일본어로 된 노래를 즐겨 듣는
　　　다. 그리고 그림을 그리거나 글을 쓰는 것도 좋아한
　　　다… 또 있는데… 〈생략〉
좋아하는 책 : 제인 오스틴의 '오만과 편견'
장래 희망 : 일단은 외교관이라고 생각하지만 확고한 믿음
　　　　　같은게 있는 건 아니고 그냥 왜인지 몰라도 끌
　　　　　리는 중이다.
가보고 싶은 여행지 : 너무 많다고 일단은 서유럽에 가보고
　　　　　　　　　싶고 치안따위 아무래도 좋으니깐 남
　　　　　　　　　미도 가고 싶고 러시아도 가고 싶다.
목표 : 합법적 가출 (?!)

··· 머리말

　나는 우리 학교의 교복이 옆 학교보다 예뻐서 중학교를 정했을 만큼 밖에 비춰지는 모습을 중요하게 여기는 사람이다. 그래서 혹자가 나보고 도대체 누가 본다고 그렇게 열심히 옷 입냐고 묻는다면 난 언제나 아주 당당한 태도로 내가 보잖아! 하고 답한다. 그렇지만 말하는 것은 그다지 곁멋들지 않았다. 오히려 말수가 매우 적은 편이라고 생각한다.

　유전적 영향인지 원래 생겨먹은 게 그런지 그냥 말을 아끼는 편이다. 그래서 나는 속에 하고 싶은 말을 차곡차곡 쌓아둔다. 하지만 안타깝게도 내 속은 그런 말들을 전부 쌓아두기엔 너무 좁아서 속에 가득 들어 있는 말들을 게워낼 분출구가 필요했다. 너무 당연하게 글을 쓰기 시작했고 솔직히 지금은 '글을 쓰는 행위' 자체에 대해서는 어떤 부담도 갖고 있지 않다.

　지금 이렇게 내 글이 책으로 나오는 것도 그냥 내 머릿속 일부 다시보기 서비스쯤이라고 생각하고 있다.

　이것은 누구나 알고 있는 사실이겠지만, 누구도 평소에 자각하고 있지 않은 사실이기도 하다. 시간은 나를 기다려 주지 않는다는 것이다. 굳이 이렇게 그럴싸한 말을 쓰지 않더라도 그냥 시간은 뒤돌아보지 않고 흐르기만 한다는 사실은 누구라도 잘 알고 있으리라 여긴다.

　이런 시간, 시간들을 의미 있게 남기는 방법은 글을 쓰는 것이라고 생각한다. 솔직히 처음부터 '시간은 금쪽 같은 거니깐 의미있게 남기기 위해서 글을 써야 해!' 같은 재미없는 생각을 한 건 아니다. 조금씩 써오던 글들이 쌓이고 쌓이고 쌓인 글을 다시 읽어 보니 그런 깨달음 같은 걸 얻었을 뿐이다. 나는 스트레스 해소를 위해서 글을 쓰곤 한다. 스트레스를 해소하기 위해 글을 쓰는 것이니 당연히 '글 쓰기'가 내게 어렵거나 부담스러울 일은 없다. 내게 글을 쓰는 것이란 명상하는 것과 비슷한 의미라고 생각한다.

처음에는 그냥 막 적어보다가도 끝에 다다르면 나에 대해서 이전보다 조금 더 잘 알게 되는 것이다. 언제라도 글을 쓰면 나는 내가 쓰는 글을 통해 해답을 얻을 수 있었다. 그런 식으로 글을 써오던 게 하나 둘 늘어나서 이렇게 책으로 묶어도 될 만큼 많아졌다. 나는 내가 쓴 글들은 몇 개 소개해 보려고 한다.

이것은 사실 정말 재미없고 시시하고 속 좁은 여중생의 일상일 수 도있다. 실제로 나는 꽁하게 하고 싶은 말들을 가득 가득 품고 있으니깐. 하지만 내겐 자기 성찰의 과정이었고 당시엔 입에서 불을 뿜을 수 있을 만큼 억울한 사연들이었다. 그러니깐 그냥 이런 일이 있었구나, 이런 일이 있으면 얘는 이런 식으로 대응하는 구나. 하고 읽어줬음 한다.

#1

잊고 있던 것이 준 선물

잊고 있던 것이 갑자기 내 앞에 나타나 나를 기쁘게 할 때가 종종 있다. 가령 대회에 참여를 했지만 결과 발표일이 너무 한참 후라 완전히 잊고 있다가 어떤 문자가 날아와서 입상을 알린다던가, 혹은 잃어버린 줄만 알았던 물건이 어느 날 갑자기 거짓말처럼 내 앞에 나타나는 경우도 있다.

나와 같은 경우는 전자이다. 하도 오래전에 치렀던 백일장이라 입상이고 뭐고 내가 그런 백일장을 언제 했었는지도 가물가물한데 선생님께서 내가 상을 탔다고 하는 것이 아닌가. 비록 교내 백일장이고 상장도 없이 그냥 입상했으면 교내에 전시되는 것, 그 뿐이지만 나는 더할 나위 없이 기뻤다. '입상하는 게 어디야.' 하는 생각도 들고 예쁜 글씨체와 그림으로 다시 그려져 교내에 전시된다는 사실이 마냥 좋았다. 사실 그런 글씨는 누가 어떻게 쓰나 하고 궁금했었는데 그냥 돈만 내면 된다는 이야기에 약간 실망스럽기도 했다.

뭐 내가 쓸 것도 아니었는데 그냥 실망스러웠다. 하여튼 나는 내 글을 한글파일로 작성해 전문가(?)에게 맡겼다. 글의 내용은 엄마와 나, 그리고 엄마 친구 모녀의 이야기로 아주 오래전부터 내 속에 꽁꽁 숨겨뒀던 그러고선 위로 받길 원했던 나의 이야기였다. 뭐 나중에 이 글을 읽은 우리 엄마는 내가 속이 좁고 뒤끝 있다고 그랬지만, 누굴 닮아서 이러겠어? 아무튼, 꾸밈없이 솔직하게 써라, 네 이야기를 써라 등등 글 쓰는 것에 대해 충고도 많이 받고 그 충고도 하나하나 새겨들어 완성한 내 글이어서 애착도 많이 갔다. 친구도 잘 썼다고 하고 글자 수도 깨나 있어서 백일장이 막 끝났을 당시엔 은근한 기대를 했었다. 하지만 하루가 지나고 이틀이 지나고 한 달이 지나도 백일장 이야기는 나오지 않기에 '아, 나보다 잘 쓴 애들이 널려 있나 보군.' 하고 잠시 씁쓸해 하고 말았었다. 그렇지만 내가 그토록 기다리던 소식이 이렇게 늦게, 그리고 이렇게 기쁘게 다가올 줄

이야! 상상조차 못 했었다. 얼마 있지 않으면 학교 축제이다. 2학년은 자고로 알뜰시장을 운영해야 하지만 그래도 학교 어딘가에 내 작품이 걸려 있고 읽혀지고 있다는 생각을 하니 알뜰시장 운영쯤이야 쿨 하게 넘어갈 수 있을 것 같다.

#2

나에게…

나에게 편지를 쓴다고 하면 다소 오글거린다고 생각할 지도 모른다. 그리고 실제로 내가 쓴다고 하면 내 친구들은 듣기만 해도 짜증난다는 듯 얼굴을 오만 상 찌푸려댔다. 어쨌거나. 나는 늘 내 일기의 형식을 내게 편지를 쓰는 것처럼 써왔다. 그래서 그게 특별히 오글거린다던가 아니면 짜증난다던가 하는 생각을 해 본 적이 없다.

일기를 편지 형식으로 쓰게 된 계기나 목적 따윈 없지만 그래도 난 여전히, 지금도 나에게 편지를 쓰고 있다. 여기에 쓰게 될 아래의 내용도 그 편지이다.

나에게.

문득 이런 생각을 해 보았어. 만약에, 정말 만약에 내가 좀 노력해서 이 나라가 바뀔 수 있다면…? 물론 그러기 힘들다는 거, 나도 알아. 뭐 내가 대통령쯤 되거나 하지 않는 한 말이야. 하지만 너도 잘 알다시피 나는 정치판에 몸담고 싶지는 않거든. 내가 최근에 적게 잡아도 10번은 더 읽은 책 중에 정은궐 작가의 규장각 각신들의 나날이라는 책이 있거든. 장르는 당연히 내가 많이 읽었으니까 로맨스이고, 제목에서 알 수 있듯이 조선시대를 배경으로 하고 있어. 정조와 규장각, 그리고 각신들의 이야기이지. 처음에는 이 책을 읽었을 거의 모든 독자가 그렇듯 윤희와 선준의 연애이야기 정도로만 인식했어. 그리고 또 그렇게 읽었고. 그런데 말이야, 그 조정 속 생활이라는 것이 말이야.

내가 겪어보고 싶을 정도로 매력적이게 비춰졌어. 당연히 그냥 해 보고 싶은 것이 많은 꿈과 열정이 흘러넘치는 16세 여중생의 근자감일 수도, 아님 그냥 작가에 의해 미화된 것일 수도 있어. 하지만 나는 윤희가 규장각 각신으로서 흘린 그 땀을 책을 통해 흘린 것이 아니라 내가 직접 흘려봤으면 좋겠어.

처음으로 나랏일을 한다는 생각에 설레어서 실수를 없애려고 노력하며 흘린 땀, 권지 일을 하면서 흘린 땀, 다른 부서와 최선의 해결방안을 모색하며 흘린 땀, 왕을 대하면서 흘린 땀, 내 의견이 인정받는 것을 내 두 눈으로 똑똑히 보기 전까지 흘린 땀, 기타 등등… 이런 땀과 가슴 벅참을 지금 이 순간도 뛰고 있는 내 좌, 우 심방과 심실로 직접 느껴보고 싶어.

앞에서도 한 번 말했듯이 물론 나는 정치와 관련된 일은 그다지 하고 싶지 않다고 생각해왔어. 그렇지만 나는 공무원이 되고 싶고, 그중에서도 외교관이 되고 싶어. 내 꿈을 말하면 내 주변 사람들은 외교관이 되기 얼마나 힘든 지만을 이야기해. 하지만 꿈이니까. 내 마음대로 꿀 수 있지 않을까? 아무튼 나는 다른 나라에서 우리나라를 위해 이 한 몸 바치고 싶고 소설로 흘린 땀을 내가 직접 흘려보고 싶어.

고작 로맨스 소설 하나 읽고 너무 비정상적으로 생각하는 것 아니냐고? 사람마다 생각이 다르고 머릿속에 들어 있는 것의 양과 종류가 다른 법인데 아무렴 나 같은 사람도 있어야 하지 않겠어? 하지만 나처럼 생각하지 않는 사람들이 내 주변에는 너무 많아서 나는 내 입으로 나는 외교관이 되고 싶다고 말하는 것이 너무 힘들었어. 그렇지만 중요한 것은 내가 무엇을 꿈꾸고 있냐. 이지 주변 사람들의 생각은 아니잖아? 내가 무엇을 생각하든 그건 내 맘이니까 맘껏 생각하고 꼭 이루자!

동생과 나 사이

다른 자매들(혹은 형제나 남매들)처럼 나와 내 동생 사이는 다툼과 우애가 공존하는 미묘한 관계이다. 우선 나와 내 동생과의 나이 차는 4살이고, 내 동생은 지금 초등학교 5학년이다.

지금 새삼스럽게 동생의 나이를 생각해 보니 내 동생이 너무 큰 것 같다. 내 동생이니까 그럴지 몰라도 나는 아직도 내 동생이 너무너무 작다고 생각하고 있다. 이 의견에 대해서는 우리 엄마도 동의하는 것 같다. 내가 기억하는 동생은 손도 작고 발도 작고 몸집도 작고 얼굴도 어린 티가 팍팍 나는데 진짜 현실 속에서 내 동생은 뭐가 그렇게 큰지 모르겠다.

손도 나와 거의 차이 나지 않고 신발은 엄마나 나와 같이 신고 내가 어제까지 입던 옷을 동생이 오늘 입을 수 있고 얼굴도 어린 티가 아주 많이 나는 것 같지는 않다. 그래도 나는 내 동생을 정말 귀여워한다. 동생도 나를 좋아하는 것 같고. 하지만 가끔씩, 요즘 들어서는 자주, 동생은 나로 하여금 살짝 섭섭하기도 하고 미안하기도 한 감정이 들게 만든다.

동생과 내가 서로 아껴주고 있다는 건 의심할 여지가 없는 사실이라고 생각하지만 동생은 내 앞에서 필요이상으로 기가 죽어 있다. 물론 내 말투나 분위기 자체가 그다지 호의적이지 않고 오히려 차갑다는 건 인정한다.

내 말투 같은 것은 주변사람들로부터 거의 백만 년 전부터 주의를 받아 왔으니까. 그런데 안 고쳐지는 걸 어떻게 하랴. 아무리 내 말투라지만 이제는 내 능력을 벗어나도 한참은 벗어났다.

항상 '아, 방금 내 말투는 좀 차갑게 들렸겠구나. 나는 별 뜻이 없었는데 상대방은 좀 기분이 상했을 수도 있겠구나.' 하는 생각이 드는 것은 이미 말을 하고 난 후이다. 그나마 어른들에게나 나를 모르는, 지금 나를 처음 보는 친구들에게는 이렇게 차가운 기운을 마구 마구 뿜어대지 않는다. 여기엔 나 같은 사람들을 위한 최고의 해결방안이 있으니까. 말을 아예 하지 않는 것. 가장 원초적이면서도 단순한 방법. 아무튼 문제는 나와 친한 친구나 가족들이다. 그중에서도 동생과 단짝이 가장 큰 영향을 받는다.

먼저 내 친구는 동생보다는 좀 덜한데, 그 이유는 엄청 간단하다. 그 친구는 나보다 더 차가우니까. 거의 눈의 여왕 뺨치는 수준이다. 하지만 내 동생은 좀 다르다. '좀'이 아니라 '많이' 다르다. 아직까지 내 말투 따위에 익숙해져 쿨하게 넘어가기엔 능력치가 많이 부족하다.

그래서 항상 뭔가 내게 부탁하거나 물을 땐 언제나 "언니야 내가 진짜 미안한데~"로 시작해서 용건을 말 한 후 "~하기 싫어?"로 끝난다. 뭐 어떻게 보면 그렇게 큰 문제도 아닐 수 있다. 그냥 동생이 지나치게 예의를 차려서 그런 것일지도 모른다. 하지만 이런 말을 할 때의 억양과 표정을 보면 생각이 달라질 것이다. 그냥 동생이 언니에게 뭔가를 부탁할 때 짓는 표정이나 억양이 아니다. 이건 내가 느낀 바이지만 한 조직의 졸개가 일명 '형님'을 대할 때 짓는 모양새이다. 정말 내가 깡패라도 된 것 같은 기분이다.

언제는 한 번 동생에게 자꾸 그런 식으로 날 대하니까 내가 정말 나쁜 언니라도 된 것 같다고, 제발 편하게 대하라고 부탁한 적이 있다. 그러자 내 동생은 더더욱 기가 죽었다. 그때 동생의 이마에는 정말이지 '두려움'이 대문짝만하게 쓰여 있는 것 같았다. 동생 앞에서 나는 애석하게도 천하제일의 깡패가 된다.

나는 동생을 정말 귀여워하고 아낀다. 그러니까 제발 동생이 나 때문에 기가 죽거나 쫄거나 하지는 않았으면 좋겠다. 뭔가 해결방안이 있어야 할 텐데, 지금 내 머리로는 동생이 경험치를 쌓는 것 외에는 떠오르질 않는다. 내가 바뀌는 것은 좀… 어려우니까. 하지만 나는 시도하고 있다. 지금도… 언젠가는 내 말투가 바뀌는 날이 오겠지. 그러니까 말을 뱉기 전에 '이 말을 하면 상대가 섭섭해 하겠지?'란 생각을 먼저 하게 되는 날이.

#4

내 친구들이 생각한 나의 장점

2학년도 벌써 끝이라서 선생님은 종업하는 우리를 위해 장점 적기를 시작하셨다. 정말 간단하게, 한 사람당 2~3개씩 특정 인물의 장점을 적는 것이었다. 물론, 원한다면 자신이 누군지 밝히지 않아도 된다. 요즘들어서 정말 끔찍하게도 일상이 없는 나는 이번에 친구들이 내게 적어준 내 장점들과 그 장점에 대한 내 생각을 적으려고 한다.

가장 먼저, 차분하다. 여기에 대해선 나도 이젠 포기한다. 이젠 거의 내 대명사처럼 자리 잡고 있다. 이와 비슷한 장점이 또 있는데 그것은 매사에 침착하다. 다음은, 깔끔한 성격. 정리정돈을 잘 하는 것은 인정. 그리고 집중을 잘함도 있었다. 이건 좀 의심해 봐야 할 것 같다. 난 내가 그다지 집중을 잘 하지 못하다고 생각하니까. 그리고 섬세하다, 꼼꼼하다도 같은 맥락인 것 같다.

어떤 방면에서 그렇다는 건지 약간 애매하긴 하지만 들어서 기분 나쁜 말은 아니니까. 또, 노래를 많이 안다도 있었다. 장르에 클래식까지 포함한다면 확실히 보통 중2보다는 많이 아는 것이 맞을 것이다. 엄마가 클래식음악을 너무 좋아하는 탓에 나도 뭔가 그런 쪽에 몸을 너무 깊게 담근 것 같다. 하지만 그런 음악들을 많이 알고 있는 것은 절대 내게 해가 되는 것이 아니니깐.

몸이 건강해 보임도 있었다. 이에 대해서 솔직히 나는 건강해 보이는 것이 아니라 건강하다고 생각한다. '말을 나긋나긋하게 한다.' 나긋나긋이 뭐 어떤 건지 잘 모르겠다. 책을 좋아한다(특히 문학책) 이런 것도 있었는데 나는 책을 좋아하는 게 맞다. 문제는 책의 내용보다는 그냥 책이라는 물건 자체가 더 좋다는 데 있지만. 이와 관련해 '도서부원이다'도 있었는데 이건 그냥 사실일 뿐 장점은 아니라고 생각한다. 도서부원일을 잘 한다는 또 몰라도. 그리고 '도서관에 자주 간다'도 있었다. 이것도 역시나 사실일 뿐 장점은 아니라고 생각한다. '피해를 안준다'도 있었는데, 뭔가 존재감이 없다와 일맥상통하는 것 같은 느낌이 들었다. 선생님을 박장대소하게 만든 어떤 장점 두 개가 있었는데 그것은 예쁘다와 머릿결이 아름답다 이었다. 참고로 이 두 개를 쓴 사람은 동일 인물이었다. 이런 장점을 적어 준 사람은 도대체 누군지 궁금했지만 이름을 적어내지 않았기에 알 수 없었다. 공부를 열심히 한다는 많았지만 공부를 잘한다는 없었다. 그런 점에서 내 친구들의 눈은 좀 지나치게 정확한 것 같다.

'시크하다' 뭔가 까칠하다를 순화시킨 것 같은 느낌이 슬며시 든다. 아무튼 '똑똑하다', '논리적이다'도 있었다. 둘 다 맘에 들긴 하는데 나보고 논리적이라고 한 친구는 아마도 정말 논리적인 사람을 아직 못 본 것 같다는 생각이 든다. '옷 잘 입는다' 정말 맘에 들긴 하지만 내 사복패션을 도대체 몇 번 봤다고 이러는 걸까? 교복 입은 걸 더 많이 봤을 텐데… '자신감이 넘침' 진짜? 난 별로 그렇다고 생각하지 않는데… '선생님 말씀을 잘 들음'도 있었다.

좋은 뜻에서 그랬는지 아니면 자기 주관이 없고 선생님 말씀만 죽어라고 듣는다는 뜻인지 구분이 잘 되지 않는다. '모범적이다'도 있었고 '예쁜 필기구가 많다' 는 것도 있었다. '말투가 신기하다'도 있었는데 그것은 아마도 가끔씩 나오는 나의 사극말투를 칭하는 것 같다. 나는 내가 최근에 읽은 책에 나온 인물의 말투를 거의 자동적으로 일상생활에 쓰게 되는 경향이 있다.

거기에다 성균관 유생들의 나날들, 규장각 각신의 나날들, 해를 품은 달 이런 책들을 거의 외우다시피 하니까 친구들이랑 대화하면서 계속 사극 말투를 쓰게 되는 것 같다. 이건 뭐 한 1달 정도 그런 종류의 책들을 접하지 않으면 자동적으로 사라지는 거니까. 그냥 일시적인 나의 특징일 뿐 장점은 아니라고 생각한다. 그리고 장점으로 여기고 싶은 마음도 없다. 또한 '성실하다'도 있었다. 도서부원이 되고 난 이래로 새로 생겨난 나의 장점인데 나는 그게 맘에 든다. 마지막으로 '글씨를 잘 쓴다'도 있었다. 내 자랑은 아니지만 글씨 쓰는 거 하나는 자신 있다. 이것도 손가락이 휘는 대가가 따랐지만.

친구들이 생각한 내 장점도 좋지만 나는 좀 지금과는 다른 장점들이 내년에는, 내후년에는 생겼으면 좋겠다. 예를 들자면 '완벽하다' 라거나 아직 완벽하다는 소릴 듣기엔 내가 좀 많이 부족하지만 아무튼, '밝다' 아니면 '멋지다', '명확하다', '당당하다', '이성적이다', '신중하다', '열정적이다' 이런 말들도 듣고 싶다.

그리고 최근에 들어서는 '우아하다', '교양 있다', '품위 있다' 같은 말들도 듣고 싶다. 하지만 무엇보다도 듣고 싶은 말은 '화려하다' 이다. 이유란 딱히 없지만 그냥 나는 '화려하다' 라는 단어도 좋고 그 뜻도 좋다.

어떤 부분에서든지 그냥 내가 가장 화려한 삶을 살고 싶다. 물론 아직 난 어린데 이런 모든 수식어를 달고 다닐 순 없을 것이다. 그리고 이런 수식어들을 고작 중학생이 전부 달고 다니면 솔직히 징그럽기도 할 것 같다. 하지만 한 살씩 나이를 먹을 때마다 이런 수식어를 더 많이 들어서 내가 3,40대 혹은 더 나이가 들었을 때는 내가 달고 다니고 싶은 수식어들을 모든 달고 싶다.

언젠가는, 그리고 그다지 멀지 않은 미래에 나는 내가 원하는 모든 수식어를 나를 정의할 수 있는 단어로 만들 것이다. 그래서 저 모든 단어들이 나의 대명사가 될 수 있도록.

#5

아빠에 대해서

나의 많고 많은 취미 중에서는 라디오 듣기도 있는데 내가 듣는 라디오의 채널은 좀 많이 한정되어 있다. 딱 1개의 채널. 그 외에는 듣지 않는다. 그 채널이란 KBS 클래식 FM이다. 그중에서도 오전 9시부터 하는 '장일범의 가정음악' 이라는 프로그램과 오후 10시부터 하는 '당신의 밤과 음악' 을 가장 많이 듣는다. 가끔은 저녁과 밤 사이에 라디오를 틀면 좋은 글귀나 시 같은 걸 읽어주기도 한다. 특히 '당신의 밤과 음악'을 진행하시는 DJ분은 목소리가 엄청 차분한데 그 분이 이런 글귀를 읽어줬다.

"아버지는 트럼펫이다. 트럼펫 소리처럼 헛헛한 것을 가득 심어놓은, 시베리아 벌판을 가슴에 품고 사는 사람이다."

사실 나는 트럼펫이 헛헛한 소리를 낸다고 생각한 적이 없었다. 오히려 활기차고 밝은 소리를 낸다고 생각해 왔다. 하지만 이런 글을 읽어주고 트럼펫 연주를 들려주었는데 어쩐지 헛헛하고 씁쓸하게 느껴졌다. 난 정말 쓴 커피는 못 마셔봤지만 아마 그런 쓰고 진한 커피를 마셔봤다면 그 느낌일 것이다. 트럼펫 소리에 대한 내 생각이 좀 바뀌면서 나는 자연스럽게 나의 아빠에 대해 생각해 보게 되었다. 나의 아빠는 트럼펫인가? 내 답은 이거다. 아빠는 트럼펫이다.

아빠는 말이 없다. 내가 보는 아빠는 항상 9시가 좀 넘은 시간에 지친 얼굴로 현관에 들어와 인사하는 나와 동생, 그리고 엄말 보며 슬쩍 웃어주고는 아빠 방으로 직행하는 뒷모습. 아빠는 너무 규칙적이다.

너무 단순한 일들뿐이라서 규칙적이다. 자고 회사 가고 TV 보고 또 자고 회사 가고… 이렇게 다람쥐 쳇바퀴 돌듯 돌고 또 돌아 너무 견고해서 나는 감히 그 일상에 나를 집어넣어도 될까 고민된다. 나는 아빠 방에 꼭 필요한 일이 아니면 잘 들어가지 않는다. 이유는 없지만 그냥 아빠 방 앞에 무슨 보이지 않는 장벽이라도 있다는 듯 들어가지 못 한다. 밤에 안녕히 주무시라고 인사를 할 때도 방문을 살짝 열어 얼굴만 빼꼼 내밀 뿐 문턱도 넘지 않는다.

다들 나는 엄마보다는 아빠를 더 많이 닮았다고 한다. 내가 생각해도 나는 아빠를 닮은 것 같다. 실제로 유전학적으로도 자식은 엄마와 아빠를 정확히 50%씩 섞어서 태어나는 것이 아니라 어느 한 쪽의 유전자를 더 많이 받는다고 한다. 그러니깐 한 쪽에 치우친 성향을 띄게 되는 것이다.

엄마와 아빠는 서로 어떻게 만나 결혼했는지가 의심스러울 만큼 서로 다르다. 엄마는 그 시끄러운 트랜스포머를 보면서 잘 수 있을 만큼 액션이나 스릴러물을 좋아하지 않는다. 하지만 아빠는 그런 액션이나 스릴러를 좋아한다. 엄마는 드라마에서 옷과 액세서리, 배우 등을 보지만 아빠는 다음 대사를 맞추거나 결말을 예상하는 것을 좋아한다. 운동도 엄마는 정적인 요가 같은 것을 좋아하지만 아빠는 동적인 탁구나 배드민턴을 좋아한다. 이렇게 서로 상반된 두 명을 적절히 섞은 결과물인 나는 아빠를 조금 더 닮았다. 그래서인지 아빠와 말 하는 게 편하다. 아빠는 침묵을 어색하게 여기지 않는 것 같기 때문이다. 하지만 이렇게 편함에도 불구하고 나와 아빠가 대화할 수 있는 시간은 아빠가 논술을 마친 나를 데리러 와 집으로 돌아갈 때의 차 안 뿐이다.

아빠와 나는 정말 쉴 틈 없이 얘기하는데 가끔은 집에 가서도 약 5분가량 이어질 때가 있다. 엄마는 아빠와 대화를 편히 하지 못하는지 내가 그렇게 아빠와 대화를 하는 것을 보고 질투 아닌 질투를 한 적이 있을 정도이다.

동생은 아빠와 이야기하기를 시도하면 자기 방문을 쾅 닫고 들어가 우는 것으로 이야기를 끝내지만 나는 아니다. 적어도 맘이 상하거나 하지는 않는다는 말이다. 다만 한 가지 문제가 있다면 아빠는 모든 대화와 이야기에서 교훈을 찾으려고 한다는 점? 그리고 너무 과학적이고 수학적인 사고를 가졌는지 조금 시적인 내용이 나오면 이해하지 못 한다는 점? 그 정도이다.

지금 나는 아빠가 좋다. 아빠는 나 또는 내 동생이나 엄마에게 그다지 큰 관심이 없어 보이시지만 사실은 그렇지 않을 것이다. 아빠는 내가 친구랑 시내에 나갔다가 친구랑 헤어지고 퇴근하는 아빠를 기다리고 있을 때면 같이 집에 가면서 떡볶이도 사주고 내가 평소에 먹고 싶었지만 비싸서 감히 사먹지 못한 과일빙수도 사준다. 나에게 책 추천도 해주고 가끔씩 덜 힘들 때면 잠시지만 자질구레한 내 수다도 묵묵히 들어준다. 비록 나에게 직접 얘기해 주진 않지만 엄마를 통해 내가 살이 빠진 것 같다거나 더 귀여워진 것 같다거나 해금을 더 잘 키게 된 것 같다거나 하는 이야기들을 하신다. 내가 책상에 앉아 있는 시간이 많은데 자세가 잘못되어 허리가 굽거나 휘기라도 할까 봐 특수 제작된 방석을 가져다주시기도 한다. 그리고 그 덕분에 나는 아직 곧은 허리를 가지고 있다.

옛날에 나는 아빠를 그렇게 좋아하지 않았던 것 같다. 아빠는 지나치게 진지한 것 같기 때문이다. 매사가 뭐가 그리 어렵고 진지한지 그래서 어떻게 세상을 살아갈 지 걱정이 될 정도였다. 하지만 요즘 아빠는 조금 가벼워진 것 같고 쉬어가는 법을 알게 된 것 같다. 미래에는, 내가 아빠를 더 많이 좋아하게 되었으면 좋겠다.

내가 소중히 여기는 것들

세상에는 내가 본 것들과 보지 않은 것들이 있다. 아마도 내가 보지 못 한 것들이 내가 본 것들보다는 훨씬 더 많을 것이다. 또 굳이 보지는 못 했더라도 책이나 다른 유경험자의 경험담을 통해 가본 것처럼, 봤는 것처럼 여겨지는 적도 있다. 내가 봤던 것들 중에서도 내게는 내가 특별히 더 소중히 여기는 것들이 있다. 그리고 여기서 '것' 들이라고 해서 꼭 물건인 것은 아니다. 어떤 상황이 될 수 도 있고, 물론 물건일 수도 있지만, 어떤 공상일 수도 있는 것이다.

첫 번째, 내가 소중히 여기고 좋아하는 상황은 비가 올 때이다. 보슬비가 오는 와중에 우리 집 베란다로 비오는 소리를 들으면 기분이 차분해지고 내가 보송보송해 지는 것 같다. 비는 규칙적으로 내리지 않는다. 안 오는 듯 오는 듯 비오는 소리는 그렇게 들린다. 규칙적이지 않기 때문에 좋다. 하지만 이 비가 장대비가 되면 좀 싫다. 너무 시끄러우니깐.

둘째로 내가 좋아하는 것은 집에 혼자 있을 때이다. 이번 방학 때는 특히나 더 오래 집에 혼자 있었는데 그때마다 나는 기분이 너무 좋았다. 아침 10시쯤이면 엄마와 동생이 요가를 하러 스포츠 센터에 갔기 때문에 집에 나 혼자 있게 된다. 그 시간쯤이면 거실로 햇볕이 들어오는데 그 시간에 라디오를 켜놓고 광합성을 하면 마치 내가 천국에 와 있는 것 같은 착각이 든다. 그때 말고도 용학 도서관에 갈 때 버스를 타고 가곤 하는데 그 길이 좋다. 범어동에서 지산동으로 넘어가는 그 길목도 좋고 용학 도서관 옆의 초등학교 뒷길의 은행나무 길도 좋다.

셋째로 요즘엔 자주 못 가지만 학교도 내가 좋아하는 장소 중 하나이다. 뭐, 월요일이면 가게 되겠지만 우리 학교도 좋다. 우리 학교는 운동장에 인조잔디가 깔려 있어서 그 인조잔디가 스타킹이다 교복에 엉켜 붙는 것은 싫지만 운동장을 감싸는 트랙 옆에 있는 은행나무랑 목련 나무도 좋아한다. 그리고 아무도 없는 고요하고 조용하고 깨끗한 아침의 학교도 좋아한다.

밤에 아무도 없는 학교는 당연히 무섭겠지만 아침의, 아무도 없는 학교에서 나는 마치 이 세상에 나 혼자만 존재하는 것 같은 기분을 느낀다. 난 그런 기분을 싫어하지 않는다. 오히려 매우, 좋아한다. 우리 학교에서 내가 또 좋아하는 장소가 있다면 도서실이다. 서가에 꽂혀 있는 책들도 이젠 내게 너무 친숙해서 기쁘고 책 먼지조차 친근한 기분이 든다. 아침에 도서실에 가면 내가 유키 구라모토의 음악을 틀어놓곤 했는데 조용한 도서실에 그 음악이 잔잔하게 깔리면 그 느낌을 말로는 설명할 수 없을 만큼 좋다. 좋다기보다는 내가 행복함을 느낀다. 마지막으로 내가 좋아하는 것은 샤워이다. 몸을 깨끗이 씻는 샤워를 싫어하는 사람이 어디 있겠냐마는, 나는 샤워를 할 때 내가 새로 태어나는 것과 같은 느낌이 든다. 따뜻하거나 찬 물을 타고 내 마음의 추함, 더러움 등이 씻겨 가는 것 같고 몸 뿐만 아니라 마음도 순수하고 깨끗해져가는 것 같다.

내가 좋아하는 물건은 딱히 없는 것 같다. 물론 내 다이어리는 무척 아끼지만. 동생은 내 다이어리가 내의 예술 작품이라고 한다. 그래서 가끔 동생에게 내가 내 다이어리에 그림을 그려달라고 부탁하면 무척 공을 들이고 수전증을 의심해 보아야 하나라는 생각이 들만큼 부르르 떤다. 해마다 착실하게 다이어리를 작성하는 나를 보고 친구들은 지겨워서 1년을 어떻게 쓰냐고 고갤 절레절레 흔들지만 나는 나를 위해 기꺼이 할 수 있는 것 같다. 다이어리 작성이라는 것을. 마치 1년에 한 권씩 내 잡지를 만드는 듯한 느낌이다. 그 속에는 내가 느낀 것, 봤는 것, 1년 동안 중요하게 여겼던 것들이 꽉 차 있으니까.

'내가 좋아하는 공상' 이라고 하면 말이 좀 애매하니까 내가 자주, 혹은 즐겨하는 생각이 있다면 단연 내 미래에 대한 것이다.

미래란 워락 미지수라 내가 생각하는 나의 미래도 언제나 다르다. 그리고 나는 운명이 미리 정해져 있는 것이 아니라 지금 내가 어떤 행동을 하냐에 따라 바뀌는 것이라고 생각하기 때문에 내가 생각하는 내 미래는 시시각각 변화에 변화를 거듭한다.

어떤 연설이나 강의, 영화나 책 등을 보고 내 미래를 다시 생각해 보기도 하고 작게는 그냥 명언 한 구절이나 누군가의 지나가는 말을 듣고 바뀌는 경우도 있다. 확실하고 분명한 것도 좋지만 나는 내 미래가 불분명한 미지수이고 다양했으면 좋겠다. 내 미래를 내가 다 알고 있으면 재미없기도 하고 상상하는 재미가 없으니까. 미래에 대한 생각들 말고는 내가 하는 생각들은 대부분 낭비적이고 비효율적인 생각들뿐이다. 나는 나의 이상하게 지독한 기억력 때문에 아주 다양하고 많은 것을 머릿속에 담고 있다. 공부를 할 때는 매우 유용하게 쓰이지만 과거를 기억하는 데에는 그다지 유용하지 않다.

나는 과거를 정말 잘 기억해낸다. 심지어는 별로 기억하고 싶지 않은 기억들까지도 머릿속에 마치 어제의 일처럼 고스란히 담겨져 있다. 내가 억울했던 일, 부모님 혹은 친척, 동생이 내게 한 말, 짜증났던 일, 내가 꼭 복수하고 말겠다고 생각한 사람의 얼굴과 내가 그런 생각을 하게 된 계기까지.

다른 사람에 대해 복수심 비슷한 것에 불타 있을 때는 왜 복수심에 불타게 됐는지까지도 생생히 기억하는데 가끔씩 내가 만약 그때 이렇게 행동했다면 어떻게 됐을까하고 머릿속에서 어떤 사건을 재연해 보기도 한다. 한 마디로 뒤끝이 있는 것이다.

때때로 드는 생각이지만 나는 만약 내일 지구가 멸망한다고 해도 내가 여태 기억해 왔던 이런 저런 사실들을 결코 잊지 않을 것 같다. 안타깝게도 나는 이런 생각들을 즐겨 하지는 않지만 자주 한다. 늘 드는 생각이지만 정말 단 한 순간이라도 내가 과거에 연연하지 않았으면 좋겠다. 내가 인간인 이상 거의 불가능에 가깝겠지만.

7

3년 차 도서부원이란.

이제 와서 새삼스럽지만 2013년이 되면서 나는 우리 학교 도서실의 3년째 도서부원이 되었다. 어디 밖에 나가서 "저는 도서부원입니다." 그러면 박수를 쳐주는 것도 아니고, 뭐 대단한 스펙으로 취급되는 것도 아닐 것이다. 그냥 동아리? 이 정도로 대우받을 것이다. 그런 것이다. 도서부라는 내가 좋아하는 봉사활동의 일종은.

동도중이라는 학교에 입학하면서 나는 그냥 막연하게 도서실에서 봉사하고 사서쌤이랑도 친하고 책도 빌리고 그러면 좋을 것 같다는 생각을 하고 있었다. 마침 우리 학교에 있는 도서실도 내 맘에 꽤 들었고 나는 도서부원이란 것이 되려면 어떻게 해야 하는지에 대해 직접 묻지는 못하고 은근하게 그 쪽으로 귀를 열어두고 있었다. 처음에 도서부원은 기존 선배들이 자기가 좋아하는 후배나 아는 사람을 뽑는다고 해서 정말 실망했었다.

그리고 반은 진심으로, 반은 자기 합리화로 그렇게 인맥으로 사람을 뽑는다면 더러워서 안 들어간다고 생각했다. 그렇지만 내가 들은 바와는 달리 도서부원을 시험으로 모집한다고 했다. 그래서 아무 생각도 없이 당연히, 마치 그것이 나의 의무인 것처럼 덜컥 지원했다. 나중에 알고 보니 내가 입학하기 전까지는 정말로 선배들이 인맥으로 뽑았었는데 나와 같은 해에 처음 우리 학교에 오신 지금의 사서선생님의 새로운 정책(?) 덕분에 뽑힐 수 있었다.

1차 점수는 모르지만 그럭저럭 통과를 했다. 2차도 엄청 긴장하고 또 긴장했지만 그럭저럭 정말 말 그대로 무난하게 통과를 했다. 처음 내가 도서부원이라는 사실이 확정되고 나서는 정말 동네방네 다 떠들고 다녔다. 친구들한테도 자랑하고 내가 아는 거의 모든 사람들에게 떠벌 떠벌 거렸다. 그리고 그렇게 들어가고 싶었던 만큼 열심히 해서 잘 했다고 문상도 받고 1학년 때는 약간의 특혜로 다독상도 받을 수 있었다. 나는 우리 학교의 도서실이 너무 좋았고 신났다. 단연 학교에서 내가 가장 사랑하는 장소였다.

지금 이제 중3이 된 지 막 1주일이 좀 지났는데 벌써 이런 글을 쓰자니 기분이 싱숭생숭하다. 그렇지만 오늘이 아니면 나는 절대로 이런 생각을 글로 적을 수 없을 것 같다. 토요일에 학교에 가서 신입 도서부원을 뽑을 시험문제를 출제했다. 100점이 없는 것을 목표로 다른 친구들과 정말 머릴 싸메고 심지어 본인들도 못 풀 문제를 가득 내놓았다. 결국은 선생님이 후배를 뽑을 생각이 있는 거냐 또는 대입 논술문제가 아니다, 이제 갓 초등학교 졸업한 애들한테 이러지 마라, 시험 시간 안에 다 풀 수 있는 걸로 내라. 등등의 약간의 웃음 담긴 경고를 듣고 나서야 0점 방지 문제를 조금 넣었다. 문제를 내는 것도 재밌고 좋았지만 무엇보다 내가 너무 좋았던 것은 내가 지금 숨 쉬고 있는 그 풍경이었다. 나는 나의 선배들이 이렇게 냈을 문제를 풀고 이곳에 왔다. 그리고 또 내 후배들을 위해 문제를 내고 있었다. 나는 행복해 보였고 즐거워 보였다. 편해 보였고 세상을 다 가진 것 같은 웃음을 지을 수 있었다.

1학년 때 1학년부터 3년 연속 도서부원을 하면 공로상 후보에도 들 수 있다고 하는 것을 언뜻 지나가는 말로 들었던 것 같다. 공로상이야 받으면 좋긴 하겠지만 안 받아도 괜찮다. 그냥 도서부원이라는 명사를 계속 내 이름 앞에 붙일 수 있었으면 한다. 1년이 지나면 나도 졸업을 한다. 모든 것이 그렇듯이 언젠가는 이 도서실과 이별을 해야겠지. 하는 생각이 불현듯 들었다.

아직 1년이나 남았는데 이별을 걱정한다. 나는 도서부에서 강제로 퇴출 당하는 꿈을 꿨을 정도로 정말 도서부가, 도서실이, 도서부원이 좋다. 태어나서 처음으로 '성실하다'는 소릴 들어본 곳도 도서실이고 내가 선생님으로부터 엄청난 신뢰를 받고 있음을 알게 해준 것도 도서실이고 나를 전문가처럼 대해 주고 나를 부러워하는 사람이 많은 곳도 도서실이기 때문이다.

3학년이 되자 선생님은 우리에게 '이제 최고 학년이니깐 좀 열심히 해야지?'라고 하셨다. 사실 1학년 때는 신입이니깐, 2학년때는 1학년은 새내기고 3학년은 고입으로 바쁘니까 열심히 하라고 하셨다. 그럼 늘 언제나 열심히? 나는 언제나 열심히 해왔고 최선을 다해왔다고 생각한다. 3학년이나 되었고 이젠 좀 해 봤다 라는 생각이 드니까 좀 오만한 마음이 생기기도 하지만 그래도 나는 기분 이 좋다. 나는 아직 도서부원이니까 좋다. 이런 추억을, 기억을, 경험을 가질 수 있어서 좋다.

#8

집에서 학교까지

　예전에는, 불과 1달 전만 하더라도 알람소리 따위는 귓등으로도 듣지 않았다. 더 정확하게는, 알람소리라는 것 자체가 내 귀에 들리지 않았다. 하지만 요즘에 는, 3월에 들어와서는 알람소리가 귀신같이 잘 들린다. 그 원인은 아마도 알람 소리의 친근함인 것 같다. 같은 벨 소리로 근 3달은 버텼으니 귀에 익숙해져서 알람이 울려도 '울리는구나' 하지 '아 시끄러워 일어나야지' 하는 생각은 들지 않는다. 아무튼 아침에 발랄한 알람을 듣고 알람을 끄고 나면 간편한 알람설정 을 다시 한다. 왜냐하면 알람을 끄고 다시 자는 일이 너무 흔하기 때문이다. 그 러면 5분이나 10분 후에 다시 알람이 울린다.

　그때는 정말 일어나야 하는 것이다. 깨워줄 엄마도 없으니 누군가에게 '10분만 더 자고 일어날게.' 하는 투정도 부릴 수 없으니 스스로 투정도 부리고 일어나기 도 하는 것이다. 아침에 샤워를 하고 나면 전에도 한번 말한 적이 있지만 나는 마치 내가 다시 태어난 것 같은 기분이 든다. 크리스트교에서 신부나 목사님에 게 자신의 죄를 고하고 용서를 구하는 것처럼 내가 잘못 한 일들을 용서받는 것 처럼 상쾌하고 홀가분한 기분이 든다. 아침은 꼭 먹으려고 노력하고 등교는 거 의 항상 혼자 한다. 원래는 친구랑 같이 했었는데 시간 맞추기도 귀찮고 학교가면 지겹도록 볼 건데 굳이 등굣길에서 까지 열심히 떠들고 싶지는 않았기 때문에 어느 순간부터 친구와 등교하는 것을 멈추었다. 아침의 수다가 부담스럽다는 이유도 있지만 아침의 등교는 하루 중 내가 혼자 있을 수 있는 몇 안 되는 시간 중 하나이다. 이 시간만큼은 내가 사수해야 한다는 원인도 이유도 없는 압박감이 있다. 대신 mp3를 들으면서 등교했었는데 요즘엔 그 mp3도 돌아가셔서 묵묵히 걷고만 있다.

학교는 8시 20분까지 교실 착석인데 나는 항상 15분쯤에 도착한다. 1교시 과목을 준비하고 교복 마이를 벗고 바람막이를 입다보면 20분이고 담임선생님이 그 시간에 칼 같이 들어오신다. 우리 선생님의 좋은 점 중에 하나는 아침 조회와 종례가 짧다는 점이다. 그래서 1교시부터 4교시까지 수업을 하고나서 점심시간을 기쁜 마음으로 맞이한다.

참고로 매 교시가 끝나고 나서 10분 간의 쉬는 시간은 학원 숙제를 하거나 친구들이랑 노닥거리거나 잠을 좀 자두거나 물을 마시러 가거나 다른 친구들이 학교의 가십, 누가 누구랑 사귄다더라, 누구랑 누구가 깨졌다더라, 4대 천왕이 누구더라 등의 소식을 가만히 듣고 있다. 보통은 학원 숙제를 하면서 학교 소식을 듣고 있다. 그런 소식들 중에서 좀 흥미롭다 싶으면 그런 쪽에 빠릿빠릿한 친구에게 은근히 물어도 본다. 어쨌거나 점심시간에는 우선은, 밥을 먹는다. 3학년이 1순위로 밥을 먹기 때문에 종이 치자마자 친구들을 데리고 급식실로 직행한다. 밥을 먹고 나서는 도서실로 직행한다. 참고로 나와 내 친구들은 밥 먹으면서 말을 별로 하지 않는다.

그냥 묵묵히 밥을 먹다가 대충 다 먹었다 싶으면 친구들의 눈치를 한번 쓰윽 보고 괜찮겠다는 생각이 들면 잔반 처리를 하러 가는 것이다. 그리고는 밥을 같이 먹는 친구들과 함께 도서실로 직행한다. 그곳에서 남은 점심시간이 다 끝날 때까지 봉사의 탈을 쓴 막노동 및 노가다를 한다. 물론 내가 도서실의 일을 좋아하는 것은 사실이지만 도서실의 일이 살짝 귀찮은 것도 사실이다. 책을 꽂는 일을 비롯하여 도서 대출 및 반납처리를 무한 반복하다가 보면 어느 순간 예비종 소리가 들린다.

5교시와 6교시, 때로는 7교시 수업까지 완벽하게 끝내면 이번엔 청소가 나를 기다리고 있다. 우리 반은 특이하게도 매일, 모든 사람이 청소 당번이다. 나는 교무실 앞 복도 쓸기라서 금방 끝난다. 끝나고 나면 랜덤으로 아직 학교에 남아 있는 친구를 데리고 하교를 한다. 내가 돈을 들고 다니지 않기 때문에 하굣길에 뭘 사먹거나 하지는 않는다.

가끔씩 돈을 들고 다니기도 하지만 하교할 때 쯤 되면 내가 돈을 가지고 있다는 사실을 잊기 때문에 이래나 저래나 결과는 같다. 집에 오면 가장 먼저 교복에서 사복으로 갈아입는다. 정말이지 교복은 사람이 입을 것이 못된다. 아무튼, 옷을 갈아입고 집에 있으면 보통은 습관처럼 컴퓨터를 킨다. 동생이 있으면 30분에서 1시간 정도 수다를 떨기도 하고 동생이 없으면 그날의 웹툰을 본다. 웹툰을 보고 인터넷을 여기 저기 방황하고 있다가 지겨워지면 컴퓨터를 끈다. 컴퓨터가 꺼지면 공부한다.

뭐든지, 그 날 할 일이라면. 누구나 다 겪는 평범하디 평범한 집과 학교를 오가는 일상이다. 진짜 평범한 일상. 어제도 겪었고 오늘도 겪고 있고 내일도 겪을 내 평범하지만 소중한 일상.

#9

男 & 女?

얼마 전에 노경실작가의 사춘기 맞짱 뜨기라는 책을 읽게 되었다. 처음에는 일러스트가 마음에 들어서 대출했지만 그 내용도 일러스트만큼 좋은 것이었다. 책 제목에서도 알 수 있듯이 사춘기 청소년들에게 하고 싶은 말들을 쓴 일종의 에세이이다. 주변 사람들은 나의 사춘기가 이미 지나가버렸다고들 한다. 나도 그렇게 생각하고. 하지만 내 속에 티끌만큼이라도 남아 있을지 모를 사춘기 기질을 위하여 읽어보았다. 그 중에서 '여학생과 남학생은 영원한 경쟁자?' 라는 제목을 가진 목차가 하나 있었다. 이것은 거기에 인용된 유머 한 조각인데 그 내용이 재치 있어서 한 번 적어봤다.

남자는 여자에게 보여주기 위해 옷을 입고, 여자는 자신의 만족을 위해서 옷을 입는다. 남자친구들은 여자가 생기면 친구를 하나 얻는 것이고, 여자 친구들은 남자가 생기면 친구를 하나 잃는 것이다. 남자가 많은 곳에서 여자는 '여왕'이 되고, 여자가 많은 곳에서 남자는 '왕따' 가 된다. 남자에게 여자는 필수이고, 여자에게 남자는 선택사항이다. 남자는 대부분 자기가 미남인 줄 알고, 여자는 대부분 자기가 뚱뚱한 줄 안다. 남자의 승리는 힘에서 나오고, 여자의 승리는 눈물에서 나온다. 남자는 대부분 자기가 여자 친구에게 잘 해준다고 생각하고, 여자는 대부분 자기가 그 남자의 유일한 여자인 줄 안다.

3학년에 들어와서 느끼는 점이 하나 있다면 여자 친구들이 참 더 당당해졌다는 점이다. 초등학교 때는 남자애들이랑 여자애들이랑 열심히 치고 박고 싸웠던 것 말고는 생각나는 것이 없다. 하지만 중학교에 들어오면서는 남친이니 여친이니 사귀는 애들이 많아졌음을 확실히 느꼈다. 그래도 2학년 때까지만 해도 대놓고 난 저런 애가 좋더라. 난 이런 남자가 좋더라 하는 친구들은 없었다. 수학여행가서 진실게임이나 하면 모를까. 그러나 3학년이 되면서 내가 알던 내 친구들은 달라졌다. 체육시간에 팔굽혀펴기나 턱걸이를 하면 꼭 월등하게 잘하는 남자애들이 몇몇 있다. 그런 애들이 하면 나의 여자 친구들은 이런 얘기를 한다. "난 울퉁불퉁하고 우람한 것보다 막, 잔 근육 많고 그런게 좋더라.", "쟤 너무 잘하는 것 같지 않아? 멋지다~" 기타 등등. 내가 너무 꽉 막혀 있어서 그럴지도 모르지만 아무튼 내가 아는 애들이 갑자기 달라진 것 같다.

지금은 내 주변에 남친이나 여친이 있는 애들이 너무 많아져서 별로 새삼스러울 것도 없지만 이상하게도 나는 항상 그런 러브라인들을 내 의지와 반하여 알게 되는 것 같다. 예를 들면 과학시간에 피펫을 사용하기를 꺼리는 우리 조의 어떤 친구에게 다른 애가 그 친구보고 "이게 니 남친 누구누구의 입술이라고 생각해 봐"라고 말하여 나로 하여금 그 친구와 어떤 남자애의 관계를 확실하게 알려

준다던가. 전혀 공부나 도서실과 어울리지 않을 뿐 아니라 공부할 생각도 없는 것 같은데 굳이 도서실까지 와서 둘이서 손을 꼭 잡고 공부를 한다던가, 본인과 본인이 고백하려는 그녀는 우리 반과 전혀 관련이 없음에도 불구하고 꼭 우리 반 앞에서 고백을 한다던가.

솔직히 말해서 나는 남자 친구가 있는 친구들이 궁금하다. 궁금하다는 말에는 약간의 부럽다도 포함되어 있겠지만 나는 그들이 정말 좋아해서 사귀는 것인지, 아니면 '사귄다'는 행위를 좋아하는 것인지 그들에게 묻고 싶다.

내 친한 친구들도 그렇고 정말이지 내 주변에는 남친 있는 애들이 차고 넘쳐나서 그 궁금함이 배가 된 것 같은 느낌이다. 만약에 내게 누군가를 사귈 수 있는 기회가 온다면, 굳이 지금 당장이 아니라 3년 후, 5년 후, 10년 후 일지라도 기회가 온다면, 내가 느껴보지 못한, 내가 이해할 수 없는 '진짜 사랑'의 미묘함을 느껴보고 싶다.

#10

新春음악회

3월 29일 금요일 7시 30분. 엄마와 나는 정말 오랜만에 음악회에 갔다. 수성 아트피아에서 했고 대구 MBC교향악단의 연주로 들었다. 원래는 더 일찍 끝날 수 있었지만 음악회 장 안의 기묘한 느낌 때문에 10시쯤 되어서 공연장 밖으로 나올 수 있었다.

아무튼, 엄마가 학원을 마치고 음악회가 시작하기 전에 저녁을 해결해야 해서 엄마 학원 근처에 있는 중국집에서 자장면을 먹었다. 옷에 양파 냄새가 베이지 않을까 하고 걱정하기는 했지만 어찌되었건 내 코는 양파 냄새를 맡을 수 없었으니까. 연주곡은 로시니 오페라 윌리엄 텔의 서곡, 부르흐 바이올린 협주곡 제 1번 사단조 작품번호 26번, 시벨리우스 교향곡 2번 라장조 작품번호 43번이었다. 우선, 윌리엄 텔 서곡은 3000원 노래로 워낙 유명하기도 하고 1학년 때 음악 수행평가 곡 중 하나였기 때문에 내 귀에 무척이나 익숙했다.

처음에는, 그러니까 1악장에서는 작품 해석의 말처럼 알프스 산의 새벽을 나타내듯이 조용하고 고요했지만 4악장에 가까워질수록 조금씩 더 크고 다채로워지는 것 같았다. 1악장은 역시 주선율의 첼로가 일품이었고 간간이 들리는 더블베이스의 튕기는 듯한, 바닥에 깔리는 낮은 선율이 좋았다.

4악장에서는 트라이앵글도 쓰였는데 그것을 연주하는 사람의 표정이 너무 담담하고 오히려 귀찮아하는 듯 한 느낌을 풍겨서 약간 웃기기도 했다. 두 번째 곡인 부르흐의 바이올린 협주곡은 일단 내가 아는 멜로디가 아니었을 뿐 아니라 작곡가도 이름을 들어보지 못 한 사람이었다. 작품 해설에서도 그는 재능 같은 것들 보다 대단한 열의나 노력으로 협주곡을 만들었다고 한다. 자신의 고향인 쾰른을 그린 것이라는데 완성까지 9년이 걸렸다고 한다.

이 곡의 연주에는 협연자가 있었는데 피호영이라는 바이올리스트였다. 연주 중간에 좀 산만하긴 했지만 연주가 엄청 힘 있고 당당했던 것이 기억에 남는다. 그럼에도 불구하고 나는 3악장 즈음에 들어와서는 거의 자버렸다. 노래가 질질 끄는 것처럼 지루했고 작품 해석에서는 '현란한 극치에 달했을 때 곡은 끝을 고한다.'고 했지만 작품이 끝을 고했을 때는 도무지 어딜 어떻게 봐야 현란하다고 할 수 있는지 이해가 가지 않았다. 아마도 그것은 내가 반 졸면서 들었기 때문에 그랬을 수도 있겠다. 두 번째 곡이 끝나고 나서 인터미션이 있었는데 저녁이 소화가 되지 않아 따뜻한 메실 주스를 사 마셨다. 하지만 좀 늦게 산 탓에 정해진 시간 안에 다 못 마셔서 그 뜨거운 것을 원샷 하느라 애 먹었다.

그렇게 정신을 좀 차리고 나서 들은 곡은 시벨리우스의 교향곡이었는데 이 또한 듣도 보도 못한 곡이었다. 그나마 작곡가는 이름이 욕 같아서 기억하고 있었다. 이 곡의 백미는 3, 4악장이었는데 정말 웅장했다. 현악기도 물론 비중을 차지했지만 그것은 1, 2악장에 약간 국한되어 있었고 3, 4악장에서는 관악기가 말 그대로 대박이었다. 온 몸에 전율이 이는 느낌이었다.

예정되어 있었던 곡의 연주가 다 끝나자 지휘자는 인사를 하고 나갔는데 박수 소리가 끝이 나지 않자 다시 나와서 윌리엄 텔 서곡의 4악장을 다시 연주하고 들어 갔다. 하지만 그래도 박수소리가 나자 금방 다시 나와서 시벨리우스의 교향곡 4 악장을 다시 연주했다. 그리고는 마치 이제 가라는 듯 수석 바이올린 연주자를 데리고 들어가 버렸다. 그때 엄마가 앵콜에 대해서 해준 이야기가 있는데 러시 아에서 공연을 한 조수미의 이야기였다. 예정된 곡을 다 부르고 다서 앵콜만 자 그마치 9곡을 더 불렀는데 그래도 가지 않아서 마지막에는 자장가를 불러줬다 는 이야기였다. 아무튼 이번에는 지휘자가 수석 바이올리니스트를 데려가 버렸 으니 우린 그냥 갈 수 있었다.

음악회가 끝나고 나서도 여운이 길이길이 남거나 전율이 일고 그러지는 않았 고 오히려 클래식을 너무 많이 들어서 약간의 시끌시끌함이 필요한 느낌이었다. 그래서 집으로 돌아가는 길에는 QUEEN의 록 음악을 크게 틀어놓고 따라 불렀 다. 이번 음악회의 별점을 매기자면 별 5개 중에 3개 반 정도를 주고 싶다. 정확 히 반보다는 별 한 개만큼 좋았던 연주회였다.

#11

내가 좋아하는 영화들

솔직히 말해서 영화를 싫어하는 사람은 거의 없겠지만 나는 다른 사람들보다 약 1.5배 정도 영화를 더 좋아하는 것 같다. 그래서 나는 열심히 찾아 본 영화도 꽤 된다. 그것을 바탕으로 이번 주는 여태껏 본 영화 중에서 기억에 남는 영화를 하나하나 되새겨보기로 했다.

먼저, 제일 먼저 탁 떠오르는 것은 아무래도 '말할 수 없는 비밀' 이다. 이 영화가 주는 깨달음 중에 하나는 바로 '천재는 존재한다' 인데, 중국 배우인 주걸륜이 감독, 각본, 주연에 작곡까지 맡아서 다 했기 때문이다.

 그는 또한 피아노도 엄청 잘 치는데, 원래는 피아니스트가 될 예정이었다고 한다. 그의 어머니가 피아노 칠 손가락 다친다고 농구 같은 운동도 못 하게 했다는 속설도 있다. 아무튼 이 영화에서 가장 유명한 장면을 뽑는다면 당연히 피아노 배틀의 장면일 것이다. 피아노의 왕자 역으로 나왔던 첨우호와 주걸륜이 생상스의 백조 악보를 두고 3번에 걸쳐서 배틀을 하는 것이다.

 그 배틀 장면에서 나왔던 곡들은 쇼팽의 흑건, 왈츠 그리고 림스키코르사코프의 왕벌의 비행이었다. 이 곡들도 모두 주걸륜에 의해 편곡되어 더욱 재미를 더했다. 첨우호와 주걸륜은 제 18회 금곡장에서 축하공연으로 Dragon heel을 연주하기도 했고 일본의 콘서트에서 연탄곡을 치기도 했다. 그들은 개인적으로도 친분이 있다고 하며 중국의 한 TV 프로그램에서 터키 행진곡을 가지고 그 둘이 각각 다른 식으로 즉석 편곡을 해 놀라움을 받기도 했다. 그때 주걸륜은 행진곡을 쇼팽풍의 로맨틱하고 부드러운 느낌으로 편곡했고, 첨우호는 행진곡과 슈퍼마리오의 노래를 섞어서 연주했다. 어쨌거나, 다시 영화로 돌아가서, 영화 '말할 수 없는 비밀' 이 좋은 다른 이유는 그 줄거리가 너무도 독특해서였다. 그 반전이 엄청 쇼킹했다.

 그 다음은, '퍼시잭슨과 번개도둑' 이 생각난다. 이 영화는 릭 라이어딘의 소설을 원작으로 한 것인데 그 소설을 너무 재미있게 봐서 영화가 소설만큼 재미있지는 않았다. 어떤 영화건 간에, 소설보다 재밌는 영화는 없는 것 같다. 이 영화는 그리스 신화에 등장하는 신이나 영웅, 괴물들이 지금 현재에도 존재한다는 전제를 깔아놓고 시작하는데 주인공인 퍼시와 그 외 그의 친구들은 데미갓, 즉 인간과 신의 피가 반반씩 섞인 반쪽피들이다. 그래서 그들은 그들 부모인 신의 능력중 일부를 사용할 수 있고 퍼시의 경우엔 그의 아버지가 포세이돈이라서 물을 조종할 수 있다. 내가 원래 신화를 좋아하는 편이라서 더욱이 관심을 가지고 본 영화다.

마지막으로는 지브리사의 애니메이션인 '하울의 움직이는 성'과 '센과 치히로의 행방불명'이 기억에 남는다. 우선 나는 미야자키 하야오 감독의 작품을 매~우 좋아하고 애니메이션이라는 장르도 좋아한다. 두 애니메이션 모두 함축적인 의미가 많은 작품들이고 그냥 애니메이션으로 보기엔 약간 무거울 수도 있지만 그래도 나는 이 애니들을 좋아한다. 그냥 그림체가 마음에 들기도 하고 영화 속에 나오는 히사이시 조의 노래들도 하나같이 너무 아름답기 때문이다. 특히 하울의 움직이는 성에 나왔던 '인생의 회전목마'는 하울과 소피가 하늘을 걸어 다니는 장면과 더불어 매우 유명하다. 센과 치히로의 행방불명에서 나왔던 노래인 '언제나 몇 번이라도'도 멜로디가 잔잔하고 조용한 분위기로 유명하다.

　2013년에 들어서면서 본 영화들은 후기를 따로 작성해두어서 언제 한번 할 일이 없을 때 펼쳐보면 그 재미가 쏠쏠하지만 그 전에 본 영화들은 따로 정리를 해두거나 후기를 작성해두지 않아서 어떤 영화들이 있었는지조차 생각이 나지 않는다. 그래도 보고 싶은 영화가 있을 때마다 보려고 노력해서 많이 봤다고 생각했는데 막상 리스트를 적고, 순위를 매겨보려니 생각이 나지 않았다. 그나마 위에서 꼽아본 4편의 영화도 모두 2번에서 3번 이상은 반복해서 본 영화들이다. 정말 컴퓨터에 다운받아놓고 계속해서, 생각날 때마다 돌려봤었다. 이렇게 보고, 또 보는 나의 습성을 다른 가족들이나 친구들은 이해를 못 하는 것 같지만 나에게 있어서 그것은 후기를 작성하거나 포스터를 모아두는 것보다 더 확실하게 영화를 기억하는 방법이다. 때때로 대사까지 똑같이 외우기도 할 정도로.

12

시험이라는 것은

거의 모든 학교가 그러하듯 요즘의 나는 시험이라는 것 때문에 혈안이 되어 있다. 시험기간이 되면 유독 읽고 싶은 책도 잘 읽지 못 하고, 점심시간에 도서실에 처박혀 있을 수도 없을 뿐 아니라 그렇잖아도 학원 숙제만 겨우 겨우 쳐 내고 있는 상황인데 내가 세운 계획 때문에 눈 코 뜰새없이 바빠졌다. 물론 나보다 더 학원이 많고, 할 것도 많은 사람들도 있겠지만 지금의 나로선 그들을 동정할 시간조차 없다. 솔직히 말해서 이번 시험에 내가 기대하는 바가 없는 것은 아니다. 이번 시험에 내가 세운 계획들은 내가 생각해 봐도 봐줄 만한 것 같고, 정말 이대로만 하면 성적도 많이 오를 것 같다.

그렇지만 역시, '시험' 이라는 것은, 그런 기대나 바람, 그래도 나보다 더 힘든 사람도 있는데 내가 왜 이렇게 힘든 척하나 라는 원망 아닌 원망으로 버티기에는 조금 더 많은 경험치가 필요한 것 같다.

시험을 안 칠 수 는 없겠지만 부담은 좀 줄어들 필요가 있다. 시험이라는 것이 한 2~3달 전까지는 내 얘기가 아닌 것 같고 남 일 같고 해서 작은 돌멩이에 불과했는데 지금은 그 작은 돌멩이가 커다란 돌덩이, 바위가 되어서 내 가슴을 짓누르고 있다. 어떻게 생각하면 중학교 3학년이나 되어서 시험 한두 번 쳐보는 것도 아니고 새삼스럽게 왜 이러나 싶을 수도 있지만 나에게 있어서 이번 시험은 조금 특별한 의미를 지니는 것 같다.

내 계획표가 거의 처음으로 딱딱 잘 맞아떨어지는 것이었다. 처음에 계획표를 만들 때는 거의 자포자기의 심정에 가까웠다. 아직 시작한 것은 없었음에도 불구하고 나는 또 작심삼일로 끝나겠지, 삼일이라도 갈라나? 하는 생각들로 가득 차있었다. 그래도 계획이란 것을 세워야 하는 이유는 그렇게라도 하지 않으면 내가 시험기간 중에 있다는 것, 내가 시험을 치는, 아니 쳐야만 하는 학생이라는 사실을 자꾸 잊어버리게 된다.

　내가 그러한 사실들을 잊으면 안 되는 이유는 내가 학교가 아닌 다른 곳에서는 어떻게 생활하는지 모르고 학교에서 내가 하는 특정 행동들, 선생님께 잘 보이려는 마음이 크게 작용하여 하는 행동들 때문에 쏟아지는 칭찬들을 근거삼아 자기 합리화를 하게 되기 때문이다. 이런 행동의 반복으로 인해 나는 만족할 만한 점수를 얻지도 선생님들의 눈이 정확했다는 듯 가뿐하게 그들의 기대에 부응할 수 도 없었다. 하지만 다른 어떤 요인들보다 그 상황에 독이 되는 것은 어김없이 선생님들이다. 선생님들의 행동 패턴이나 습성 같은 것이 잘못 되었다고 말하고 싶은 것은 아니지만 그 상황에서, 즉, 내 성적이 만족스럽게 나오지 않은 상황에서 이번에 컨디션이 좀 안 좋았나보다 그치? 라던가, 너무 긴장했었구나. 민선이는 그럴 애가 아닌데 왜 그랬지? 이번 시험이 좀 어렵긴 했지? 같은 말들은 나로 하여금 반성하지 못 하게 만든다. 시험 전까지 쌓아온 이미지가 크게 작용해서 그런지 나는 시험을 쳐 성적이 떨어졌다고 꾸중을 들은 적이 단 한 번도 없다. 나는 성적이 떨어져도, 점수가 낮게 나와도 여전히 선생님의 말씀을 잘 듣고 수업 시간에 자지 않으며 심부름도 군말 없이 확실하고 완벽하게 해내는 학생이었기 때문이다.

　이제 와서 내 이미지를 바꿔버리겠어! 따위의 다짐들은 전부 쓸모없다는 것은 누구보다 내가 가장 잘 알고 있다. 하다못해 이미 나를 알고 있는 선생님들이 너무 많다는 점에서 나는 내 이미지를 바꿀 수가 없다. 학원에서조차 그렇다. 나는 그런 선생님들께 겉모습에 혹하지 말라고, 성적이 떨어지면 혼을 내라고 말하고 싶지만 선생님들도 인간인지라. 시험과 공부하면 빠질 수 없는 이야기들이라 아무 생각 없이 적고 말았지만 제목을 보면 상관없는 이야기들인 것 같다. 아무튼 나는 이번 시험에서는 제발 성적이 올라주기를 간절히 빌고 있다.

13

바람직한 것

요즘 들어 더욱 자주 드는 생각이 있다. 약간의 자기 자랑으로 들릴지 모르지만 나는 내가 너무 바람직하다고 생각한다. 약간 바람직한 것이 아니라 너무 지나치게 바람직하다고. 그 얘기를 그냥 지나가는 말로 담임선생님께 해 보았는데 선생님께서 그럼 바람직하지 않고 싶냐고 되물었다. 그래서 나는 엉겁결에 그렇다고 대답했는데 선생님께선 대학교 들어가고 나서 안 바람직하게 굴라고 말씀하셨다. 그땐 그냥 엉겁결에 바람직하지 않고 싶다고 말했는데 언뜻 정말 그런지 궁금해졌다. 나는 항상 내가 나를 잘 알고 있다고 생각해 왔고 주변에서도 내가 나를 잘 파악하고 있다고 인정해 주었다. 그렇지만 내가 바람직하고 싶은지 아닌지에 대해 선뜻 말할 수 없자 나도 모르게 좀 두려워졌다.

나는 내가 바람직했으면 좋겠다. 만약 내가 그렇게 생각하고 있다면 아마도 그래서 나는 공부를 하고 교무실을 제 집처럼 방문하고 자진해서 선생님 심부름을 도맡아 하고 도서실을 뻔질나게 들락날락하며, 틈틈이 지하철을 타고 이동하거나 버스를 탈 때 영어 단어를 외운다거나 학교에서 치마 줄여 입지 말라고 했으니까 단 한 뼘도 줄이지 않고 오히려 있는 단을 전부 내려서 무릎을 다 덮도록 입고 다니고 수업 시간에는 무슨 일이 있어도 자거나 졸지 않고 항상 말을 할 때 단어 선택에 있어 신중에 신중을 거듭하고 욕도 쓰지 않고 숙제도 반드시 다 해가고 뭘 해도 성실하게 하려고 노력하는 것임이 분명하다.

하지만 내가 바람직하지 않았으면 좋겠다. 이렇게 생각하고 있다면 그래서 나는 항상 인터넷 쇼핑몰의 유행하는 옷들을 입고 싶어 하고 학교에서 좀 노는 애들을 부러워하고 선생님께 반항하는 것을 보면 왠지 멋있는 것 같고 내 옆을 지나가는 어떤 애의 몸에서 역한 담배 냄새가 풍겨나와도 당연히 그 냄새는 싫지만 그 애를 탓하고 싶지는 않고 오히려 당당해 보이고 수학여행에 와서 술을 마시거나 금지 품목을 들고 오거나 선생님들이 그렇게 거듭 강조하며 신거나 입지 말라고 했던 10cm가 족히 넘는 하이힐에 꽃이 하늘하늘한 미니 원피스를 입고 와도 그 애들이 부럽고 심지어는 선생님께 혼나는 모습을 봐도 뭔가 그 혼나는 애가 이상하다고 생각된다기보다 그냥 이해가 간다. 정작 본인은 단 한 번도 그랬던 적이 없었으면서.

정말 담임선생님 말씀처럼 계속 내가 해 왔던 것처럼 바람직하게 살다가 대학 교란 곳에 들어가고 난 후에야 바람직하지 않게 살아야 할지도 모르겠다. 지금 내가 할 수 있는 바람직하지 않는 행동은 자습시간에 교복 조끼 안으로 이어폰을 넣어 노래를 듣거나 수면제 선생님의 수업 시간에 넋을 놓고 있는 것 정도 일 것이다. 물론 그 마저도 허용되지 않지만. 내가 이런 생각을 한다는 것 자체가 바람직하지 않고 싶다는 것일지도 모른다. 하지만 한 가지 분명한 것은 내가 결정하지 못 했다는 것이다. 어느 쪽이 좋은지, 어느 쪽처럼 살고 싶은지. 어쩌면 이것은 답이 2개뿐이 아닐지도 모른다. 바람직 한 것과 하지 않은 것 그 둘 사이 어디쯤에 위치할 수도 있을 것이다. 그렇다면 왜 나는 그 둘 중 하나를 굳이 선택하려고 하지? 바람직해야 하는가 아니면 바람직하지 않아도 되는가에 대한 보기는 정말 단 2개밖엔 없는가. 뭔가 답이 있을 수도 있고 없을 수도 있는, 그리고 끝이 없는 물음이고 답이다.

14

말투

나에게 흔할 수도 있고 흔하지 않을 수도 있는 조금 이상한 증상이 있다. 다른 사람은 어떤지 잘 모르니 이건 나에게만 있는 증상이라고 딱 말할 수는 없지만 아무튼 요상하고 이상한 증상이 있다. 그 증상은 바로 내 말투에 대한 것이다. 내 말투는 계속 바뀐다. 어쩌면 내가 의도적으로 바꾸는 것일 수도 있지만 적어도 나는 의도적으로 그러는 것은 아니다. 설령 내 의지로 말투가 바뀌는 것일지라도 고의는 아니라는 말이다. 좀 더 정확히 말하자면 내가 가장 최근에 읽은 책의 주인공이 쓰는 말투와 내 말투가 비슷해진다는 것이다.

예를 들어 조선시대를 배경으로 하는 책을 읽으면 일상생활에서도 ~했는가?, ~라네. 어찌하여~ 등등의 말들을 나도 모르는 사이에 하게 된다. 한 때는 사극만 집중적으로 읽어서 한 동안 사극 말투를 사용하게 된 적도 있다. 친구들과 수다를 떨 때를 포함하여, 선생님께 뭔갈 여쭙게 될 때, 뭔가를 부탁할 때까지 사극의 말투가 너무 익숙해져버려서 때와 장소를 가리지 않고 마구 써버리는 것이다. 그런 시점에서 나를 처음 알게 된 친구는 내 말투가 원래 그런 줄 알고 내 특징 중 하나로 꼽기도 했다. 또 해리포터에 푹 빠져 있을 때는 영문의 해석체를 따라하게 되는 것이다. 올해 대신에 금년이라던가, 그렇게 생각하지 않니? 라는 부가 의문문의 모범적인 해석체를 사용한다던가 기타 등등. 또 가끔 일본 애니메이션을 집중적으로 보면 말하는 중간 중간 방금 한 말을 일어로 되풀이하기도 한다. 일본 애니를 보면서 터득한 간단한 회화정도는 금방 외우거나 활용할 수 있으니 말이다. 더불어 팝송을 들으면 줄임말이 많은 영어를 구사하게 되고 영어독해문제집의 부록 CD를 많이 들으면 영어로 말할 때 빨리 말하게 된다. 물론 발음도 정확히 하려고 하면서.

이런 나의 좀 특이하다고 할 수 있는 증상을 나는 좋아하지도 싫어하지도 않는다. 그냥 이것이 인간의(혹은 나만의) 능력인가? 누군가의 특징을 베끼는 것? 하고 잠시 생각하게 된다. 정말 말 그대로 내가 재미있을 뿐이다. 이 모든 것들은 내게 달려 있는 것이니만큼 이런 증상들을 완전히 없애느냐 아니면 계속 유지 하느냐는 나의 문제이다. 하지만 나는, 내가 나에게 좀 더 많고 큰 재미를 선사 해 주었음 한다. 그냥 내 말투가 조금 바뀌는 것뿐일지라도 이런 사소한 것들도 무미건조한 내 일상에 아주 약간의 즐거움을 첨가해 줄 수 있기 때문이다. 어느 순간 바뀐 나의 말투를 내가 알아채면 나는 슬쩍 웃음이 난다.

뭔가 재미없는 문제집 사이에 꽂혀 있는 소설책을 찾았거나, 한가할 때 TV를 켰는데 내가 좋아하는 영화가 막 시작한 것을 알았을 때나, 길 가다가 500원을 주웠을 때나, 노래를 듣고 있는 데 노래가 막 내가 가장 좋아하는 하이라이트 부분에 진입했을 때의 느낌과 비슷하다고나 할 수 있다.

#15

요즘은

요즘의 나를 한 마디로 표현하자면 문어발이다. 이것도 해보고 저것도 해보고 이것도 해보고 싶고 저건 하기 싫고… 정말 많은 것들에 손을 한 번씩 대보고 있다. 어떻게 보면 나 스스로도 참 대견스럽다. 지금 시기가 어떤 시기인데 그러고 있는 나를 발견하면 참 어이가 없다. 지금이 바로 중간고사 기간이 아닌가. 얼마나 태평한지. 할 말이 없다.

암튼 요즘 가장 빠진 것은 '일본어' 라고 할 수 있다. 일본어로 짧은 문장을 만들거나 어법 같은 것들은 다 필요 없고 중얼거려보기도 한다. 따로 배우는 것 없이 학교에서 가르쳐 주는 것이 전부이지만 일본어 노래를 들으면서 많이는 것 같다. 처음 일본어 노래를 듣기 시작한 건 내용을 알아먹을 수가 없어서 였다. 공부하면서 노래 듣는 게 좋은데 클래식은 너무 지루하고 팝송은 가사가 귀에 들어와서 무슨 영어듣기 하는 것 같고 그래서 가장 만만한 일본어 노래로 전향 했는데 이젠 일본어 가사도 무슨 뜻인지 알게 되었다. 칸초네나 샹송으로 또 옮겨가야 하는 건가?

또 다른 한 가지 푹 빠진 것은 웹툰. 웹툰이 막 유행하기 시작 할 때 나는 엄마의 영향으로 그것이 엄청 매우 나쁜 것인 줄 알고 친구들이 아무리 아무리 재미있다고 해도 보지 않았었다. 하지만 어느 날 너무 할 일이 없어서 한 번 봤는데 못 헤어 나오고 있다. 유명한 것들은 연재한 지 좀 됐으니까 그것들을 또 처음부터 보기 시작하고 유명한 것들을 다 보고 나니까 대충 보고 재미있어 보이는 것들도 보고.. 그러다보니 거의 모든 웹툰을 섭렵할 지경에 이르렀다. 그러다 내가 뭘 보고 뭘 안 보는지도 기억이 안 나서 어떻게 해도 포기하지 못 하겠는 몇 개만 제외하고는 모두 보지 않게 되었다. 짐작컨대 앞으로도 나는 아마 웹툰을 완전히 끊을 순 없을 것 같다.

'그림'에도 빠졌다. 3학년이 되면서 만화부 친구들이 좀 생겼는데 그 친구들과 일본어라는 접점이 생기고 많은 얘기들을 하면서 나도 그림을 엄청 그리게 되었다. 심심하면 그림 그리고, 또 그리고. 내 친구들이 그리는 사람은 인체의 비율? 그러니까 어떻게 그려야 좀 더 몸매가 예쁘고 사람같이 그려지는가에 초점이 맞춰진다면 내가 그리는 사람은 사람이야 좀 하자가 있더라도 어떤 옷을 입고 있냐에 초점이 맞춰진다. 그래서 뭔가 새로운 옷에 대한 생각이 떠오를 때마다 그림을 그리고 앉아 있다.

내가 또 손 댄 것이 있는 데 그것은 '글쓰기' 이다. 특히 소설 같은 걸 많이 짓고 있는 데 10장 이상 써 놓은 미완성 작만 4~5개는 된다. 맘에 드는 책을 한 권 읽었으면 그 책과 비슷한 전개에 인물만 바꾸거나 배경을 그대로 사용하거나 해서 이것저것 써보게 된 게 그렇게나 된다. 원래의 시작은 그냥 공부하다가 문제집에 그려둔 어떤 상황에서 뭔가 떠올라서 사건이나 인물 같은 것을 정해 본 것이다. 하지만 글을 쓴다는 것 자체가 그냥 부담없이 즐길 수 있는 오락 같은 것이라서 요즘엔 공부하기 전에 살짝 써본다. 막히기 시작하면 그냥 덥고 공부한다. 다음 날 다시 보면 신기하지만 술술 나오니까. 막히던 글이 술술 써지기 시작하는, 이런 것들도 공부하기 싫다는 간절한 맘에서 비롯된 것이라고 생각하니까 놀라지 않을 수 없다.

내 일상에서 공부를 빼면 공식적으로는 아무 것도 말할 게 없어야 한다… 뭐 일단은 학생이니깐. 하지만 실상은 좀 다르다. 개인적으로 정말 버라이어티한 일상을 살고 있다고 생각한다. 솔직히 내가 왜 문어발이 됐는지 나도 잘 몰랐다. 그런데 얼마 전에 엄마가 그 해답 비슷한 걸 줬는데 그게 뭐냐면 "공부하기 싫으니까 도망가는 거"란다. 의의 없음.

#16

누구세요 넌

솔직히 말해서 나는 언제나 내 자신에 대해 내가 가장 잘 알고 있다고 생각해왔다. 정말 나 말고는 아무도 나를 알 수 없다고 생각해왔다. 그런데 그 철썩 같은 믿음이 요즘들어 조금씩 조금씩 흔들리고 있다. 조만간 아마도 무너지지 않을까 싶다. 암튼 가장 의심스러운 부분은 진로. 나는 예전부터 적성검사니 가치관검사니 직업사전이니 하는 것들을 이것저것 뒤져보아서 내 적성에 대해 확신을, 믿음을 가지고 있었다.

어릴 적에는 간호사, 발레리나 등의 장래희망을 가졌었지만 피와 일하고 싶지 않고 너무 막연하기만 한 꿈들이어서 곧 다른 쪽을 찾아다녔다. 주변에서 나보고 그림을 잘 그린다, 옷 잘 입는다 등의 소릴 들어와서 나는 그쪽 직업을 가지고 싶어했다. 실제로 적성검사를 해도 손 재능은 상위를 차지했다. 물론 그렇게 그림을 그리고 하는 것들을 좋아도 했다. 많이. 그렇게 뭔 가를 그리고 있을 때는 시간가는 줄 모르고 아무 생각도 하지 않고 단지 눈 앞의 종이를 채우는 것에만 심혈을 기우렸다. 지금도 그 점에는 변함이 없다. 하지만 나는 조금 변해버렸다. 나보다 더 잘 하는 사람을, 더 나은 사람들을 너무 많이 봤다. 그리고 다른 것들에도 관심이 생겼다. 그 관심은 우습게도 '공부' 라는 것이다.

나는 왜인지 모르겠지만 공부를 놓을 수가 없다. 단지 내가 학생이기 때문에 그럴까? 성적이 나오지 않아도, 정말 하기 싫고 귀찮아도, 날 짜증나게 만들어도 놓을 수 없다. 학생이니깐 학생의 본분인 공부에 거부감을 가지고 있지 않다는 것은 매우 환영할 만한 사실이긴 하다. 하지만 도대체 왜? 어쩌다가 난 이렇게 공부를 못 놓게 되었을까? 좋은 건 이유 없이 그냥 좋은 것이다. 흔한 드라마 대사로 "너니까 좋은 거야." 같은 말도 있듯이 말이다. 하지만 그래도 계기정도는 알게 되었으면 좋겠다. 뭐 어떻게 해도 알 수 없다면야 어쩔 수 없다만. 아무튼 나는 외교관이 되고 싶다는 전혀 다른 방향의 결과물을 내놓았다.

왜 이게 되고 싶어할까 나는. 안정적이어서? 꼭 외교관만 안정적인 직업은 아닌데? 그럼 다른 나라를 돌아다니고 싶어서? 여행하면 되잖아? 외교관으로서 다른 나라에 가면 그것은 그냥 일로 가는 것일 뿐 관광 따위 즐길 수 없을 텐데? 언제 한번 범어도서관에서 외교관이 하는 강의가 있어서 들으러 간 적이 있다.

그 강의를 들으면서, 일을 해왔던 얘기를 들으면서 나는 솔직히 조금 설레었다. 성장소설에 나오는 것처럼 가슴이 두근두근 거리거나 세상이 달라 보이고 뭐 그런 변화는 당연하게도 없었지만 조금, 설레었다. 지금 난 아직 어리니깐 아무래도 괜찮다. 직업, 장래희망 같은거. 일단은 눈 앞의 문제부터 헤쳐 나가는 게 중요하겠지만 못 헤쳐 나가겠다.

저 앞에 뭐가 있을지 짐작조차 할 수 없으니까. 그래도 뭐라도 되고 싶다고 생각했을 땐 저 앞에 뭔가가 있긴 할 거라고 생각했는데. 지금은 그냥 카오스. 지금의 심정은 도피. 숨고 싶다.

나를 똑바로 보고 싶지 않다. 도망가서 해결될 수 있는 것은 아무것도 없다는 것 정도는 나도 잘 알고 있는데, 그걸 아는데도 도망가고 싶다. 혹은 자고 일어나 보니까 내가 고민하던 문제들이 모두 해결되어 있다던지. 아 그러고 보니 내가 나를 아주 모르는 것은 아닌 것 같다. 적어도 어떤 이름 모를 생각에 '도망가고 싶다' 라는 정의는 내릴 수 있으니까. 하지만 도망가고 싶다는 마음을 파악했어도 문제는 또 있다.

일단 내게 현재의 나를 뜯어 고치고 싶은 의향은 있는데 방법을 모르겠다는 것이다. 아니지 나를 '뜯어서' 고치기 시작하면 나는 더 이상 내가 될 수 없으니깐 '뜯어서' 고치면 안 되고 뭐랄까 약간의 보수공사 같은 걸 할 의향은 있는데. 어디서부터 어떻게 시작하지? 흔들리지 않고 피는 꽃은 없다고 한다. 내가 꽃이란 말은 아니지만 그래도 그것에 따르면 내가 지금 흔들리는 것은 지극히 당연한 것이다.

아직은 좀 더 흔들려도 괜찮겠지. 조금 더 지나가 버리면 이젠 흔들려선 안 되고 땅 속 깊이 뿌리를 내려야 하는데. 아예 확 뽑혀버리면 큰일이니까.

••• 후기

아–

검토를 3번 했다.

한 번 써보고 나서 다시 읽고 고치길 3번 반복했다는 말이다. 처음 그냥 썼을 땐 '와 난 천재인가 봐.' 라는 착각이 들 정도로 잘 썼다고 생각했는데 다시 보니깐 이건 그냥 중2병 환자 같다. 부끄러운 마음이 가득하다.

그냥 확 지워버리고 싶은데 차마 그러진 못 하겠고… 정말 어떻게 해도 용서될 수 없는 문장 및 내용들만 고쳐서 이렇게 완성본 아닌 완성본을 만들어 냈다.

이건 나중에 내가 중학교 시절을 기억하지 못 할 때를 대비해서 남겨두는 타임캡슐 같은 것이라고 생각하자.

이것은 즐거운 또 하나의 추억임을!

글쓰기는 어렵고 어떨 때는 피하고 싶었지만 그래도 우리 책쓰기 동아리에게 아낌없는 지원과 격려를 해준 도서부 – 책쓰기 동아리 담당인 김다정 쌤께는 감사의 말을 전한다.

내가 동도에서 3년을 보낸 중 수업을 시간을 제외하면 도서실에서 보낸 시간이 제일 많았다는 건. 학교 생활에서 그만큼 큰 의미를 차지했다는 거니까.

그 시간을 다시금 되새기며 감사합니다!